魔王と竜王に育てられた少年は学園生活を無双するようです

The Boy trained by the Demon King and the Dragon King, shows absolute power in school life

04

Author
熊乃げん骨
Illustration
無望菜志

「ねえルイ〜。
すき♥
えへへ」
普段だったら
こんな風に甘えたりしない。
彼女はまだ盛大に
酔っ払っていた。

勇者の末裔
シャルロッテ

「ほら、お姉ちゃんに身を委ねてみなさい……？」
魔王
テスタロッサ

「これルイ、こっちも見んか」
竜王
リオ

「よく練られたいい魔法だが……
それだけだ」
最強の剣士
クロム

元村人の魔竜士
ルイシャ

The Boy trained by
the Demon King and the Dragon King,
shows absolute power in school life

04
CONTENTS

魔王と竜王に育てられた少年は学園生活を無双するようです

The Boy trained by the Demon King and the Dragon King,
shows absolute power in school life

04

Author
熊乃げん骨
Illustration
無望菜志

イラスト／無望菜志

第一話 ―◆― 少年と決闘と魔法学園生徒会

少年ルイシャ＝バーディの朝は早い。

日の出と共に起床し、すぐに着替えた彼は寮を飛び出し日課の修行を始める。

まずは魔力を増やす特訓から始める。寝て回復した魔力を一回空にするのだ。そうすることで魔力の最大量を増やすことが出来る。一度に増加する量は微々たるものだが、毎日続ければその上昇量はとてつもないものになる。

気功も魔力と同様の性質を持つので、体内の気を使い切るのも忘れない。

ルイシャは無限牢獄《ろうごく》で行っていたこの修行法を、外の世界に出てからも欠かしていなかった。

二つの力を使い切った後は王都をランニングする。

朝の王都は涼しく、走っていて気持ちがいい。ストレスの発散と体力を鍛えるにはもってこいのトレーニングだ。最近は少しだけ魔力を残しておき、重力魔法を体にかけて走ったりもしていた。

「お！　坊主、今日も精が出るな！　リンゴ食うか？」

「朝から元気ね、今度ウチの喫茶店に来てよ。サービスするから！」

街中を走っていると開店準備をしている人や散歩している人に声をかけられる。ずっとこの時間に走っているルイシャは街の人からすっかり顔を覚えられていた。可愛《かわい》らしい少年が頑張っている様子を見ればつい応援したくなってしまうものだ。

「あはは、今日も色々貰《もら》っちゃった」

街の人たちはそんなルイシャに色々食べられる物を分けてくれる。寮に帰る頃にはルイシャの両手は塞がってしまう。

「ただいま……と」

「お帰りなさいませ、ルイシャ様」

寮のシャワーを浴び自室に戻ると吸血鬼《ヴァンパイア》のメイド、アイリスが朝食の準備をして出迎えてくれる。今日の朝食は新鮮な野菜をふんだんに用いたサンドイッチと温かいスープ。彼女は栄養のバランスと味に気を遣ったメニューを毎朝提供し、ルイシャをサポートしてくれていた。

ルイシャは最初こそ申し訳ないと断っていたのだが、彼女がどうしてもと毎朝押しかけてくるので根負けした。今では彼女がいる生活にも慣れ、違和感を覚えることもなくなっていた。

「うーん、今日も美味《おい》しいっ!!」

「ふふ、それは良かったです」

素直に褒められアイリスは頬を紅潮させて喜ぶ。

自分の作った物が愛する人の体内に入り体を構成していくことに、彼女は喜びを覚えていた。

そんなことを知る由もないルイシャは手早く朝食を済ませると制服に着替え、アイリスはその間に朝食の片付けをする。

「アイリス、今日って何やるんだっけ？」

「今日は午前中は座学、午後は回復薬《ポーション》作りの実習がございます」

「あーそれがあったね。何か素材になりそうな面白い物あったかな？」

「でしたら世にも珍しい吸血鬼の血、など如何《いかが》でしょう？」

「……アイリスって時々ふざけてるのか本気なのか分からないこと言うよね」

他愛《たわい》のない会話をしながら二人は寮を出る。

すると外には二人の生徒が待っていた。

「おはよっ！……ってなんでアイリスがもういるのよ、あんたまた忍び込んだでしょ」

「おはようございます大将。カバン持ちますぜ」

「おはよ二人とも。カバンなら自分で持つから大丈夫だよ」

ルイシャを出迎えたのはシャロとヴォルフだ。

寮から教室までは歩いて十分と短い距離だが、四人はいつも一緒に登校していた。

「朝から部屋に押し入るなんて迷惑に決まってるじゃない。あんたには常識ってもんがないの？」

「朝のお手伝いをするのは私の重要な使命です。いくらシャロでもそれを邪魔する権利はありません」

「きー！　ねえルイ、なんとか言ってやってよ！」

「はは、二人は本当に仲良くなったねえ」

「これ見てそう言える大将はやっぱり大物だと思うぜ……」

ぎゃいぎゃいと喧《やかま》しい登校風景。ルイシャはこの時間が大好きだった。

そんなこんなで仲良く登校する四人。

するとそんな彼らの行く手を塞ぐ様に一人の男子生徒が現れる。

短めのふんわりとした茶髪で、背はルイシャより少し高い。

大人びた印象を受ける顔立ちをしており、ルイシャは彼は上級生かな、とあたりをつける。

「楽しくお喋《しゃべ》りしてるとこ悪いな。俺は三年Aクラスのリチャード。用件は……言わなくてもわかるな？」

「分かりました。お受けします」

一瞬で真面目な表情に変わったルイシャは、手に持ったカバンをヴォルフに渡しリチャードと名乗った生徒の前に立つ。

「悪いな、こんな朝早く」

「いえ、最近こういうの少なくなってたんで嬉《うれ》しいくらいですよ」

「へえ、言うじゃないか。これは楽しみだ」

そう言ってリチャードはルイシャの足元に手袋を放り、ルイシャはそれを迷いなく拾う。

これで正式に決闘が成立となる。

ルイシャは入学してから何度も決闘をけしかけられており、入学当初なんかは一日で十回も決闘を挑まれたこともある。もっとも入学して早々に挑んできたのは早く名をあげたい一年生ばかりだったのだが。

しかし入学して一ヶ月も経《た》つと実力差を思い知った同学年の生徒たちは大人しくなり、代わりに上級生たちが決闘を仕掛ける様になってきた。ルイシャはそんな彼らを丁寧に一人ずつ確実に倒し、いつしか上級生すらルイシャには挑まなくなっていた。

しかし入学から四ヶ月経った今でもたまにこうして挑戦者は現れる。今でも挑んでくる挑戦者は最初の無謀な生徒たちと違いちゃんとルイシャの実力を理解した上で勝負を挑んでくる者たちだ、当然魔法学園の中でも上位の成績の実力者である。

「おい！　ルイシャが決闘するってよ！」

「まじかよ二週間ぶりじゃないか!?」

決闘が成立すると次々と野次馬の生徒たちが集まりルイシャとリチャードを取り囲む。

久しぶりのルイシャの決闘に生徒たちは興奮し軽いお祭り騒ぎだ。

「全く、騒がしいと思ったらルイシャか……。最近は静かになったと思ったのに」

やれやれといった感じで出てきたのはルイシャの担任の先生レーガスだった。

どうやら立会人として生徒に連れてこられたようだ。

「あ、先生おはようございます。今日もよろしくお願いします」

「おはようルイシャ。ええと相手は……リチャードか。普段は大人しいお前が決闘を吹っかけるなんて珍しい」

レーガスの抱くリチャードのイメージは品行方正な優等生、だ。

とても下級生に決闘を吹っかけるようなイメージではない。

「はは、俺もそんな気は無かったのですが……流石《さすが》にここまで一年生にいいようにされちゃ上級生の威厳が無くなっちゃうでしょ。ここは一つ上級生の意地を見せてあげませんと」

そう言ってリチャードは構える。

その表情は真剣そのものだ、ルイシャも彼の真剣さに応えるように拳を構える。

「二人とも、準備はいいな？」

「はい」

「ええ、もちろん」

二人の返事に頷《うなず》いたレーガスは上げた右腕を振り下ろす。

その合図と同時に動いた……いや消えたと言ったほうが正しいか。行動を起こしたのはルイシャだった。

彼はまるでその場から急に消えたかと錯覚するほどのスピードで地面を蹴り、リチャードに接近した。

気功歩行術『縮地』。足裏に溜《た》めた気功を爆発させその推進力で超加速する技だ。

「――――シッ！」

そしてその速度を維持したまま必殺の蹴りをリチャードのボディに叩《たた》き込む。

常人では何をされたのかすら分からないほどの瞬殺技。事実野次馬の生徒たちは目の前で何が起きているのか理解出来なかった。

いつもならこれで終わっていたが、今日の対戦相手は一味違った。

「ぐっ……！　流石に強いなっ！」

リチャードはその衝撃で後ろに五メートルほど吹き飛んだものの、腕をクロスさせてルイシャの蹴りを防御していた。当然魔法で腕を硬くしている、なのでビリビリと痛むもののダメージはそれほど大きくない。戦闘の続行に支障はなかった。

「今度はこっちの番だ、百連発火炎《ハンドレイ・ファイア》！」

リチャードが魔法を唱えると彼の頭上に百発もの火炎球が誕生する。

一度にそれだけの魔法を作り出し操ることが出来るというのは、彼がとても高い魔法技術を持っていることを意味する。

そんな人物がまだこの学園にいたことに嬉しくなり、ルイシャは笑みをこぼす。

「ああ、今日はいい一日だ」

「その余裕、いつまで保つかな」

ルイシャ目掛けて降り注ぐ数多《あまた》の火球。

それはさながら火の雨とも呼べる恐ろしい光景だった。

しかしルイシャはそんな状況にも臆さず立ち向かう。

「上位岩石防壁《ハイ・ロクウオルド》……！」

ルイシャが魔法を発動させると目の前の地面が隆起し、巨大な岩の壁が出現する。そしてその壁は火の雨からルイシャを守った。

それを見たリチャードは歯噛《はが》みする。

「岩属性まで使えたのか、いったい何属性の魔法を使えるんだ⁉」

人によって得意な魔法の属性が決まっている。無論特訓すれば得意でない属性の魔法も使えるようにはなるのだが……それには多大な時間と手間がかかる。

ただでさえヒト族の寿命は短い、なので得意魔法を鍛えるのがヒト族の基本的な魔法習得スタイルだ。

魔法学園の生徒であれば使える属性は多くて二つ三つが関の山……しかし目の前の少年は普通の学生という物差しで測れる存在ではなかった。

「事前の情報収集で知れたのは炎、雷、氷、水……まさかそれに加えて岩まで使えるなんて想定外だ……！」

リチャードはこの日のためにルイシャを研究し尽くしていた。

今までの決闘はほぼ全て足を運んで観察したし、決闘した生徒に話を聞きに行ったりもした。

全ては今日勝つために。

「かかって来いよルイシャ！　俺は逃げも隠れもしないぞ！」

彼がそう呼びかけると砂煙の中からルイシャが姿を現す。

どうやら彼の作った岩の壁は火の雨を全て防ぎきったようだ。

「では反撃させていただきます……！」

「望むところだ。既に勝利の方程式は出来ている！」

待ち構えるリチャードに、ルイシャは高速で接近する。

そのあまりにも予想通りの行動に、思わずリチャードは笑みを溢《こぼ》してしまう。

（お前が接近戦での決着を好むことは研究済みだ。この勝負、俺が貰う!!）

相手の全力を引き出し、それを正面から打ち破ったあと肉弾戦で決着をつける。それがルイシャの勝ちパターンだった。

研究のおかげでそれを知っているリチャードは考えた、どこで何をすれば一番勝率が高いか。

(狙うは今この時！　勝利を確信し素手で突っ込んでくる今こそ最大の勝機だ！)

リチャードの放った魔法、百連発火炎はこの時のための布石に過ぎない。ルイシャの目がその魔法に行っている隙に彼はルイシャと自分の直線上に罠《わな》を仕掛けた。

その魔法名は「迷彩空雷《ヒドゥン・エアマイン》」。その名の通り目に見えない浮遊爆弾だ。

かなり近くを通らないと起爆しない上に爆破範囲は狭い、非常に当たりづらい魔法なのだがそのぶん威力はかなり高い。

(さあ来い！　勝つのは俺だっ！)

そんな企《たくら》みなど露知らず、ルイシャは爆弾の爆破範囲に足を踏み入れてしまう。

その瞬間何もない空間が歪《ゆが》み、爆発する……と思われたがルイシャは爆発するより早くその歪みの中に手を突っ込み、爆弾を鷲摑《わしづか》みにした。

「んなっ!?」

想定外の行動に目を丸くし驚くリチャードをよそに、ルイシャはその空雷を手で握り潰してしまう。すると爆弾は爆発することなく「ぽしゅう」と情けない音を立てて霧散した。

「え、ええぇぇ――――っ!??!???!?」

予想外の事態にリチャードは驚きを隠せずそう叫んだ。今までの冷静な彼はもうそこにおらず、目は飛び出し口はあんぐりと開けてしまっている。

ルイシャはその間にも次々と爆弾を無効化しながらリチャードに近づいていく。

「な、何が起きているんだ……!?」

ルイシャの行ったことは簡単だ。

感知型爆弾などの様々な効果を持った魔法は、その中に複雑な魔法術式が組まれている。

魔法術式とは魔法の設計図のようなものであり、複雑なほど発動するのが難しくなるが様々な効果を付与することが出来る。しかしそのような複雑な魔法は少しの綻びで効果を失ってしまうデメリットを持っている。

そこでルイシャは爆弾に干渉し、起爆を司《つかさど》る術式をすっぽり抜いてしまった。これではいくら強力な魔法でも意味がない、弾丸を抜いた銃と同じだ。

ヒト族トップクラスの魔力操作技術を持つルイシャならあの程度の魔法、目隠ししていても解除出来てしまう。

「来るなら来いっ!」

拳を振り上げ接近してくるルイシャにリチャードは一歩も退《ひ》かず応戦する構えを取る。

接近戦で勝てぬことなど百も承知、しかし上級生として下級生相手に背中を見せるわけにはいかない。

「先輩、あなたは強かった！」

しかし勝負は勝負。

ルイシャの鉄拳は正確にリチャードの顔面に突き刺さり、彼は華々しく散ったのだった。

◇　◇　◇

「いやあ、今日の相手は中々骨がありましたね大将。流石最上級生といったところでしょうか」

「そうだね、あんなに強い人がいたなんてびっくりだよ。もぐもぐ」

恋人の弁当に舌鼓を打ちながら、ルイシャはヴォルフにそう返事をする。

時刻はお昼。午前の授業を終えた彼らは校舎の外に設置してある六人がけのテーブルに座り、昼食を摂《と》っていた。

メンバーはルイシャ、ヴォルフの二人の他にシャロとアイリスを入れて四人。いつもの面子《メンツ》だ。

ルイシャ以外の三人はそれぞれ自分で作った弁当を食べている。意外なことに粗雑に見えるヴォルフも料理は得意で、凝った料理を作ってくることもある。

そしてルイシャの目の前には……シャロとアイリス二人が作ったお弁当が置かれていた。クオリティ、ボリュームどちらをとっても彼女たち自身が食べているものよりも高い。毎日二人は競うようにクオリティの高い料理を作っているのだ。

ヴォルフも自分の作ったものを食べてもらいたい気持ちがあるのだが、毎日鬼気迫る様子で弁当を出してくる二人のことが怖くて参戦することは出来ずにいた。

触らぬ神に祟《たた》りなし。彼の判断は正しかったと言えよう。

「うん、今日も美味《おい》しいなあ」

一方ルイシャは幸か不幸かそんなことには一切気づかず、幸せそうに二人のお弁当をムシャムシャ食べていた。

二人の女の子がバチバチ火花を散らしながら睨《にら》み合っているとは気づかずに。

「はは、大将は相変わらず大物だぜ……」

その愛憎渦巻く戦いを一人第三者の目線で見ているヴォルフは疲れた様子でそう呟《つぶや》く。

そんないつも通りの食事時間を四人が過ごしていると、ある人物が訪ねてくる。

「やあルイシャ、楽しく食事をしている途中に悪いね」

「もぐ、あなたは……」

ごくん、と口に含んだものを飲み込みながらルイシャは来訪者に目をやる。

その人物をルイシャは知っていた。

「リチャードさん、さっきぶりですね」

「ああ、こんな顔で訪ねて悪いな」

その人物は朝ルイシャが決闘した三年生の男子生徒、リチャードだった。

戦いで負った傷は回復魔法で癒したようだが、殴られた右頬にはまだ腫れが残っている。

どうやら学園で受けられる回復魔法では治しきれなかったようだ。

「おっと復讐《ふくしゅう》に来たわけじゃないから安心してくれ。あんなに気持ちよくぶっ飛ばされたらそんな気も起きんさ」

険しい目を自分に向けてくるルイシャ以外の三人にリチャードはそう弁明した。

「さて、まずはいきなり決闘を申し込んだことについて謝らせてほしい。済まなかった」

そう言って彼は頭を下げる。

「そんな、いいですよ。僕も久々に戦えて楽しかったですし」

「いや、本当であれば正々堂々時刻と場所を決めて行うべきだ。今回の決闘の挑み方は不意打ち、とても条件がフェアとは言えない」

そう言って退かないリチャード。

しかしそれでもルイシャはスタンスを変えなかった。

「僕はいつ何が起きても戦えるように特訓してます。だからそれでいいんです。むしろ今回みたいにいきなり挑まれた方が助かります」

そう堂々と言い放つルイシャにリチャードは「完敗だな」と心の中で呟く。

実力だけでなく心の器《うつわ》でまで負けてしまっては嫌味の一つも出てこない。

「ふふ、君に負けたこと、誇りにすら思うよ。だからこれは親切心による忠告だ。君はもう生徒会に目をつけられている、十分注意することだ」

「生徒会……ですか？」

ルイシャはこの学園に生徒会という組織が存在するということは知っていたが、どんなことをしているのかまではよく知らなかった。

「ああ、ゆめゆめ気を抜かぬことだ。生徒会はこの学園きっての変人の集い。いくら君とはいえ一筋縄《れんちゅう》ではいかないだろう」

リチャードはそうルイシャに告げるとその場を去って行く。どうやら言いたいことはそれで全てのようだ。

「生徒会……か」

ルイシャは彼の後ろ姿を見送りながら小さく呟く。

「ところで大将、『勇者の遺品』の情報はもう見つかったんですかい？」

ヴォルフはリチャードが遠くに行き、周りに人がいないのを確認すると小声でそう尋ねてくる。

ルイシャも魔力探知して人がいないのをしっかり確認してから口を開く。今からする話題はトップシークレット、誰にも聞かれるわけにはいかない。

「そうだね、今のところ『二つ』有力な情報があるんだ」

「お、おお……、二つも情報が集まってるんですか。いったい何処《どこ》にあるんですか?」

「うん。一つは法王国アルテミシアの東部にある港町『ラシスコ』に伝わる伝説なんだ。伝説の海賊、海賊王『キャプテン・バット』の遺《のこ》したお宝の中に勇者のお宝があるらしい」

「キャプテン・バットってあの伝説の海賊のことですか!? こりゃまた大物が出てきたな……」

キャプテン・バットとはおよそ百年前に活躍した伝説の大海賊だ。

彼の武勇伝は勇者オーガと同じく多数残っており、港町では勇者の伝説よりも好んで語られる。

彼は海賊という身でありながら弱者を襲うことはなく、むしろ凶悪な海賊を倒して回り、海に平和をもたらした英雄として語られる。

それが本当のことなのかは定かではないが、彼が今も英雄として多くの人に崇《あが》められているのは事実だ。

「ふふ、この情報は私の仲間が見つけたのです」

両手でVサインを作りながら得意げにそう言ったのは金髪の吸血鬼《ヴァンパイア》アイリスだ。表情こそ無表情だがノリノリでピースしているせいで表情と動きが一致していない。

「実際に港町ラシスコに行った同胞が見つけた情報です。信憑性《しんぴょうせい》は高いかと」

「うん。この情報はすごく助かるよ。吸血鬼の人たちにもお礼を言っておいてね」

「了解です。ぴすぴす」

　アイリスはドヤ顔をしながらピースを隣に座ったシャロに押しつける。

　自分が役に立てていることを自慢しているのだ。

「ああうっさいわね！　分かったからそれをやめなさいっ！」

「おや、女の嫉妬は醜いですよ？」

「あんたに言われたないわよ！」

　喧嘩《けんか》するほどなんとやら。二人はすっかり仲良くなっていた。

　そんな彼女たちの様子をルイシャはほっこりした目で眺める。

「で、もう一つの情報は何なんですかい？」

「ああそうだったね。ええとこれはユーリがくれた情報なんだ。王都から南にある賭博の国『ヴェガ』で年に一回開かれる闘技大会があるらしいんだけど、そこのチャンピオンが『勇者のベルト』を貰《もら》えるらしいよ」

「勇者の遺品が景品になってんのか!?　そんなことしていいのかよ……」

「ヴェガは都市国家な上に治安はすごく悪いみたい。他の国の法律やルールは通用しないんだって」

「なるほど……じゃあそれに参加するってことだな大将」

ヴォルフがそう尋ねるとルイシャは決意に満ちた顔で頷《うなず》く。

「うん。この大会には大陸中から腕自慢が集まるらしいんだ。しかも魔法は禁止の戦い、厳しい戦いになるだろうけど全力でやるよ」

「はっは！　それでこそ大将！　俺様も微力ながら助太刀させてもらうぜ！」

「うん、頼りにしてるよヴォルフ」

「ちょっと、私を忘れないでよっ。ルイは私だけ頼りにしていればいいのよ」

「私を差し置いてなんてこと言ってるんですかシャロ。情報を持ってきたのは私の仲間、つまり私が持ってきたと言っても過言じゃないんですよ」

「それは過言でしょっ！」

ワイワイ騒ぐ心強い仲間たち。

ルイシャはそんな彼らを見て、この先の厳しい戦いも彼らと一緒なら乗り越えられるだろうと強く確信するのだった。

◇　◇　◇

魔法学園では多種多様なクラブ活動が行われている。

魔法を研究するクラブや、魔法を使ったスポーツのクラブ。中には異世界発祥の球技なんかも存在する。

ルイシャたちのクラスにもそういったクラブ活動に参加している者はいる。

しかし大半のクラスメイトはルイシャの開く教室『ルイシャ塾』に参加したがるので、熱心にクラブ活動に参加する者はいない。

ルイシャも色々な才能を持ったクラスメイトから学ぶことは多い。

なので彼は今日も放課後、いつもみんなが集まる校舎外の広場に行こうとしていたのだが……それを遮る者が現れた。

「君がルイシャ君だね？」

そう言って現れたのはオールバックの黒い髪と黒縁の眼鏡が特徴的な、いかにも堅物そうな生徒だった。

彼の後ろには二人の生徒が付き従っている。

「えっとあなたは確か……生徒会長さん、でしたよね」

ルイシャはその人物に見覚えがあった。

ルイシャの指摘通り彼は『魔法学園生徒会』の生徒会長であり、後ろに付き従っているのは生徒会のメンバーだ。

彼らはこの学園のあらゆる行事を仕切り、風紀を守る役目を担っているのだ。

とても多忙で大変な役目なのだが、見事卒業まで生徒会をやり切ると就職の面でかなり優遇される。なので生徒会に入りたがる者はそこそこいるのだが、実際にその任に就ける生徒は少ない。

理由は単純、生徒会に入るには高い能力が必要だからだ。

それはつまりこの生徒会長も、かなり高い能力の持ち主だということになる。

「まさか有名人である君に顔を覚えられているとはね。光栄だよルイシャ君」

「何回か活動してるのをお見かけしましたからね。僕の方こそ生徒会長さんに覚えてもらっているなんて嬉《うれ》しいですよ」

「ほう……噂《うわさ》では笑顔で生徒を次々と打ち倒した、血に飢えた獣のような生徒だと聞いていたのだが存外理性的な好青年じゃないか」

「そ、そんな噂流れてたんですか……」

尾ひれだけじゃなく背びれまで付いた自分の噂にルイシャはガックリと項垂《うなだ》れる。確かに最近知らない生徒に「ひいっ」と出会い頭にビビられることがよくある。何でだろうと思っていたけどこの噂のせいなんだろうなあ、とルイシャは理解する。

「それでその生徒会長さんが僕に用ですか？　なにか怒られるようなことしましたっけ？」

「誤解しないでくれ、私たちは君と敵対しに来たわけじゃない、むしろその逆だ。マイト、例の物を」

生徒会長に呼ばれ、彼の後ろに控えていた人物が前に出てくる。

その人物は筋骨隆々の男だった。とても学生とは思えない体軀《たいく》をしている。おまけにスキンヘッドに浅黒い肌ととても厳《いか》つい。

普通の人が道ですれ違ったら目を背けてしまうだろう。

そんな彼は手に持った長い板をルイシャの目の前にズドン！　と音をたてて突き刺す。

その板には何やら文字が書いてある。

「なになに……『生徒会特別試験』？」

その自分とは関係なさそうな単語にルイシャは首をひねる。

いや何となく意味は分かる。しかしなぜそんなことをするのか、そしてどんな試験をするのかが全く分からなかった。

戸惑ったルイシャは一緒にいたシャロとアイリスとヴォルフの方に顔を向けるが、三人とも分からないと首を横に振る。

するとそんな気まずい気配を察知した生徒会長が説明を始める。

「オホン！　生徒会特別試験とは魔法学園に伝わる伝統行事だ！　挑戦者として認められた名誉ある生徒は生徒会のメンバーと戦い、勝利したとき次期生徒会長として認められるのだ！　そして光栄なことに君はその挑戦者に選ばれた。もちろん嫌とは言わないよな？」

「ええ、嫌なんですけど……」

ルイシャは普通に断る。しかし、

「それでは勝負の内容だが……」

「いやだからやらないんですってば！」

人の話を聞かず話を進めようとする生徒会長をルイシャが呼び止める。

すると生徒会長は心底意外そうな顔で「へ？」と声を出す。

「なんで？　生徒会長になりたくないのか？」

「だからそう言ってるじゃないですか。僕は別に生徒会長になりたくないです！」

生徒会長になれば就職に有利になることはルイシャも知っている。しかし元々彼にそのような欲は無い。生徒の上に立って何かを成し遂げたいという気持ちも無いので彼の提案はルイシャにとって魅力的なものではなかった。

「ぐぬぬ、しかし生徒会に入れば食堂で生徒会割引が使えるぞ？」

「いや、大丈夫です」

「生徒から尊敬されるぞ！　モテモテにだってなれる！」

「それも大丈夫です」

「そうだ！　生徒会長には天下一学園祭の出場メンバーを決める権利もあるんだぞ！　凄《すご》いだろう！」

「だから別に……って、今なんて言いました？」

生徒会長の発した『天下一学園祭』という言葉。

ルイシャはその言葉に引っかかる。

「ん？　言葉の通りだぞ。もうすぐ開催される『天下一学園祭』は君も知っての通り、大陸中の学生が集まり最強の学生を決める大きな祭り。生徒会長はその出場メンバーを決める権利があるんだ。……ふむ、どうやら君はこれが気になるみたいだね」

生徒会長は明らかにそれが気になっているルイシャに、取引を持ちかける。

「本来であれば今年の生徒会長である私にこの権利があるのだが……いいだろう。君が勝負に勝ったらこの権利を譲り渡そうじゃないか」

「ほ、本当ですか!?」

生徒会長の言葉にルイシャは食いつく。

なぜなら彼はなんとかしてその『天下一学園祭』の出場メンバーを決められないかと考えていたからだ。

ルイシャがそこまで固執する理由はその学園祭の優勝商品にあった。それさえあれば勇者の遺品集めに大きく一歩近づくことが出来る。なんとしても手に入れておきたい。

「……分かりました。その勝負、お引き受けいたします。でも生徒会に入るとは言ってませんからね」

「ふふふ、いいだろう。しかし私には分かる、君は必ず入るとな」

謎の自信を持つ生徒会長。

そんな彼にルイシャは「ところでどんな勝負をするんですか？」と今さらな質問を投げかける。

「聞いて驚け、生徒会特別試験の内容は……『鬼ごっこ』だ!!」

「鬼ごっこ、ですか？」

「その通り。まさか知らないってことはないよね？」

「いやまあ知ってはいますが……」

鬼ごっこはポピュラーな子どもの遊びだ。

その歴史は古く、本を正せば三百年前に伝説の赤鬼に出会ってしまったヒト族が、なんとかその鬼から逃げおおせたという逸話が鬼ごっこの発祥らしい。

今やこの遊びは誰もが知っており、田舎村出身のルイシャも子ども時代はよくやっていた。

もっとも、いつも幼馴染《おさなじ》みのエレナにすぐタッチされていたので楽しかった記憶はないが。

「ルールは簡単、ルイシャが鬼《き》を《み》やって私が逃げる。エリアは学園内全域で制限時間は十分。それまでに私に触れることが出来れば君の勝ちだ。簡単だろう？」

「……なるほど。ちなみに僕は生徒会長さんが逃げてから何秒後に動いていいんですか？」

「そうだな、十秒後でどうだ？　制限時間の計測は君が動いてからで構わないよ」

「分かりました、その勝負お受けいたします」

ルイシャがそう言って勝負を呑《の》むと生徒会長はニヤリと笑みを見せる。

「私は過去何十回とこの勝負をしているが……一回も負けたことはない。果たして君にその記録を打ち破ることが出来るかな？」

　そう言って生徒会長はルイシャから少し距離を取り宣言する。

「三年Aクラス所属、生徒会長レグルス＝ファニードの名において『学園鬼ごっこ』の開始を宣言する！」

　その言葉と同時に生徒会長レグルスは走り出す。そしてそれと同時に生徒会の一人がタイマーをセットし、それをルイシャに渡す。十分が過ぎると鳴り出す仕組みだ。

自信があるだけあって彼の足は速く、ルイシャとレグルスの距離はグングン離れていく。

しかしそれは普通の生徒と比べたら速い、といったレベルの速さだ。

ルイシャや俊足のクラスメイト、メレルと比べたらたいしたことはない。

「十秒が経過しました」

「よし、行くよ……っ！」

合図と共にルイシャは駆け出そうとする。まだ視界に生徒会長の姿を捉えている、これならものの数秒で捕まえることが出来るであろう。

しかしルイシャが一歩踏み出した瞬間驚くべきことが起きる。

「えっ!?」

なんと走っていた生徒会長の姿がフッと一瞬で消えてしまったのだ。

(これは認識阻害魔法!? ひ、ひとまず魔力探知しなきゃ!)

慌ててルイシャは魔力探知するが、彼の魔力は捕捉出来ない。どうやら何かしらの『対策』をされているみたいだ。

「うーん、何か策を考えないと」

立ち止まり思案するルイシャ。そんな彼に追い討ちをかけるように新たな障害が現れる。

「魔法学園二年Aクラス、生徒会庶務のマイト・ツェッペリンだ! 立ち会いを所望だ!」

レグルスの後ろに控えていた大柄の生徒がそう叫びながらルイシャの前に立ちはだかる。

「うそ!? 一対一じゃないの!?」

「誰も邪魔しないとは言ってないだろう。それとも降参するか一年生?」

「ぐっ……!」

こんな所で時間を無駄にしていられないのに。そう考えていると唐突にある人物が二人の間に割り込んでくる。

「おうおう! そんなことすんだったらよう、俺が割り込んでも文句はねえよなあ!?」

ポケットに手を突っ込みながら、ヴォルフがマイトの前に立ち塞がる。体格でいえばマイトの方が大きいが、その気迫とガラの悪さであれば負けていない。

「大将はあいつを追ってください。こんなチンピラ俺がのしときますんで」

「チンピラはどっちか……試してみるか？」

睨《にら》み合い、火花を散らすヴォルフとマイト。ヴォルフなら大丈夫そうだと判断したルイシャは「ごめん、任せた！」とその場を彼に任せて先へ進もうとする。だが、

「申し訳ありませんが、ここを通すわけには行きません」

今度は青色のショートカットが特徴的な女子生徒が立ち塞がる。彼女もまた生徒会メンバーだ。銀縁の眼鏡をかけていて大人しそうな印象を受ける。

「二年Aクラス、生徒会副会長兼書記のユキ・クラウスです。生徒会の威信にかけてこの勝負、勝たせていただきます」

彼女はそう宣言すると魔法を発動し複数の氷塊を出現させる。彼女の高い魔力にルイシャは驚く。

「上級生にこんな凄腕《すごうで》の魔法使いがまだいたなんて……！」

「あなたに恨みはありませんが生徒会のため、ここで足止めさせていただきます！」

ルイシャめがけて降り注ぐいくつもの氷塊。しかしそれは彼のもとに届く前に全て斬り伏せられた。

「ちょっと、私たちを忘れてもらっちゃ困るわ」

「全くです。私たちがいる限りルイシャ様に危害は加えさせません」

氷塊を斬り裂いたのはシャロの剣であった。そしてシャロが作った隙を突き、アイリスがユキの懐に潜り込む。普段いがみ合っている二人からは想像のつかない、息の合った連係だ。

「しまっ……」

「――――遅い！」

アイリスは隙を突かれ焦るユキの襟を摑《つか》み、地面に組み伏せてしまう。必死に抵抗するユキだが、吸血鬼《ヴァンパイア》であるアイリスの腕力はその細い腕からは想像がつかないほど、強い。

魔法と勉学には自信のあるユキだが、腕力は同年代の女子と比べても低い方だ。抜け出せる訳がない。

「ふう、これで邪魔はなくなったわね。ルイは気にせずあの眼鏡を追いなさい。ちょうどヴォルフも終わったみたいだしこっちは心配いらないわ」

見れば後方でヴォルフが勝利の咆哮《ほうこう》を上げている。どうやら向こうも勝利したみたいだ。

「ぅう、申し訳ありません会長《がいちょ》～！」

アイリスに組み伏せられたユキが突然泣き出してしまう。一見クールな印象を受ける彼女だが、その実泣き虫な一面もあった。罪悪感を覚えたアイリスは彼女を起こし宥《なだ》め始める。

「ほ、ほら。もう痛くしないから泣かないでください」

「がいちょ～！」

しかしユキは会長に謝るばかりで一向に泣き止《や》む気配がなかった。

どうしたものかと困るアイリスとシャロ。

そんな中、ルイシャは「あ」と呟《つぶや》く。

「……いいこと思いついたぞ」

◇　◇　◇

一方その頃、生徒会長レグルスは学園内を疾走していた。

しかし猛スピードで走り回る彼を、生徒の誰も気には留めなかった。

「ふふふ、誰の目にも留まらず走るこの感覚。たまらないねっ！」

それもそのはず、道行く生徒たちは誰一人として彼のことを知覚していないからだ。

レグルスの得意魔法は『認識阻害魔法』という特殊なものだ。自分の存在感を限界まで薄くすることが出来、魔法発動中はたとえ視界の中に入ってもレグルスは気づかれないのだ。

戦闘能力が高い人物を攻撃しようとすれば、流石《さすが》に気配や殺気で気づかれてしまうが一度離れてしまえば熟練の戦士でも彼を捉えるのは難しい。

暗殺者や盗人にうってつけの能力だが……彼はこの力を悪用したことは一度もなかった。

むしろその逆。

「む、そこの男子生徒！　ハンカチを落としたぞ！」

そう言ってレグルスはハンカチを拾うと、それを落とした生徒のポケットにねじ込む。

しかし男子生徒はレグルスの存在に気づいていないのでハンカチを落としたことにすら気づかず去っていく。

普通であればお礼の一つでも貰いたくなる場面だが、レグルスは笑顔で誇らしげだった。

「ふふ、また人知れず生徒を救ってしまった……」

彼はこの魔法学園を心から愛していた。ゆえに人知れず生徒たちを助けていたのだ。

ある時は転んだ生徒を支え、ある時は腹痛の生徒を抱えてトイレまで運び、またある時は学園に忍び込んだ泥棒を捕まえたことまであった。

魔法学園七不思議の一つ、『なんか助けてくれる精霊みたいのがいる』は何を隠そうこの生徒会長の仕業だったのだ。

何人かの生徒を助け安全を確認したレグルスは校舎の屋上まで駆け上がると、そこから下を見渡す。

「さてさて、彼《ルイシャ》はどんな手で来るかな？　君には期待しているんだからな」

そう楽しそうに笑う彼の視界の隅に、見知った姿が映る。

遠くてぼんやりとしているが、あの背格好と青色の髪。いつも一緒にいるので見間違えるはずがない。

「ユキ？　いったい何をしてるんだ？」

生徒会副会長兼書記ユキ・クラウス。今彼女はルイシャの足止めをしているはず。それなのにこんな所で何をやっているのだろうか。

「……少し見に行ってみるか」

怪しいとは思いながらもレグルスは彼女に近づく。もちろん認識阻害魔法は解かずに、だ。

『会長《がいちょ》～！　ごめんなざい～！』

近づいてみると彼女はそう繰り返し声を出していた。

間違いない、ユキの声だ。そう確信したレグルスは周りに人がいないことを確認し彼女に近づく。

「ユキ、いったいどうしたんだ？　何かミスをしたのか？」

魔法を解きそう喋《しゃべ》りかけた瞬間、突然彼らを取り囲むように地面から黒い柱が出現する。

その柱は頭上で結合し、まるで鳥籠のような形となり二人を閉じ込める。

「い、いったいこれは……!?」

突然の事態に戸惑うレグルス。

するとユキはゆっくりとレグルスの方を向いて口を開く。

「やっと見つけましたよ……生徒会長さん」

その声は先ほどまでとは似ても似つかない声。まだ声変わりしきっていない高めの声だが、間違いなく男性の発するそれだった。

「その声はまさか……っ!」

「そのまさかですよ!」

ユキだと思われた人物の顔が突然ボフン! という音と煙と共に『変わる』。そうして現れたのは女生徒の制服を着たルイシャだった。

「さて、この格好をするのも恥ずかしいのでとっとと終わらせますよ!」

◇　◇　◇

レグルスを捜しに行く前のこと。

ルイシャは「会長《がいちょ》～!」と泣き叫ぶユキのもとに近づきあることをしていた。

「えーと? これをこうして……と」

何やら小さな水晶をいじくるルイシャ。気になったシャロは彼に尋ねる。

「なんなのそれ？　何かの魔道具？」

「うん。まあ見ててよ」

喚《わめ》くユキの側《そば》にそれを持っていき、魔力を流して起動する。

すると水晶はほんのりと光を放つ。その状態をしばらく維持したルイシャは満足したように頷《うなず》くとそれに魔力を流すのを止《や》める。

「よし、こんなもんかな」

そう呟き、ルイシャは再び水晶《それ》に魔力を流す。すると、

『会長《がいちょ》〜！　ごめんなざい〜！』

その水晶からユキの声が発せられた。セリフだけじゃなく、発音や声の高さなど本物のユキの声とそっくり。まるで本人が喋っているようだった。

「これって……！」

「名前は『録音水晶』、音を記録することの出来る水晶だよ」

ルイシャのいるこの世界にも、蓄音器とレコードはある。しかし魔法技術で音を記録する技術は確立されていなかった。

しかし魔法の大天才、魔王テスタロッサは無限牢獄《ろうごく》内でこの技術を完成させていたのだ。

ルイシャは彼女が発明した魔法の道具、『魔道具』のいくつかの製造法を教わっていた。

この録音水晶もその一つで、水晶一つあればものの数分で作れてしまう優れものなのだ。

「耳に入ってきた音を魔力に変換して水晶に記録させる。言葉にしたら難しく聞こえるかも知れないけど、魔法を少しでも使える人だったら簡単に使えるようになる」

「へえ、凄《すご》いじゃない！　でも声だけでそんなに近くまで来てくれるかしら？」

「安心してよシャロ。もちろん録音水晶《これ》だけで会長さんを捕まえられるとは思ってない」

ルイシャはそう言うと、まだぐずっているユキに近づき、その顔をよく見ながら魔法を発動する。

「変化《フォルゼ》!!」

魔法を唱えた瞬間、ボフン！　と煙がルイシャを包み込む。その煙が晴れると……なんとルイシャの顔はユキそっくりになっていた。

「どうですか？　ちゃんと変身出来てます？」

「あ、あわわ……」

自分そっくりの顔が急に現れ、ユキは口をパクパクさせて驚く。

それほどまでにルイシャの使った魔法は珍しいものだった。

そして彼女だけでなく、シャロとアイリスも同様に驚いていた。

「その魔法、パルディオのやつじゃない。いつの間に使えるようになってたの？」

「ふふん、中々難しかったけど先週ようやく使えるようになったんだ。まだ顔だけで体型とか声は真似《まね》出来ないけどね。まあユキさんと僕の背丈は同じくらいだしバレないでしょ」

ユキの顔をしたルイシャは得意げにそう言うと、水晶を握りしめ走り始める。残り時間は六分、それほど猶予はない。

「さて、今度はこっちのターンだ！」

そう宣言したルイシャは勢いよく駆け出すのだった。

◇　◇　◇

時は戻り現在。

結界魔法『鳥籠』の中に閉じ込められた生徒会長レグルスは、意外なことに冷静だった。

（残り時間はあと僅かなはず、何としてでも逃げ切る！）

実際残り時間は二分を切っていた。いくら閉じ込められたといえど黒檻《くろおり》の中は割と広い。

レグルスはこの状況でも逃げ切る自信があった。

「捕まえる……！」

「やってみろ！」

そう言ってレグルスは奥の手である煙幕玉を地面に叩《たた》きつける。一瞬の内に煙幕が黒檻の中に充満し、ルイシャの視界が真っ白になる。

ルイシャは風魔法を使ってすぐに煙幕を晴らすが、すでに彼の姿はなくなっていた。彼は煙幕と同時に魔法を使い再び姿を消したのだ。

「最後まで諦めないその姿勢、流石です。だけど僕だって何も策を考えてなかったわけじゃないですよ！」

確かに彼の姿は見えない。音もしない。魔力探知も効かない。でも彼は近くに絶対いるのだ。

ルイシャはその状況を最大限に利用する。

「巨大水球《ラジア・ウォルド》！」

そう魔法を唱えると、ルイシャの目の前に水の球が現れる。その球は瞬く間に大きくなっていき、ものの数十秒で黒檻の中を満たすほどの巨大な水球になる。

当然その水の中で人間は呼吸出来ない。通常の人間であれば。

「ぶぼうぶぼうぶぶ、ぶぼうばい（気功呼吸術、気功鰓《きこうさい》）」

しかしルイシャは水の中でも魚のように呼吸出来る気功術を会得している。そのおかげでこの状況下でも冷静にあたりを観察することが出来た。

（……あそこか！）

ルイシャは少し離れたところから、泡がぶくぶく出ていることに気がつく。

姿を消しても呼吸はごまかしきれない。あそこにレグルスがいるのは火を見るよりも明らかだった。

「ぼうぶばばばい！（もう逃がさない！）」

ルイシャは足裏から魔力を噴射して水中を急加速で移動して泡の出ているところに向かう。

そして勢いそのままに、レグルスがいると思わしきところに拳を振るう。

「ぶぼっ……っ!!」

ルイシャの拳は的確にレグルスの頬を打ち抜いた。

突然息が出来なくなり混乱していたレグルスはその一撃をまともにくらってしまい、何が何だか分からぬまま水中をぐるぐる回転しながら吹き飛び……ビタン!!と音を立てて黒檻に激突する。

「ばば、ばびぶべばばぼ……（やば、やりすぎたかも……）」

思わず本気でぶん殴ってしまったルイシャは反省しながら魔法を解除し、黒檻と水球を消す。

するとそれと同時に持っていたタイマーから鈴の音が鳴りだす。どうやら時間内に終わらせることが出来たようだ。

「ふう、ギリギリだったね。それより生徒会長さん、大丈夫かな？」

ルイシャは少し離れた所で陸に打ち上げられた魚のようにピクピクと動いているレグル

スのもとに駆け寄る。

「あのう、大丈夫……ですか？」

「ふ、ふふふ、いいタッチだった、よ……」

顔をパンパンに腫らしながらもレグルスは余裕ある態度を崩さずそう言った。弱った姿を見せるのは生徒会長のプライドが許さないのであろう。

「見事だルイシャ君、君を生徒会の一員として認めよ……う……」

その言葉を最後にレグルスはドサリとその場に倒れる。魔法を使いながら走り続け、あげく水責めを受けながら殴られたのだ。体力は底をついていた。

やり切った顔で気絶するレグルス。その場に一人取り残されたルイシャは困惑した様子で呟《つぶや》く。

「いや、生徒会入るつもりないんですけど……」

◇　◇　◇

生徒会長レグルスに勝ったルイシャは、生徒会の三人に連れられ生徒会室に来ていた。

もちろんシャロとアイリスとヴォルフも一緒だ。

「いやはや、実に見事な戦いぶりだった。こうも見事に負けては言い訳のしようもない」

パンパンに頬を腫らしながらレグルスはそうルイシャを褒める。

負けたというのにその顔はどこか嬉《うれ》しそうだ。

「さて、約束通り君が生徒会長になるのを認めよう。とはいえまだ私の任期中だから来年以降になるけどな。ひとまず庶務から始めてゆっくりと生徒会の業務に慣れるといい」

魔法学園の生徒会長は、一般的に生徒からの投票で決まる。が、特例として生徒会特別試験で勝利した者は選挙を免除して会長になることが出来る。

とはいえ過半数の生徒から反対されればその権利は失われてしまうが、そもそも試験を受けることが出来るのは生徒会に認められた者のみなので、生徒から反対にあうことはほぼない。

「あのー……盛り上がってるところ悪いのですけど、僕は生徒会に入るつもりはないんですよ」

「ぐぬ、まだ気持ちは変わってなかったか」

再び生徒会に入るのを拒否され、レグルスは肩を落とす。ルイシャはそんな彼を見て罪悪感を覚えながらも、当初の目的であるそれの話を切り出す。

「えっと、申し訳ないんですけど『天下一学園祭』のお話をしていいですか?」

「ああそうだったな。いいだろう、男に二言はない。君に出場メンバーを決める権利を譲ろうじゃないか」

「本当ですか！　ありがとうございます！」

目標を達成出来たルイシャはシャロたちとハイタッチして喜びを分かち合う。それほどまでに天下一学園祭のメンバーを決めるという行為はルイシャにとって大きな意味を持つ。

「しかし……君、本当に生徒会に入らないのか？　きっと楽しいと思うぞ。学園を私たちと一緒にもっと良いものにしたくはないか？」

レグルスの言葉にルイシャは少し考えるそぶりを見せた後、答える。

「確かにそれは素晴らしい活動だと思いますし、正直興味もあります。でも今の僕にはやらなきゃいけないことがたくさんあるんです。だから……ごめんなさい」

そう言って頭を下げるルイシャを見て、レグルスはとうとう「……そうか」と納得する。

「いいだろう。この件はひとまず保留としよう。しかし君のための椅子は空けておく、いつでも生徒会室の扉を叩きたまえ」

「分かりました。その時が来たらよろしくお願いします！」

そう最後に言って、ルイシャたちは生徒会室を後にする。そして彼らが完全に去ったのを確認してから生徒会のユキがレグルスに尋ねる。

「しかし……本当に良かったのですか？　彼らに選抜メンバーを任せてしまって」

「ああそのことか。なに、全然構わないよ。そもそも私は彼らに参加をお願いしようと思ってたんだ。向こうから積極的に参加してくれるなら助かるというものだ」

去年の天下一学園祭で魔法学園はとある強豪校に完膚なきまでに叩きのめされている。

そのせいで上級生の中にまた参加したいという者は少ない。

そして今年の一年生もZクラスという化け物揃《ぞろ》いのクラスを差し置いて参加したがる者は同様に少なかった。なのでレグルスは元々Zクラスのメンバーを中心に組もうとしていたのだ。

「はっはっは。手間が省けたな」

勝負に負けて試合に勝つ。レグルスは堅物に見えてちゃっかりした男であった。

◇　◇　◇

生徒会室から出たルイシャたちは自分たちの教室へと戻った。

ちなみに生徒会と勝負している間に午後の授業は終わってしまっていた。Zクラスにはまばらに生徒が残っていたが、そのほとんどは帰ってしまったようだ。

「ふう、やっと帰ってこられたね。それじゃあ『天下一学園祭』に出場するメンバーを決めようか」

度々話題に出た『天下一学園祭』というワード。これは年に一度開かれる武闘大会の名前だ。

ここキタリカ大陸に存在するほぼ全ての学園が参加し、自らの学園から『十二人』の優秀な生徒を選抜し競わせる。

ルールは三対三のチーム制。先にチーム全員が戦闘不能になるか、リタイアした方の負けとなる。

この大会で優勝したものには豪華な景品が進呈されるが、参加する学園が本当に欲しいのはそれではない。

参加する学園が本当に欲しいのは『知名度』。この大会は注目度が高く、優勝すればかなりの宣伝効果が見込める。来年度の入学者の数も激増するだろう。

なので大陸各地の学園はこの大会で結果を残そうと躍起になっているのだ。

ゆえにこの大会は毎年レベルの高いものとなっている。いくらルイシャが参加すると言っても油断は禁物だ。慎重にメンバーを決めなくてはいけない。

真剣な顔で考えるルイシャを見て、ヴォルフが疑問を投げかける。

「ところでなんでその学園祭に執着してるんですか？　確かに他の学園の奴《やつ》らと戦えんのは楽しそうですが、メンバーを決めるのなんざ生徒会の連中に任せりゃいいじゃないですか」

「それは違うよヴォルフ、この学園祭は確実に優勝しなきゃいけないんだ」

そう言ってルイシャはヴォルフに天下一学園祭の詳細事項が書かれた紙を手渡す。生徒会室に置いてあったものを何枚か貰《もら》っていたのだ。

「この学園祭の優勝賞品を見てごらん」

「えーなになに、優勝賞品は……『リゾート地の宿泊券』？　へえ、太っ腹じゃねえか。でも大将、こんなもんがそんなに欲しいんですか？」

「重要なのはその『リゾート地』がどこを指すかなんだ。天下一学園祭と提携しているリゾート地は大陸各地にある。その中には法王国アルテミシア領土内のリゾート地『ラシスコ』も含まれているんだ」

港町ラシスコ。

キタリカ大陸内でも有数のリゾート地であるその町には、巨大なビーチが近くにあり多くの人がバカンスに訪れる。

美味《おい》しい魚介類と穏やかな海が特徴のリゾート地だが、ルイシャの目的はそこではない。

「お昼に話した『海賊王キャプテン・バット』の伝説はこのビーチ近くの海域での話なんだ。普通なら王国民の僕たちは法王国領に大手を振って入れないんだけど……」

「学園祭で優勝しちまえば堂々と入れる……ってわけだな？　流石《さすが》大将！　そこまで考えてたとはな！」

「うん、バレずに法王国領に入ることも出来るとは思うけど、バレたらユーリに迷惑がかかっちゃうからね」

やむを得ない理由があるとはいえ、既に何度も友人の胃を痛めていることをルイシャは反省していた。それに天下一学園祭で優勝すれば魔法学園の評判も上がるのでユーリも喜ぶだろう。

「一歩ずつ確実に進もう！　まずは天下一学園祭で優勝しよう！」

「「「おー！！！」」」

こうしてルイシャたちの新しい戦いが幕を開けたのだった。

第二話 ―◆― 少年とクラスメイトと天下一学園祭

「んん……もう朝？　あれ、まだ暗いな、少し早かったかな？」

生徒会との勝負から二週間がたったある日、ルイシャはかなり早い時間に目を覚ましてしまった。まだ日も出たばかりで薄暗い。

今日は天下一学園祭に参加するため王都を発《た》つ日。もう準備は終わらせているのでこんなに早く起きる必要はないのだが、楽しみすぎて早く起きてしまったのだ。

「今日の朝の分の鍛錬は昨日したし、もう一眠りしようかな……ん？」

再び眠りにつこうとしたルイシャだったが、その瞬間違和感を覚える。

なにやら布団の中がモゾモゾと動いているのだ。恐る恐るかけ布団をめくり、中を覗《のぞ》いてみると、そこにはよく見知った顔があった。

「おはようございます。お早いお目覚めですね」

「……なんでアイリスがいるの？」

なんと布団の中にはアイリスがおり、ルイシャにもたれかかるように横になっていた。

普通こんなところを見られれば慌てふためきそうなものだが、彼女はいつも通り無表情で冷静であった。

「私はルイシャ様の従者。常にお側《そば》にいるのは当然では？」

「『当然では？』じゃないんだよ。いつもはこんなことしてないじゃん」

「ふむ。それでは布団の中を温めていたということで」

「それで本当に通じると思ってるの!?」

そう突っ込んだルイシャはあることに気づく。

よく見ればアイリスの耳はほんのりと赤くなっているではないか。顔では冷静を装っていても、本当は彼女も恥ずかしいみたいだ。それに気づいたルイシャは心の中でくすりと笑う。

「中に入っちゃったものは仕方ないからもういいけど、僕はまた寝るからね？　集合までまだ時間もあるし」

「はい、もちろんそうしていただいて構いません。しかしその前に本日の体調チェックをさせていただいてよろしいですか？」

「恒例みたいな言い方してるけどそれも初めてだよね？」

相変わらずボケているのか素なのか分からない彼女の発言に戸惑いつつもルイシャは
「で、何するの？」とそれを受け入れる。ルイシャは彼女の扱いにもすっかり慣れていた。

「はい。私たち吸血鬼《ヴァンパイア》は『血』に特化した種族です。なので血を吸えばその人の健康状態などがまるっと分かるのです」

「へえ、面白いね。そんなことが出来るんだ」

「しかし……いくら健康状態を確認するためとはいえ、ルイシャ様に痛い思いをさせるのは忍びありません。なので他の物で代用させていただきます」

そう言うとアイリスは寝ているルイシャの上に覆いかぶさり、ずいと顔を彼の顔に近づける。超至近距離に迫る彼女の綺麗《きれい》な顔に、ルイシャはドキドキしてしまう。

「ほ、他の物ってなに……？」

そう聞くと彼女は自分の舌を大きく出してそれを指差し、言う。

「唾液です。血と唾液はほとんど同じ成分なんですよ」

「そうなんだ……って、ん？　ということは……」

「はい。頂戴いたします」

そう言うやアイリスは有無を言わさずルイシャの唇を奪う。そして貪るように激しく舌を絡め、彼の口内を蹂躙《じゅうりん》する。

「ちょ、いきな……ん、ぷは、はげし……！」

「ん……駄目ですよジッとしなくては。これは大事な検査なのですから……♡」

クールな表情、淡々とした口調にもかかわらず、そのキスは情熱的なものだった。

驚いたルイシャはその場から脱しようとしたが、頭をガッチリと押さえられ何度も何度も唇を奪われたことでスイッチが入り、その行為を受け入れ始めてしまう。

気づけば彼女の細い腰に手を回し、自分のもとに抱き寄せていた。それに気づいたアイリスは一層愛情を込めて唇を重ね、そして……離した。

「どうされたんですかルイシャ様？　私は検査をしているだけなのにすっかり元気になられているご様子ですが……？」

そう言って挑発的な笑みを浮かべるアイリスに、ルイシャはむくれたような表情を向ける。

「むう、いじわる」

「ふふ……申し訳ありません。あまりにもお可愛《かわい》らしいので意地悪をしてしまいました」

そう言ってアイリスは恍惚《こうこつ》とした表情を浮かべながらメイド服を脱ぎ、美しい肢体をルイシャに晒《さら》す。

「ご安心ください。私もそのつもりで来ましたので。どうぞ全部発散してくださいね……♡」

その言葉に理性の糸が音を立てて切れたルイシャは欲望の赴くまま彼女に飛びつく。時間を忘れ愛を深めあう二人。あっという間に過ぎゆく時間。

――――約束の時間には遅れた。

◇　◇　◇

時は少し経《た》ち昼前。

ルイシャと彼のクラスメイトたちは王城にある大きな庭を訪れていた。

「……にしてもこんな日に遅れるとは大物ですねルイっちは。いったい何してたんすか～？」

「からかわないでよイブキ。ごめんって」

約束の時間に遅れ、アイリスと現れたルイシャはクラスメイトたちに散々からかわれた。

時間は過ぎたものの、待っていたある「もの」はまだ到着していなかったので出発に遅れは出ていなかったのだが、約一名物凄《ものすご》い形相をしている桃髪の少女がいたので、ルイシャはそれだけ憂鬱だった。

しかしいつまでも気にしてはいられない。頬をパンと叩《たた》き気を取り直した彼は、これから来るそれに思いを馳《は》せる。

「そろそろ来る頃かなあ、楽しみだよ」

ルイシャはそう言って空を仰ぎ見る。同様にクラスメイトたちもそわそわしながら空を見上げている。

Ｚクラスの面々は今この場に全員揃《そろ》っているが、その全員が天下一学園祭に出場するわけではない。出場メンバーを決めた時、そのほとんどがZクラスの生徒になってしまったのでユーリの計らいで出場しないZクラスの生徒も特別に連れて行ってもらえることになったのだ。

なので誰一人置いてけぼりにはならず、みんなで今回の旅を楽しみにしていた。

そんな彼らの様子を見て王子ユーリは思わず笑みを浮かべる。

「みんなわかりやすくワクワクしてるね。取り計らった甲斐《かい》があったってものだよ」

「そんなこと言って〜、王子もワクワクしてたじゃないっすか！　知ってんすよぉ、昨日中々寝つけなかったこと！」

「な!?　イブキお前なんでそのことを!?」

「うぷー、引っかかったすね！」

「お前カマかけたな!!」

二人がそんな風に騒いでいると、何かを見つけたヴォルフが声を上げる。

「おい！　あれじゃねえか!?」

ヴォルフの指した先、そこには空にポツリと浮かぶ黒い点があった。

その黒い点はどんどんこっちに近づいてきて、その姿を徐々に明らかにする。

「すごい！　あれが魔空艇！」

彼らの目の前にゆっくり降りてきたのは空飛ぶ船だった。長さは五十メートル以上はあろうか、大きな細長い風船が鎖で繋《つな》がれた船を持ち上げているような構造をしている。

この船は魔空艇の名に恥じず、魔力を用いて空に浮き航空する『空飛ぶ船』だ。つい最近実用化されたものでまだこの大陸に数艇ほどしか存在しない貴重な物だ。

ユーリはこの船を様々なコネを使って借りることに成功、天下一学園祭が行われる『永世中立国セントリア』までの道をこれでひとっ飛びする計画を立てたのだ。

「この人数を馬車で運んだらかなり大変だからね、説得出来てよかったよ」

「そっすね王子。それにこれで魔空艇がどんなものか調べることも出来るっすからね」

「……ああ」

今回借りた魔空艇は商国ブルムから借りた物。エクサドル王国は魔空艇を一艇も所持していない。

それは即《すなわ》ち魔空艇の情報がほぼ無いということを意味する。詳しい機構、運動性能、乗った時の感触などなど分かっていないことが多すぎる。

「今後戦争が起きることがあれば魔空艇は絶対に運用されるだろう、少しでも勉強しとかないといけない」

「そっすね、俺っちたちの代でこの国を滅ぼすワケにはいかねっすからね」

「その通りだ」

二人はそう決意を固め、魔空艇に乗り込むのだった。

◇　◇　◇

「うおっほん！　我が愛艇『スカイフォート』へようこそ学生諸君！」

ルイシャたちが魔空艇の中に入りその甲板に行くと、立派な白い髭《ひげ》を蓄えたおじさんがそう話しかけてきた。

年は六十歳くらいだろうか、背はルイシャよりも低く力もそれほど強くはなさそうだが、不思議と全身から活力を感じる人だった。

「あ？　なんだおっさん迷子か？」

「こ、こらバーン！　お前なんて失礼なことを！」

「なんだよユーリ、そんなおっかねえ顔して。俺なんかやっちまったか？」

ユーリの剣幕に圧《お》され、さしものバーンも狼狽《うろた》える。

どうやらこの人物はそれほどまでに偉い人のようだ。

「ほっほ、構わんよ王子。子どもは元気過ぎるくらいがちょうどいい」

「し、しかし……魔空艇をお貸しいただいた恩もあります。どうか謝罪を受け取っていただけないでしょうか、ブルム殿」

ブルム。ユーリの口にしたその名前を聞いて、流石《さすが》のバーンも目の前の人物が誰なのか分かってしまう。

「も、もしかしてこのおっさんが商国ブルムを作った大商人『ブルム・リンドリア』だってのか!?」

「ほほ、正解《せーかい》♪」

バーンの口にした名前は教科書に載るほどの超有名人だ。

たった一代で巨大な商会を作り上げ、更に幾多の商会と手を組み協力し一つの国をも作り出した傑物。

大陸一の大商人との異名を持つ人物、それが目の前の小さなおっさん『ブルム・リンドリア』の正体なのだ。

「す、すまねえおっさん！　まさかそんなスゲえ奴《やつ》だとは思わなくて」

「だからおっさん言うなこのアホっ！」

失言に失言を重ねるバーンの頭をユーリは思いっきりぶん殴る。

昔の彼であればたいした威力はなかっただろうが、彼もまた日常的にルイシャに扱《しご》かれているのでその筋力は大きく成長している。おかげでバーンの頭部はゴチン！　と大きな音を立てながら甲板にぶち当たり、そのまま彼は「きゅう」と目を回してしまう。

「す、すみませんブルム殿、こいつには後で口酸っぱく言い聞かせておきますので……」

「だからよいと言うてるじゃろ、この程度わしはぜーんぜん気にしとらんわい」

本当に興味が無さそうにそう言ったブルムは、必死に頭を下げるユーリから視線を外しルイシャの方に視線を移す。

「それよりも……わしは君に興味がある。君じゃろ？　最近何かと話題になっておる魔法学園の生徒というのは」

それを聞いたユーリの肝が冷える。

確かにルイシャは何かと話題に上がる。Aクラスの生徒をぶちのめしたり、盗賊団を壊滅させたり、王都を襲った魔族を壊滅させたり、と数え上げたらキリがない。

しかしそれらの情報はユーリが頑張って情報規制しているので、実は国外にほとんど漏れていないのだ。

だがそのような小細工も目の前の老人にはまるで意味がなかったようだ。

「僕のことを知ってるんですか？」

「多少、の。ふむ、思っていたよりも普通の少年じゃな。となると先天的なものではなく後から培ったものか。それにしては驕《おご》りのない真《ま》っ直《す》ぐな眼《め》じゃな、良い師に育てられたか」

ブルムの鋭い指摘にルイシャは驚く。軽く見ただけでそんなことまで分かってしまうのか、と。

「あの、何でしょうかじろじろ見て……」

「おお、これはすまない。職業柄人間観察をすぐしてしまってな。お詫《わ》びと言ってはなんじゃがこの魔空艇の設備、好きに使ってもらって構わんぞ。レストランに図書室、プールなんかも備え付けておる。到着までの二日間退屈はせんじゃろうて」

それを聞いたクラスメイトたちは色めき立つ。まさか空の上で娯楽まで楽しめるとは思っていなかった。

ブルムはそんな彼らを見てにっこり笑うとその場から立ち去っていく。ユーリだけにこっそりと耳打ちをして。

「王子もゆっくりすると良い。しっかりと休み……しっかりと魔空艇を研究するのじゃぞ？」

「……っ!!」

心の奥底まで見透かしたような発言に、ユーリは全身に鳥肌が立つのを感じる。

しかし彼はそれを表情に出すことはしない。いずれ国を背負《しょ》って立つものとして弱みを見せるわけにはいかないからだ。

「そうですね、折角なのでじっくりと観察させていただきますよ。王国が有事の際には手を貸していただくことになるでしょうから」

当然これはハッタリだ。

王国と商国の仲は良好だが、それは利害が一致しているからに過ぎない。

商人とは利害を何より考える生き物だ、もし王国の味方にいたら不利と判断すれば容赦なく切り捨てることだろう。

ユーリはそれをよく理解した上で皮肉を言ったのだ。

「……あの小さかった小僧っ子が大きくなったものじゃ。さぞフロイの奴も鼻が高いじゃろうて」

ユーリの顔に、若い頃のフロイ王の面影を感じたブルムは僅かに頬を緩ませながら去っていくのだった。

◇　◇　◇

魔空艇スカイフォートには様々な設備があり、ルイシャたちは各々それらを探索して回った。

本が好きなベンとローナは図書室に入り浸り、魔空艇を詳しく調べるユーリとイブキは船内を長いこと探索していた。

だがクラスメイトのほとんどは二時間もすると探索するのにも飽き、魔法学園用に用意された広い部屋に集まって各自遊んでいた。

最新技術の粋を結集して作られた魔空艇も彼らの好奇心を長いこと引き止めておくこと

は出来なかったようだ。

「いくぜ！　俺のターン、レッドワイバーンを召喚！」

そう叫んでバーンがカードをテーブルに置くと、そのカードが光り赤い竜が空中に現れる。二メートルほどの大きさの立派な赤い飛竜だ。

バーンは「へへん」と得意げに鼻を擦《こす》るとテーブルを挟んで向かい側に立っているチシャを挑発する。

「どうだ、俺の最強のレアカードは！　お前にこいつが倒せるか!?」

「バーンのくせに中々いいカードを持ってるじゃん。でも負けないよ！」

「強気でいられるのも今のうちだぜ！　いけレッドワイバーン！　チシャのモンスターに攻撃！」

バーンの命令に従い、レッドワイバーンはチシャの召喚した青いスライムを炎のブレスで焼き尽くす。そのド派手な『映像』に観戦しているクラスメイトたちは盛り上がり歓声を上げる。

彼ら二人がやっているのは今王都で大ブームを起こしている『創世王』と呼ばれるカードゲームだ。

これはただのカードゲームではなく、なんとカードに描かれた人や魔獣が映像として浮かび上がる最新の『おもちゃ』なのだ。カードに軽く魔力を流しただけでど迫力の映像を見ることが出来るとあって、子どものみならず大人にまで大人気のカードゲームなのだ。

ちなみにこのカードゲームに出てくる人やモンスターは実際にこの世界に存在するもの。なので自分の住む国の英雄のカードやお気に入りの魔獣のカードを集めるなどの収集要素も熱く、その売上は右肩上がりだ。

「やるねバーン。じゃあこっちも切り札を出そうかな！　僕は場のスライム二体を供物にして、超超レアカード『帝国の剣《つるぎ》　クロム』を召喚!!』

チシャの目の前に現れたのは黒い軍服に身を包んだ剣士。帽子に隠れて素顔はよく見えないが僅かに覗《のぞ》くその顔は非常に整っている。

クロムが登場したことによりクラスメイトたちの興奮はマックスになる。それほどまでにこの人物は有名人であり、そしてそのカードは人気が高い。それを持っているだけでカードプレイヤーからは一目置かれる。

「あれが〝帝国の剣〟、初めて見たよ」

少し離れたところから二人のカードバトルを見ていたルイシャがポツリと呟《つぶや》く。

船内を探索してお腹《なか》が空《す》いたルイシャはシャロと二人でご飯を食べていた。ちなみにいつも付き添っている二人の従者は他のクラスメイトと遊んでいた。彼らもすっかりいい感じにクラスに馴染《なじ》んでいる。

「ねえシャロ、クロムさんはこれから行く所にいるのかな？」

「まあいるんじゃない？　だってその人、帝国学園の講師をしてるんでしょ」

「そうだよね！　会えたら嬉《うれ》しいなあ」

ルイシャは目をキラキラさせながらまだ見ぬ有名人に想《おも》いを馳《は》せる。

それほどまでにクロムと呼ばれる剣士は強い……と言われている。『この大陸に住まう剣士でクロムに並ぶ者はいない』と言われるほどだ。

今この大陸で最も強いヒト族は？　という議題でも真っ先に名前があがる。

元々スラム街で生まれ育ったクロムはその剣の腕一つで皇帝の右腕という最上級の役職に就くに至った。同じように田舎の村で育ったルイシャとしてはシンパシーを感じざるを得ない。

「はあ、どうにかして手合わせ出来ないかな……」

「お願いだからそんな物騒なこと言わないでくれる？」

冷や汗を流すシャロを他所《よそ》に、ルイシャは最強の剣士に想いを馳せる。

◇　◇　◇

その後お腹を満たした二人は魔空艇の甲板に向かっていた。甲板からの景色は絶景で、風も気持ちいい。よい気分転換になると思ったのだ。

「ん？　あれって……」

その道中長い廊下を歩いていると顔見知りの三人が立ち話をしている場面に出くわす。

「こんなところにいたんですね先輩たち」

ルイシャがそう声をかけると三人の先輩たちは手を上げてそれに応える。

「やあルイシャ君、楽しんでるかい？　それにしてもこの魔空艇ってものは大したものだ、空を飛んでいるのに全然揺れを感じないとは。技術の進歩というのは素晴らしいものだ」

そう上機嫌に話すのは魔法学園生徒会長レグルスだ。彼は魔空艇に興味津々のようで楽しそうに船内を見ている。

「魔空艇に乗れる機会なんか滅多にないからね、本当に貴重な経験だよ。代表に選んでくれて感謝するよルイシャ君」

そうルイシャに礼を言ったのは三年Aクラスのリチャードだ。彼は少し前にルイシャに決闘を挑み、敗北した生徒だ。

ルイシャは彼に勝ちはしたものの、学生の中では抜きん出ていた彼の実力を評価して今回の学園祭の代表メンバーの一人に選んだのだ。

生徒会長レグルスもルイシャの指名に応え参加している。ちなみに他の生徒会メンバーは会長不在で抜けた穴を埋めるため学園に残り雑務に奔走している。

そして学園祭参加メンバーにはこの二人の上級生の他に、もう一人だけZクラスのメンバーでない生徒がいた。

「ふふふ、楽しい旅になるといいね」

和やかな笑みを浮かべながらそう言ったのは二年Aクラスの生徒シオン・クレアだった。

代表の十二人をZクラスで埋め尽くすのは良くないかと思ったルイシャは上級生の中からも選ぼうとしたが、腕に覚えのある上級生たちは去年惨敗して心が折られてしまっていたため、受けてくれなかった。

そんな中シオンはルイシャの誘いに快く乗ってくれたのだ。

「お忙しいところ来ていただきありがとうございます、シオンさん」

「いいんだよルイシャくん。ちょうど王都に籠っているのも飽き飽きしてたところだしね。楽しい旅になることを期待してるよ」

Zクラスから選出した武闘派九人と、ここにいる上級生三人を合わせた十二人が、魔法学園の代表メンバーだ。

天下一学園祭は十二人の中から毎試合三人選抜して行うトーナメント形式となっている。毎試合選手を変える必要はなく、初戦から決勝まで同じメンバー固定でも許されている。とはいえ手の内がバレないようその都度変えるのが定石だが。

「それじゃ僕たちは甲板に行くので失礼します。当日はよろしくお願いします」

そう言ってルイシャはシャロの手を引いて三人と別れようとする。

するとと去っていく彼に向かってシオンが声を投げかける。

「甲板に行くなら気をつけたほうがいいよ。この船には僕たち以外の生徒も乗っているみたいだからね」

「……わかりました。気をつけます」

そう言って頭を下げたルイシャは階段を上り甲板を目指す。

「ねえシャロ、他の学園ってどこのだと思う？」

「商国は色んな国や地域と仲良くしてるから私も分からない。でもそもそも他の国じゃない可能性もあるわ」

「それってもしかして……」

「そう、商国にある超武闘派学園『若き獣牙《リトルタスク》』のことよ。去年の大会でも好成績を残している優秀な学園らしいから今年も参加してるでしょうね」

ルイシャもその学園のことは耳にしたことがある。

商国の持つ独自の戦闘部隊『牙狩り』を育成するその学園には、大陸中から優秀な身体能力を持った子供が集められているらしい。

その噂《うわさ》が本当であれば強敵になることは間違い無いだろう。

「ふふ、どんな戦いをする人たちなんだろう。楽しみだなあ」

「ルイって本当に戦うのが好きね」

「うーん、『戦うのが好き！』ってよりも僕は強い人を見るのが好きなんだ。この世界にはまだ僕の知らない技や魔法がたくさんあるはずだからね！　それを知ったり覚えたり出来るのが楽しいんだ」

そう言って目を輝かせるルイシャを見て、シャロは小さく笑う。

「まったく、私もうかうかしてられないわね」

ルイシャの隣にいるためにももっと強くならなくては。シャロは心の中でそう決意するのだった。

◇　◇　◇

魔空艇の甲板についた二人は、眼下に広がる雲海を眺めていた。

空は快晴、心地よい風が吹き二人の髪を優しく揺らす。絶好の飛行日和だ。

「中にいたら忘れちゃうけど、本当に空を飛んでいるのよね。現実味がないわ」

シャロは手すりを掴《つか》みながら下を覗き込む。

地面は遥《はる》か下に存在し、落ちたらとても助からない高さだ。

「本来ならこの高さは凄《すご》く寒いはずなんだけど、魔空艇の機能で暖かくなってるみたいだね。凄いなあ、どんな仕組みなのか知りたいよ」

　そう言ってルイシャはシャロの隣に来て手すりに寄りかかる。

「「…………」」

　不意に訪れる沈黙。

　今この場には二人しかいない。他校の生徒はもちろん、クラスメイトも、いつもいるヴォルフとアイリスもいない。

　出会った頃は二人きりの時も結構あったのだが、最近は賑《にぎ》やかになり二人きりの時間というのは少ない。意図せずこんな状況になってしまい少し気まずくなってしまったのだ。

「あー……ええと……二人きりの時ってなに話してたっけ？」

「ぷっ、なにあたふたしてんのよ。変に気を遣わなくてもいいのよ」

　そう言って優しく笑うシャロを見て、ルイシャの心に温かいものが溢《あふ》れる。

（やっぱり……好き……なんだな……）

　ルイシャは最初勇者の情報を聞き出すためにシャロに近づいた。

　そしてその場の流れで彼女と関係を持ち、今に至る。最初は「可愛《かわい》い女の子だな」ぐらいにしか思っていなかったが、彼女とともに過ごす内ルイシャが彼女に寄せる気持ちはどんどん強く、深く、確固としたものになっていった。

　今ははっきりと彼女のことを好きだと言える。

　しかしだからこそ……彼女を利用しようとして近づいた自分が許せなかった。

彼女の思いの強さを知っているからこそ、こんなモヤモヤした気持ちを抱えたままではいられなかった。

「シャロ、二人きりなんて滅多にないから話しておきたいことがあるんだ」

真剣な面持ちでそう切り出すルイシャを見て、シャロも真剣な顔になる。

「なに？　話して」

「うん……」

ルイシャは思いの丈を正直に話した。

シャロに対して負い目を持っていること、それを申し訳ないと思っていること、そして今はちゃんと彼女を好きだと思っていること。

それらのことをはぐらかさずに彼女に打ち明けた。

「幻滅したよね。ごめん……」

申し訳なさそうにルイシャは謝る。

嫌われてもしょうがないことを言った。もう元通りの関係に戻るのは不可能かもしれない。

最悪の結末を想像するルイシャだったが彼女の反応は意外なものだった。

「……ぷっ！　ふふ、あんたそんなこと気にしてたの？」

なんとシャロはそう言っておかしそうに笑い始めた。

想定外の反応にルイシャは戸惑う。

「へ？　お、怒ってないの？」

「私を甘く見てもらっちゃ困るわよルイ、あんたがそう思ってたことなんて私は最初から気づいてたんだから」

そう言ってシャロはルイシャのすぐそばにずいっと近づく。

真正面から向き合う形の二人の隙間はわずか数センチ。吐いた息が相手の顔にかかるほどの近さだ。

シャロはその距離感でルイシャの目をまっすぐに見つめながら話す。

「いい？　勘違いしてるようだから教えてあげる」

「ふぁ、ふぁい」

超至近距離で、しかも手を握りながら話しかけてくる彼女にルイシャは圧倒され情けなく返事をする。

手からは彼女の体温が、鼻には彼女の甘い良い匂いが、目には可愛らしい顔が視界いっぱいに映り、ルイシャは心臓がバクバク鳴るのが聞こえてしまうほどドキドキする。

「私があんたを好きになったのは、あんたが私を好きだからじゃないわ。だから私を利用しようとして近づいてきたことなんてどーでもいいの」

「でも……」

「でもじゃないのっ。いい？　これは私があんたを落とす戦いだったの、だからルイが私のことを好きになっちゃったのなら私の勝ち。喜ぶことがあっても怒るなんてことはないわ」

そう言い切ってしまう彼女を見て、ルイシャは「敵《かな》わないな」と呟《つぶや》く。

勝手に彼女を傷つけていると思っていたが、どうやら彼女の度量の大きさを見誤っていたようだ。

「まあ……私のことをそこまで心配してくれてたのは嬉《うれ》しいわ、ありがと」

シャロは握っていたルイシャの手を離し、その手をルイシャの背中に回す。

「だからこれはお礼、あとマーキングね」

そう言ってシャロは背中に回した手に力を込めてルイシャを引き寄せ、優しく口づけをする。

「――――んっ」

永遠にも感じられる、長いキスを交わした二人は唇を離し照れ臭そうに顔を赤くする。

「なに照れてんのよ」

「シャロだって顔赤いよ」

「うっさい赤くない」

シャロは言い合いながら背に回した手を下の方に持っていき、今度はルイシャの腰に手を回し自分の方に引き寄せる。

するとニ人の下腹部がぴったりとくっつき、そこからじんわりと熱が伝わってくる。そしてそのままシャロはルイシャの顔を挑発的な顔で覗《のぞ》き込む。

「なに興奮してんのよ、えっち」

「だ、だってシャロがこんなことするから……」

「ふん、今まで私だけドキドキしてたお返しよ、これからは私のターンだから覚悟しなさい！」

シャロはそう宣言するとルイシャの腕に自分の腕を組ませる。そしてぐいぐいと引っ張って船内の自室へと向かう。

「悪いと思ってるなら今日の夜は私の言うことを聞いてもらうわ、たっぷりと私の気持ちを教えてあげるから覚悟しなさい！」

そう言って彼女は、満面の笑みを大切な人に向けるのだった。

◇　◇　◇

魔空艇生活二日目。

よく晴れた朝の空の中を悠然と飛行する魔空艇の様子をルイシャとヴォルフは甲板から

見ていた。

「今日もいい天気で良かったな大将……ん？　どうかしましたか、腰なんかおさえて」

「はは、ちょっとね……」

痛そうに腰を押さえるルイシャを心配するヴォルフ。

そのワケを話すのは憚《はばか》られるのでルイシャは笑って誤魔化す。

「そんなことより外を見ようよ、魔空艇なんてそう何回も乗れるもんじゃないし！」

そう言って一面に広がる空に目を移すルイシャ。すると雲に紛れてなにやら黒い点が空に浮かんでいるのを見つける。

「……なんだろあれ」

気になったルイシャは眼《め》に気功を集中させ、気功術『鷹視《ようし》』を使う。

人間の能力値を底上げさせる気功術は感覚器官にもその効果を及ぼす。視力も勿論《もちろん》例外ではなく、鷹視を発動させたルイシャは百メートル離れたところにいる小さな虫さえも視認出来てしまう。

その強化された視力で黒い点をよくよく見たルイシャは、それの正体を看破する。

「あれは……飛竜だね、それほど大きめの個体じゃないけど気をつけたほうがいいね」

飛竜とは前脚が翼となっている竜の一種だ。

竜王リオの種族『竜族』と同じ祖先を持つ飛竜だが、その能力は竜族には遠く及ばず、知能も低く人型にもなれない。群れで挑んでも竜族には到底敵わないだろう。

しかしそれは最強種族『竜族』に比べたら弱いという話であり、他の生物と比べたらその力は十分に脅威と言えるだろう。

「魔空艇をモンスターかなにかと勘違いしてるんだろうね。飛竜種は縄張り意識が強いから攻撃してくるかもしれない」

「それってマズくねえですか!? 飛竜種っていやあ強力な吐息《ブレス》が得意なはず、そんなもん食らったら墜落しちまいますぜ」

「うん、近づく前に片付けちゃおうか」

そう言ってルイシャは魔空艇から飛行魔法を使って空に飛び出そうとする。

しかしそんな彼を何者かが静止する。

「待ってもらおうか、それは私たちの仕事だ」

そう言って現れたのは特徴的な装備に身を包んだ五人の青年だった。

彼らはモンスターの鱗《うろこ》や皮をふんだんに用いた鎧《よろい》や武器を身に纏《まと》っていた。一般的に武器防具は鉱石を用いるのが基本的であり、モンスターの素材を使うのは珍しい。

これは素材としての強度というよりも製作難度の問題であり、モンスターの素材を加工するのが鉱石よりもずっと難しいからである。なので必然として彼らの武具は製作難度が高いものであり値段もそれなりにするものだ。

「あなたたちは？」

「私たちは商国の『若き獣牙《リトルタスク》』の生徒です。魔空艇の警備も担当してます」

そう言った彼は獣の牙を削って作られた槍《やり》を持ち、飛竜の方に目を向ける。

「あの飛竜は我々で処理します、あなた方は部屋に戻って静かにしていてください」

高圧的な態度でそう言ってくる彼らにヴォルフは少しムッとする。言っていることは立派だが、こちらを格下だと見下しているような態度だ。

一方ルイシャはそんなことは一切気にせず別のことに興味を奪われていた。

「あの、どうして飛竜が飛んでいることに気づいたんですか？　肉眼じゃ分からないですよね」

「魔空艇には強力なレーダーが搭載されている。モンスターの接近を感知するのはもちろん、その対象がどんな種類なのかすら特定することが可能です」

「へぇー！　商国はそんなものまで開発してるんですね！」

「ええ、商国の技術は大陸一ですから」

ルイシャに乗せられ得意げに機密事項を話してしまう若き獣牙の生徒。

彼の同級生たちはこのままだとドンドン秘密を話してしまうと焦り、彼の肩を叩《たた》く。

「リーダー、そろそろ……」

「ん？　ああ、早く取り掛からないとな」

リーダーと呼ばれた生徒は黒いガラスが張られたゴーグルを身につけ、ルイシャを差す。

「あなたは中々見所がありますね、名前は？」

「僕は魔法学園の生徒、ルイシャです。あなたは？」

「私は若き獣牙二年のクルイーク。ここで会えたのも何かの縁です、私たちの狩りをそこで見学することを許可します」

クルイークと名乗った青年はそう言うと、仲間と共に駆け出し魔空艇から外に飛び降りた。

「えっ!?　落ちた!?」

突然のことに驚いたルイシャとヴォルフは、魔空艇の柵から身を乗り出し五人を覗き込む。

五人は落下しながら空中で姿勢を正すと、飛竜の方を向き呟く。

「翼靴《ウイング》、オン」

そう口にした瞬間彼らの体は空中でピタリと止まり、浮遊する。

「な、なんだありゃ!?」

「飛行魔法……とは少し違うみたいだね。普通の飛行魔法じゃあんな風にその場に静止するのは難しい。いったいどうやってるんだろ、面白いなあ」

未知の技術を目にしたルイシャは興味津々に彼らを見つめる。

一方若き獣牙の生徒たちは落ち着いた様子で浮遊していた。リーダーであるクルイークは双眼鏡を取り出し飛竜を捕捉する。

「目標確認、中型飛竜種。体色は茶、討伐難度Cの『ブラウンワイバーン』と推定。五人での任務達成確率を八割以上と推定。予定通り狩りを開始する」

「「「「了解」」」」

短くやりとりをした彼らは急に猛スピードで空を飛び始め、飛竜に迫る。

彼らのリーダー、クルイークはものすごい速さで飛翔《ひしょう》しながらハンドサインで仲間に指示を送る。仲間たちはその指示通り的確に動き、二手に分かれ挟撃する形で飛竜に接近する。

そしてクルイークだけは単身で真《ま》っ直《す》ぐに飛竜に向かって飛ぶ。

そんな彼らの動きを見て思わずヴォルフは声を漏らす。

「すげえ統率の取れた動きだな……」

「そうだね、生半可な特訓じゃあの動きは出来ない。もし敵になったら手強《てごわ》そうだね」

真っ直ぐに近づくクルイークの存在に気づいた飛竜は『ゴギャア！』と甲高い声で威嚇をする。回り込みながら接近する彼の仲間にはまだ気づいていない様子だ。

計画通り。クルイークは笑みを浮かべ槍を構える。

「一番槍、いただくっ!!」

そう言って彼は思い切り槍を投げつけた。

するとその槍はあり得ないほどの速さで放たれ、飛竜の肩に深々と突き刺さる。

『ゴギュアッ⁉』

そのあまりの速さに飛竜はなにが起きたか理解出来ないまま悲鳴を上げる。槍はかなり深く刺さっているようで肩口からはドクドクと赤い血液が流れ落ちる。

その痛みに飛竜は怒り、口から熱気を漏らし始める。これは竜の仲間が持つ器官『火炎袋《ブレスプラント》』に炎を溜《た》め込んでいることを意味する。いくらクルイークが丈夫な鎧に身を包んでいたとしても飛竜種の奥義『吐息《ブレス》』を食らえばひとたまりもないだろう。

『グルル……ッ』

「どうした、撃たないのか？」

しかし彼は逃げるどころか飛竜を挑発した。いくら知能の高くない飛竜といえど自分が馬鹿にされていることは理解出来る。飛竜は怒りに身を任せ、熱を蓄えた口を大きく開きながら彼に突っ込んでいく。

絶体絶命に見えるこの状況、しかしこれこそが彼の待ち望んだ陣形《フォーメーション》であった。

「今だ！」

彼の合図と共に、四方から槍が放たれ、四本の槍が飛竜の体に突き刺さった。クルイークが注意を惹《ひ》きつけている間に接近した仲間たちが一斉に槍を投擲《とうてき》したのだ。

突然の攻撃に飛竜は混乱しブレスを中断する。

そして槍を放った者たちはぐるぐると飛竜の周りを回り始める。

攪乱《かくらん》するにしては動きが派手すぎる、と思ったルイシャは目を凝らしその様子をよく観察する。

「なるほど、糸か……」

彼らの放った槍には鋼の糸を束ねた物が巻き付けられており、その糸は手元まで伸びていた。そしてその糸を持ったまま周りを回れば当然糸は飛竜に巻き付いてしまう。

飛竜は当然暴れてその糸から抜け出そうとするが、暴れれば暴れるほどその糸は絡まる。

そしてその間にも傷口から血が流れ落ち飛竜の体力を奪っていく。

『グ……ア……ッ』

やがて抵抗する力を失った飛竜は力なくうなだれ、彼らの糸に吊《つ》るされる。目標の沈黙を確認したクルイークは感情なく静かに呟《つぶや》く。

「狩り《ハント》……完了《コンプリート》」

◇　◇　◇

クルイークたちが倒した飛竜は彼らに運ばれ、甲板に降ろされる。

まだ息があり時折暴れているが、体に巻き付けられた糸が絡まり飛ぶことはおろか歩くことすら出来ない。

クルイークは怒りに満ちた目で自分たちを睨《にら》みつける飛竜のもとに近づくと、腰から抜いた解体用のナイフでその喉元を突き刺す。すると飛竜の喉元から物凄《ものすご》い勢いで血液が噴出し甲板を赤く染め上げる。

『ガァ……ッ』

そう呻《うめ》くのを最後に飛竜の目から光が失われていき……やがて完全に沈黙する。

「後処理は任せた」

そう命じたクルイークは仲間に後を任せ、ルイシャとヴォルフに近づいていく。

「どうだったかな？　我らの狩りは」

「お見事でした、あんな戦い初めて見ましたよ。あなたたちの使っている不思議な武器もとても興味深かったです」

「……いい眼をしているようだ」

ルイシャの言葉に空気がピリつく。

クルイークたちの戦いを見れば魔法で飛んでいるのだと思うのが普通。しかしルイシャはそれが彼らの装備によるものだと看破していた。

「靴、それに槍も……ですよね？　普通の物とは明らかに違う。詳しく見せてもらえませんか？」

「これから戦うかもしれない者に見せると思うか？　変わっているな君は」

無邪気に装備を見せてと頼んでくるルイシャにクルイークはそう呆《あき》れる。

「しかしこの装備を見破った褒美に少しだけ教えてやろう。私たちの装備はモンスターの素材を利用して作られたものだ。例えば今解体している飛竜から取れる翼膜は加工すれば布よりずっと強靱《きょうじん》な船の帆になる」

そう言ってクルイークは手際良く解体されている飛竜を指差す。鱗に翼、牙に肉。それらはパーツごとに切り分けられ、瞬く間にまとめられていく。

「鱗は防具に、牙や爪はナイフや包丁に。肉はもちろん食用になる。商国ではモンスターの素材は牙の一本爪の一枚まで無駄なく使われる。その加工技術は大陸一だ」

クルイークはそう自信満々に言い放つ。

事実ほとんどの地域では武器や防具には鉱石を素材として使い、魔法技術で後から特殊な能力を付与するのが一般的だ。モンスターの素材を使うのは前時代的と言われており、そのような物はあまり流通しなくなっている。なのでその加工技術も年々失われてしまっている。

しかし頻繁にモンスターの襲撃に遭う商国だけは、その加工に力を入れており、加工技術も年々発展していっている。

「その技術力の結晶が私たちが装備している武具だ。この力をもって私たちは今年の天下一学園祭を優勝し、商国の強さを知らしめる」

そう語る彼の目は自信に満ち溢《あふ》れていた。どうやら本気で優勝する気のようだ。

「なるほど、でも僕にも優勝しなくちゃいけない理由があります。悪いですが戦うことになっても手は抜きませんよ！」

「面白い、もしお前が勝ったら私たちの装備を見せてやってもいいだろう」

「え！　ほんとですか!?」

「ああ、戦士に二言はない」

「その約束忘れないでくださいよ！」

ルイシャは心底わくわくした様子でクルイークに向かって手を差し出す。すると彼もそれに応じて固く握手を交わす。

「じゃあ会場で会うのを楽しみにしてますね」

「ふん。それまでに負けたりするなよ？」

そう約束して二人は別れる。再び相見《あいまみ》えることを信じて。

◇　◇　◇

飛竜討伐を見た日の夕方、ルイシャたちは魔空艇の甲板に集まっていた。

みんな柵から身を乗り出すようにして地上を見下ろしキョロキョロしている。どうやらなにかを探しているようだ。

「お！　あそこ見てみろよ！」

唐突にバーンが大声を上げ一点を指差す。クラスメイトたちが一斉に指差す方向に目を向けると、そこにはこの魔空艇よりもずっと大きな『穴』が地上に空いていた。

直径は約二キロメートル。穴の中は闇に包まれており、太陽の光でも奥底まで照らすことは出来ていなかった。

『大陸のへそ』と呼ばれることもあるその巨大な穴の名前は『不浄洞穴』。その名前の通り不浄なモノが溜まった悍《おそ》ましい穴だ。

穴の近くは腐敗臭が凄くとても近づけないが、空中までは流石《さすが》に届かない。ルイシャたちは安全な位置でじっくりとその大穴を観察することが出来た。

「いい機会だからじっくり見とけよー。『不浄洞穴』は一般人ではそうそうお目にかかれない『大陸遺産』の一つ。それを見られるなんて貴重な経験だからな」

そう生徒に言い聞かせるのはＺクラス担任のレーガス。生徒たちの保護者として彼も学園祭に駆り出されたのだ。

彼はＺクラスの担任になる前、地理の教師をしていたので国や土地に凄く詳しい。生徒の引率を務めるには最適といえよう。

「あの大穴は人類が文字を使う頃には空いていたらしい。つまり千年、いやそれ以上前から存在していることになる。元々この穴はただの空洞だったと言われているが、今のように強烈な臭いを発するようになったのはとあるヒト族の集団が不浄と定めたモノをこの穴に投棄していったからだという説がある。しかしこの説には矛盾もありうんぬんかんぬん……」

「出た、先生の地理オタク。誰が聞くんだこれ」

地理うんちくを話し気持ちよくなってしまっているレーガスを見て、バーンは呆れたように呟く。

現にほとんどの生徒は彼の話を聞かず、地上に空いた穴を興味津々に見ている。

そんな中勉強オタクであるベン・ガリダリルとルイシャだけはレーガスの話を真剣に聞いていた。

「ふむ、やはり実地で受ける授業は最高だなルイシャ！」

「そうだね、脳に染み渡るよ！」

心底楽しそうに授業を受ける二人を見て流石のバーンもドン引きする。

そんな風に各々楽しんでいると、下を見ていたヴォルフが大声をあげる。

「お！　とうとう見えてきたぜ！」

不浄洞穴の更に先、そこに現れたのは王都に匹敵する規模の巨大な都市だった。

ルイシャはその都市を見て声を漏らす。

「あれが『永世中立国セントリア』……！」

石造りの家が主流の王都と異なり、セントリアの建物は金属製のものがほとんどだ。

そして何より特徴的なのがその建物たちの『高さ』。十階建て以上の建物がいくつもそびえ立つその光景はこの大陸ではそう見られない。

近未来都市のような見た目のこの都市は、若者からの人気が非常に高い。

「あそこで天下一学園祭が開かれるのか、今から楽しみだよ」

魔空艇が高度を下げ都市に降り立つのを見ながら、ルイシャはまだ見ぬ冒険に胸をときめかせるのだった。

◇　◇　◇

永世中立国セントリア。天下一学園祭の開催されるこの国の成り立ちは他の国とは根本から異なる。

この国が建国されたのは今からおよそ二百五十年前。今よりもっと王国と帝国の仲が悪く、大陸各地で戦《いくさ》が勃発していた時代だ。

長い間、資料も残らないほど昔から王国と帝国の小競り合いは続いていたのだが、この時期の二国間の仲は過去最悪と言っていいほど悪化しており、毎日どこかで紛争が起きていた。

この時お互いの戦力は拮抗《きっこう》しており戦争は泥沼化、お互いの国は徐々に疲弊していき次第に関係ない他国を襲い物資を補給する兵士まで出てきてしまった。

このままではヒト族の力は地に落ち、魔族などの他種族に侵略される恐れがある。そう判断した大陸各地の大魔法使い『賢者』たちは力を合わせ争いを鎮めることに尽力し、見事休戦させることに成功したのだ。

そして今回の悲劇を忘れないよう、そして二度と繰り返さないように、大陸中央部にこの国を建国したのだ。

王国と帝国、その他の国もセントリアを侵攻しない条約を結んでおり、これを破ると賢者が仕掛けた災いが国を襲うという。そのため現在も派手な戦は起きず小競り合いで済んでいる。

この平和の象徴とも呼べる国で武闘大会を開くのは、お互いの国のガス抜きという側面もあるのだ。

「ふう、空もいいけどやっぱり地面は落ち着くね」

魔空艇から降り、地上に降り立ったルイシャは二日ぶりの地面を踏み締めホッとする。

クラスメイトたちも久々の地面に感動し飛んだり跳ねたりを繰り返している。

「みんなは宿舎に行ってくれ、僕はやらなきゃいけないことがあるからここで別れるよ」

そう言ってユーリは従者のイブキと共にルイシャたちと別れようとする。

着いて早々なにをするんだろう？　疑問に思ったルイシャは彼に尋ねる。

「やること？」

「ああ、僕は今回の学園祭の代表責任者なんだ。この行事は国を挙げての大規模行事、いつもだったら父上かその腹心が同行して他国の偉い人と挨拶したりするんだけど、今回は僕がその任を務めるんだ」

「ほへえ、大変そうだね……」

どのようなことをするか具体的には分からないルイシャだが、それがかなりの責任を伴う役目だということは彼にも想像がついた。ユーリは王国の代表として振る舞い、他国の代表と接しなければいけないのだ。相当な重圧がかかることは間違いないだろう。

「まずはこの国の代表に会わなければならない。待たせたら早速悪い印象を与えちゃうからね、早く行かなきゃ」

そう語るユーリはいつもの彼と違い焦っているように感じた。いくらイブキが付いているとはいえそのプレッシャーは拭い切れるものではないだろう。

「ルイシャは気にせず宿舎で休んでてくれ、僕とイブキで済ませてくるから」

「うん。頑張ってね」

そう送り出そうとしたルイシャだったが、その瞬間彼の背中にぞくりと悪寒が走る。

「――――!?」

ユーリたちが向かう先、大きな建物からルイシャは嫌な気配を感じた。

いる。何者かは分からないけど、強大な力を持った何かが確実にそこに。

「ね、ねえ。その代表に会うのって明日じゃ駄目なの？」

「僕たちが到着したという情報は向こうに行っている。何の理由もなしに遅らせることは出来ない」

「そ、そうだよね……」

肩を落とすルイシャ。しかし引き下がるわけにはいかない。大切な友人を二人も失うかもしれないのだから。

「えーと……じゃあ僕も一緒に行っていい？　護衛は多い方がいいでしょ」

「どうしたんだルイシャ。変だぞ？　熱でもあるんじゃないか？」

ルイシャの謎の行動を訝《いぶか》しむユーリ。ルイシャは慌てながらも必死に食らいつく。

「い、いいからいいから！　少し歩きたい気分なんだよ」

「歩きたいならそこら辺を散歩すればいいじゃないか。やっぱり変だな……」

取り繕えば取り繕うほどボロが出てしまう。どうしたものかと考えていると、思わぬ所から助け舟が入る。

「まあいいじゃないっすか王子。ルイっちもあの建物に入ってみたいんすよ」

そうルイシャの肩を持ったのは従者のイブキだった。助け舟を得たルイシャはその言葉に全力で乗っかる。

「そ、そうそう！　あの大《お》っきい建物行くんでしょ？　行ってみたいナー」

怪しさ満点で言うルイシャ。

ユーリはしばらく考えた後、「はあ」とため息を吐《つ》いてとうとう諦める。

「分かったよ。何を考えているかは知らないけど一緒に来てもいいよ」

「ほんと!?　やった！」

「その代わり離れて歩かないでくれよ、偉い人がたくさんいるのだから」

「分かってるって。ほら、行こ行こ！」

「全く、本当に分かっているのか……？」

根負けしたユーリはやれやれといった感じで歩き出す。

その数歩後ろをついて行くルイシャに、イブキが耳打ちする。

「……正直助かったっす。あれは一人でどうにか出来るレベルじゃないっすからね」

「え、イブキも気づいていたの？」

驚くルイシャに、イブキは兜《かぶと》を縦に振って答える。

「何とかやめさせようとしてたんすが、ルイっちが来てくれるなら行っても大丈夫そうっすね。もしもの時は俺っちが時間を稼ぐので王子を連れて逃げてくださいっす」

「でも……いや、分かったよ」

兜の下から感じるイブキの強い意志を受け、ルイシャは首を縦に振る。なんとしてもユーリだけは守らないと、そう彼は決意した。

いったい何が待ち構えているのか。不安を感じながら一行は歩を進めるのだった。

◇　◇　◇

永世中立国セントリア中央庁。

大きな建物が乱立するセントリアでも抜きん出て高いその建物の中をルイシャたちは進んでいた。

「噂《うわさ》には聞いてたが、やはり凄《すご》いね」

ユーリはそう言って物珍しそうに辺りをきょろきょろと見回す。

通常建材には木材や石材が一般的に使われるが、ここセントリアで使われる建材は『金属』が多い。その為《ため》床も天井もメタリックな見た目をしている。見慣れていない彼が目を奪われるのも無理はないだろう。

「セントリアの金属加工技術は大陸一と聞く。優秀な魔法職人が多いんだろうね、羨ましい限りだよ」

ユーリはそうボヤきながら先頭を歩く。

「王国はまだ前時代的な考えの人間が多い。建物を魔法で作るという発想がない。もしやろうとしても今いる普通の職人たちが騒ぐだろうね。『仕事が魔法に奪われる』ってね」

魔法は戦いの道具、という認識はいまだに根深い。

古くから魔法と密接に関わりのある魔族は生活にも頻繁に役立てているのだが、ヒト族の社会はそうはいかない。

便利な魔法技術が発達しそうになるとそれに反対する勢力が必ず現れるのだ。ユーリの父親である国王フロイは魔法技術を王都内の様々な分野で活用しようとしているのだが、その度に現れる反対勢力のせいで思うように進められなかった。

「商国の魔空艇を見て再認識した。やっぱり王国《うち》は遅れている。急ぎ魔法技術の発展を推し進めないと帝国に足を掬《すく》われてしまう」

ユーリの言う帝国というのはキタリカ大陸の西部に存在する大国『ヴィヴラニア帝国』のことだ。長年王国と仲の悪い帝国だが、ここ十数年で魔法技術が大幅に向上してしまっている。

当然フロイ国王はこのことに危機感を覚えており色々対策を講じているのだが、大胆な政策を取る現皇帝には及ばず後塵《こうじん》を拝している。

どうにかしてその差を埋められないか、ユーリはぶつぶつと呟《つぶや》きながら歩いていると思わぬ人物と遭遇してしまう。

「おや、こんな所で子どもが何をしているのかと思えば……ユーリ王子ではないか」

赤い煌《きら》びやかなマントをたなびかせながらそう言ったのは、鋭い眼光をした男性だった。戦闘力こそ高そうには見えないが、独特の『覇気』を身にまとっている。近づくだけで思わずかしずいてしまいたくなるような、そんな上に立つもの独特の威風がある。

その男性の後ろに付き従うは黒い軍服に身を包んだ軍人。マントの人物は知らないルイシャだったが、その軍人には見覚えがあった。

「うそ、あの人ってもしかしてクロムさん……!?」

ルイシャの言う「クロム」とは帝国最強の剣士「クロム・レムナント」のことだ。その姿を直接見たことはないが、その軍人の姿はカードゲーム『創世王』に描かれたイラストそっくりだった。

黒い軍服に目深に被《かぶ》った軍帽。そして腰には幅広の黒剣と特徴的な見た目だ、人違いということはないだろう。

「ねえイブキ、あの人って」

「……ルイっちの想像通りあの剣士は〝帝国の剣《つるぎ》〟クロムその人っす。そしてクロムを連れて歩ける人はただ一人、ヴィヴラニア帝国現皇帝『コバルディウス・アグリシヴィア』ただ一人っす」

その名前を聞いたルイシャはゴクリと唾を飲み込む。

皇帝コバルディウスのことはルイシャもよく知っている。〝時代の寵児《ちょうじ》〟や〝帝国を百年進ませた男〟などの異名を持つ、やり手の皇帝だ。

新しいもの好きで有名な彼は魔法技術をどんどん自国に取り込み、帝国は急激な発展を遂げた。

当然王国と同じく反発する者も多く現れたのだが……皇帝は血の粛清をもってそれらを黙らせた。普通そのようなことをすれば更に反発する者が現れるのだが、帝国には最強の剣士クロムがいる。そのせいで帝国に反旗を翻すような愚かな民はいないのだ。

皇帝はそのことまで織り込み済みで粛清を行っている。ユーリはそんな彼のことを強く警戒していた。

「お久しぶりです陛下、ご健在のようで何よりです」

「お陰様で元気にやらせてもらっているよ。我が国には毒を盛ろうとするような気概のある者はいないからな」

「ふふ、陛下も冗談がお上手であらせられる」

「そうであろう。私の鉄板ジョークなんだ。笑ってくれて嬉《うれ》しいよ」

重く、ジメッとした空気が充満する。

朗らかな笑みの下でユーリはこの状況を切り抜ける手段を必死に探していた。少しでも機嫌を損ねれば流血沙汰になりかねない。常人であれば中立国であるここで争いなど起こさないが、相手は何をしでかすか分からない未知数の人物。

常識などというものは何の役にも立たない。

「ところで君の父上はどこにいるのかな？　彼とも長い付き合いだ、挨拶をさせてほしいのだが」

「父上なら来てませんよ陛下。今回の学園祭には私がエクサドル王国の代表として来ています」

「……ほう」

その瞬間、皇帝の纏《まと》う空気が変わる。

凍《い》てつくような悪寒がルイシャたちの肌に突き刺さり鳥肌が立ってしまう。

「皇帝である私が来るのは分かっていた筈《はず》。その上で君が来るということの意味、これは帝国に対する侮辱行為と捉えていいのかな？」

前に上げた二つの異名の他に〝粛清帝〟の異名も持つ彼は、射殺すような鋭い目つきでユーリを見据え、言い放つ。

先ほどまで穏やかだった皇帝の変貌ぶりにユーリたちは驚き、焦る。

（まずい……どうすれば切り抜けられる!?）

皇帝の機嫌を損ね、首を刎《は》ねられた者の数は計り知れない。

まさか王族である自分に直接危害を加えることはないだろう。そう高を括《くく》っていたのだが、彼はその認識が甘かったことを認識した。

「気分を害されたのであれば謝罪します。申し訳ありません。しかし今回の件に関して皇帝陛下を軽んじる意図がなかったことだけはご理解いただきたいです」

「いち王子に過ぎない君の謝罪など何の効力もない。いいのだぞ、私はこの件を戦争の引き金にしても、な」

この時ユーリは確信した。「しまった。嵌《は》められた」と。

（皇帝は僕が来ることを知っていたんだ。まんまと戦争の引き金を作る口実にされてしまった……！）

本当に戦争を起こすつもりなのかは分からない。しかしその手札をちらつかされるだけで戦力的に劣勢な王国は下手に出ざるを得ないのだ。

まさかこんな大胆な手を打ってくるとは思わなかった。

（どうする。考えろ、考えるんだ。父上は僕を信じて送り出してくれたんだ。その期待を裏切るな――――）

考えに考え抜いたユーリの頭に浮かんだのは、いつも堂々とした父の姿。それを思い出した彼はカッと目を開き、背筋を伸ばす。そしてまっすぐに目の前の皇帝と視線を合わせる。

「……何のつもりだ？」

「何のつもりもございません。私はただ堂々としているだけです」

言葉の意味がわからず皇帝は首を傾《かし》げる。

ユーリは必死に心を奮い立たせながら言葉を続ける。

「私の取ってきた行動にやましい気持ちは何もありません。ならば背を丸め視線を逸《そ》らすこともない。だからこうしているのです」

「……ほう。つまり私を相手にしても怯《ひる》むつもりはない。そう言いたいのだな？」

皇帝は楽しげにそう言うと、一歩ユーリのもとに近づき、彼を鋭い眼光で威圧する。ルイシャですらその場から逃げたくなるほどの威圧を正面から受け止めるユーリ。しかし彼は一歩も引かなかった。

舌戦で勝つのは不可能、ならば心で勝つしかない。たとえ脅されても一歩も引かない、その覚悟をユーリは皇帝に示すことにしたのだ。

そして見事、彼は皇帝から引かず耐えきってみせた。

「……なるほど、フロイが君に任せたのも頷《うなず》ける。いいだろう、ちょっかいをかけるのはこれくらいにしておいてあげよう」

その場を支配していた空気がふっと収まり、ユーリの緊張が解ける。足に力が入らなくなり倒れそうになるがイブキがそれを支える。

「存外楽しめた。帰るとしよう」

踵《きびす》を返しその場を離れようとする皇帝。しかし彼に付き従っていた剣士はその場に留《とど》まっていた。

「どうしたクロム？」

「申し訳ありません陛下。私にも少し時間を頂きたく」

そう言って最強の剣士「クロム・レムナント」はユーリを支えるイブキの前に出てくる。目の前に立っただけで、ユーリとイブキはまるで首元に剣を当てられたような感覚に陥る。それほどまでにクロムの放つ殺気は鋭く、凶悪だった。

「王子、少し下がるっす」

そう言ってユーリの前にイブキが進み出る。

そして腰に携えた剣に手をかけようとして――――止まる。

理屈ではない。その剣を握ったらヤバいという動物的直感に従いイブキはその手を止めた。それを見たクロムは「賢明だな」と感心した声を出し、薄く笑う。

「もしその手が少しでも剣に触れていれば、貴様を敵と判断しその首を刎ねていただろう。いい勘をしている」

「はは、そりゃどーも……」

九死に一生を得たが、依然状況は好転していない。一縷《いちる》の望みをかけ皇帝の方を見るが、彼にクロムを止める意思は見られない。それどころかこの状況をどう切り抜けるか興味深そうに観察している。

「王子お付きの剣士、まだ学生の割にはいい闘気を持っている」

「最強の剣士であるあなたに褒めてもらえるとは光栄っすね。このまま見逃していただけるともっと嬉しいんすけど」

「つれないことを言うな。もう少し付き合ってくれてもいいじゃないか」

一歩、また一歩とクロムは近づいてくる。イブキは前進も後退も出来ずただそこで耐えることしか出来なかった。

そんな絶体絶命の状況を打破するため――二人の間にルイシャは割り込んだ。

「ルイっち……！」

「ごめんね。首を突っ込ませてもらうよ」

ルイシャは目の前に立つ最強の剣士を真《ま》っ直《す》ぐに見る。

その立ち振る舞い、オーラ、視線の動きや体重移動など。その一挙手一投足全てが目の前の人物が紛れもなく本物の強者だとルイシャに伝える。

ずっと気になっていた最強の存在が噂《うわさ》に違《たが》わぬ強者であることに嬉しくなり、笑みを漏らしそうになるがルイシャはそれをグッと堪《こら》える。

「初めましてクロムさん。会えて光栄です」

「……誰だい君は？」

そう言ってクロムはじろじろと目の前に立ち塞がった命知らずな少年を観察する。

一見すると頼りなさそうな少年だ。背は低く線も細い。顔立ちは中性的であり服装によっては女性にすら見えかねない。

その身から漏れ出る魔力と気もそれ程多くはない……が、それは少年が漏れ出るそれらを巧みにコントロールしているからだとクロムは看破した。

そして一見細身に見えるルイシャの肉体が、極限まで絞り、鍛え込まれた鋼の肉体であることも同時に見破った。

「ほう……ほうほうほうっ！　なんだ王国にも面白いのがいるじゃないか！」

クロムは上機嫌に笑う。どうやらお眼鏡にかなったみたいだ。

「見れば分かる。少年、君は持っているのだろう、剣を。出したまえ、そして私と――」

そう言って剣を抜き放とうとした瞬間、皇帝がクロムの肩を掴《つか》みそれを制する。

「終わりだクロム、どうやら目立ちすぎたようだ」

「ん？　ああ……なるほど。私としたことが熱くなり過ぎたようですね」

周りを見ると騒ぎを聞きつけ人が集まり出していた。

流石《さすが》にこの状況下で派手に行動するのは憚《はばか》られる。

「思わぬ収穫だった。君の成長と、そしてその少年を知れて良かったよ」

皇帝の言葉に続き、クロムはルイシャを見ながら話す。

「少年、君も学園祭参加者なのだろう？　であれば私の教え子たちと戦う可能性もあるということだ。楽しみにしているよ」

そう言い残し皇帝とクロムはその場を去っていく。

二人が見えない位置まで去るのを見て、ユーリはその場に膝をつき大きなため息をつく。

「はは、流石に今度ばかりは死を覚悟したよ。二人ともありがとう、一人だったらとても乗り切れなかっただろう」

「……俺は役に立ててないですよ。こんなんじゃ王子の盾失格です」

「そんなことないさ、お前がいてくれるだけで僕は勇気を貰えてるんだから」

ユーリはそう言って悔しさに震えるイブキの肩を元気付けるように叩《たた》く。

実際人外クラスの実力を持つクロムを相手に逃げたり気を失わなかっただけイブキは優秀だ。しかし当の本人は納得出来ないようで俯《うつむ》いてしまう。

一方ルイシャはというと皇帝たちが去っていった方を見ながら期待に胸を躍らせていた。

「最強の剣士が育てた生徒か……いったいどれくらい強いんだろう」

それぞれの思いを胸に、波乱の学園祭が幕を開ける。

◇　◇　◇

ルイシャたちと別れたヴィヴラニアの皇帝コバルディウスは、永世中立国セントリアが用意した宿泊施設に向けて歩いていた。一等地に建てられたその一軒家は丸ごと皇帝に貸し出されている。他の来賓と比べても最上級のおもてなしだ。

「見て、皇帝よ……」

道を歩く皇帝の姿を見かけたセントリアの住民たちはみな距離を取り陰でコソコソと話していた。

過激な粛清で名高い彼は帝国外でも有名で恐れられていた。

「……ふん」

しかし彼はそんなことは気にする素振りを見せず堂々とした立ち振る舞いで道を歩き、目的地にたどり着く。

その宿泊施設にはセントリアが用意したメイドや執事がいたのだが、コバルディウスはそれらを全て追い返していた。ではそれらを全て帝国から連れてきた使用人でまかなっているかというとそうではない。

確かに帝国から幾人もの使用人を連れては来ているのだが、彼はその者たちを自分の寝食をする宿には立ち入らせていなかった。唯一中に入ることを許しているのは自らの腹心である剣王クロムのみであった。

皇帝は足早に自室に入ると用意されていた高級ベッドの上にドサッと腰を落とし、叫ぶ。

「あ――――――!! 帰りたいっ!!!!」

まるで子どもが駄々をこねるようにベッドの上で暴れながら皇帝は喚《わめ》き散らす。

とても先ほどまで恐ろしいオーラを放っていたのと同じ人物だとは思えない行動だ。しかし後から部屋に入ってきたクロムはその様子を見ても眉ひとつ動かす様子はなかった。

「陛下、服が皺《しわ》になりますよ」

「うるさい!　こうでもしないとやってられないんだよ!」

そう大声で怒鳴り散らしたかと思うと、今度は枕に顔を埋《うず》めながらおいおいと泣き出す始末。この姿を帝国民が見たら彼が本物の皇帝だとは誰も思わないだろう。

「はぁ、なんで私がこんなとこに来なくちゃいけないんだ。国外は嫌だ、水は合わなくてお腹《なか》は下すし料理も口に合わない。どこに命を狙ってるものがいるかも分からないし憂鬱だ……」

「大丈夫ですよ陛下、私がいるじゃないですか」

「はぁ、確かにお前に勝てる奴《やつ》なんていないだろうが、私は簡単に死んでしまうんだぞ?二人いっぺんに襲ってきたらお前一人で守り切れるのか?」

「安心してください、賊を二人始末するくらい一秒も要りませんよ」

驕《おご》りなど一切ない様子でそう毅然《きぜん》と言い放った腹心を見て、皇帝はようやく落ち着きを取り戻す。彼は部屋に備え付けられている最新魔道具「魔導式冷蔵庫」からよく冷えた水を取り出すとコップに移し、一気に飲み干す。

「……ふう。すまないな取り乱して。お前がいれば大丈夫だな」

「構いませんよ、陛下の情けなくみっともない姿を見るのは慣れてますので」

「お前もうちょっと言い方あるだろ！　また泣くぞ!?」

泣いたり反省したり怒ったり子どものように喧《やかま》しく、そしてとても臆病な姿こそ誰も知らない皇帝の本性であった。

誰よりも臆病だからこそ彼は人の悪意や敵意に敏感であり、自分に敵意がある者をすぐに察知し自分に害をなす前に潰した。

はたから見れば何もしていない相手を一方的に粛清したように見えるだろう。だが彼はそのおかげで陰謀渦巻く帝国で一度も刃を首に当てられることなく生き延びた。

誰よりも臆病だったからこそ、その行動に迷いはなく、徹底的で執拗《しつよう》であった。

帝位が欲しかったわけではない。ただその身を守ることに必死だっただけなのだが、その結果いつの間にか彼は帝位を争っていた兄弟を全て殺してしまう。いつの間にか皇帝の座を継ぐことになってしまったのだ。

「あー、つら。王子も見ないうちに立派になっちゃってるし嫌になっちゃうよ。今の国王が死ねば楽になるかと思ってたけど甘かったなあ。ありゃいい王になるよ」

皇帝は自分が睨《にら》みつけても目を逸《そ》らすことなく立ち向かってきた王子を思い出したため息をつく。

あの時皇帝は本気で王子の心を折るつもりだった。

そうすれば王位を継承した後、王国は帝国に強く出られなくなると思ったからだ。しかし逆に彼の行いはユーリに成長を促してしまった。

「王子も大したものでしたが、私はあの黒髪の少年が気になりましたね。各国の実力者の情報はこまめに仕入れているのですが、まさか王国があんな子どもを隠しているとは全く気づきませんでした」

そう言ってクロムは心底嬉《うれ》しそうな表情を見せる。

まるで長年探し求めた恋人をようやく見つけたかの如《ごと》き笑み。それを見た皇帝は顔を少し引きつらせながら聞く。

「お前がそこまで言うとは珍しい。確かに勇敢な少年だったがそれほどなのか？」

「ええ、少なくとも将紋《しょうもん》以上の実力はあるでしょう。学生の域は軽く超えている。ぜひ味見したいものです」

クロムは舌なめずりしながら自分を睨みつけていた少年の姿を脳内で反芻《はんすう》する。その度に心が躍り多幸感が脳を満たす。

「おいおい頼むから面倒ごとは起こさないでくれよ。後始末は誰がすると思ってんだ」

「……分かってますよ、陛下。私の理性が残っている内はヘマはしませんよ」

「はあ、頭が痛い。頼むから何事もなく終わってくれ……」

愛用している頭痛薬と胃薬を水で流し込んだ皇帝は、悩み事から逃げるように眠りにつくのだった。

◇　◇　◇

ヴィヴラニア帝国の皇帝と思わぬ接触をしたルイシャたちはその後、無事セントリアの代表と出会うことが出来た。今度は何のトラブルもなく用事を済ませた彼らは友人たちが待つ宿舎に行くのだった。

「みんな集まったな。それじゃ明日から始まる天下一学園祭の説明と作戦会議を始めるよ」

時刻は夜。宿舎のロビーに生徒を全員集めたユーリはそう切り出した。

「この大会は大陸中に存在する様々な学園の中から選《よ》りすぐりの三十二校が参加している。この大会はトーナメント制だから五回連続で勝てれば優勝出来る」

ユーリの言葉にクラスメイトたちはうんうんと頷《うなず》く。この学園祭は有名であり、だいたいの内容はほとんどの者が知っていた。しかし参加するのはもちろん、実際に会場に入り観戦したことのある者はいなかった。

この学園祭には一般人の観戦席もあるのだが、毎年そのチケットは一瞬で売り切れてしまう。そのせいで転売も横行し裕福でない一般人ではなかなか観戦することは出来ない。最近は早い者勝ちから抽選制度に変わったが、それでも転売の対策は完全に出来ておらず運営も手を焼いているらしい。

「試合方式は毎年恒例の三対三のチーム戦、先に三人全員が戦闘不能かスタジアム場外になったチームが負ける。誰か一人がギブアップしても負けになる。武器や魔法の使用に制限はないが相手を殺すような攻撃は禁止されてる。そんなことをする人はここにはいないと思うけど気をつけてほしい」

ユーリは細かい試合のルールを説明する。この大会はトーナメント方式なので一回の負けで全てが終わってしまう。

ルール違反で負けなんてことにならないよう彼は仲間たちに詳しく説明をした。

「……伝えておくことはこれくらいかな。ここからは僕の個人的なお願いだ」

ユーリはそう言うと真剣な表情に変わる。あまりクラスメイトの前ではこのような表情を見せることはないので、クラスメイトたちもつられて真面目な雰囲気になる。

「この大会はお祭り的な側面も大きいが、自国の戦力を他国に見せつける場でもある。みんなも知っている通り僕たちの王国は近年良い成績を出せていない。その一方帝国は優勝常連国になりつつあってその差は広がるばかりだった」

そう言って彼は悔しげな表情を浮かべる。

前国王、ユーリの祖父に当たる人物ははっきり言って無能な国王だった。そのせいで国力は落ち、財政は傾き戦力も周辺国よりも低くなってしまった。

現国王フロイのおかげでその窮地を脱することは出来たのだが、前政権の負の遺産は大きくいまだに帝国との差は開いたままなのだ。

「僕と父上はその差を埋める策の一つとしてこの『Zクラス』を作った。利用するようで申し訳ないが、この大会で優勝すれば王国が力を取り戻す大きな切っ掛けになるだろう。どうかみんなの力を貸してほしい」

そう言って彼は頭を下げる。

王子が頭を下げる意味は大きい。それほどまでにこの大会に懸ける彼の思いは大きいのだ。

しかしそんなことをしないでもクラスメイトたちの答えは決まっていた。

「よせよユーリ、友達《ダチ》の頼みを断る奴なんざここにゃいねえよ」

バーンがそう言うと他のクラスメイトたちも笑顔で頷く。まだ三ヶ月しか共に過ごしていない彼らだが、その絆《きずな》は固く強くなっていた。

「みんなこのクラスが出来て救われてんだ、むしろこの大会はお前に恩を返すチャンスってもんだぜ。ま、俺は暴れられるなら何でもいいけどな！」

「そっちが本音かよ、締まらねえ奴だな」

「うっせえヴォルフもそうだろうが！」

「俺をてめえみてえな喧嘩《けんか》バカと一緒にすんな！」

いつものようにぎゃいぎゃいと騒ぐ二人とそれをやめさせようとするクラスメイトたちを見てユーリは思わず笑ってしまう。そしてそれと同時に目頭が熱くなるのを感じる。

最初は政治利用が主な目的だったこのクラスも、いつしか彼にとってかけがえのない大切な物になっていた。本心ではこの大会に大切な友人たちを参加させたくは無かった。しかし彼らはむしろ自分に恩を返すため快く参加を引き受けてくれたのだ。

これで胸が熱くならないはずが、ない。

ユーリは心の中で仲間たちに礼を言うと、いまだ口論を続ける二人を宥《なだ》め落ち着かせてから次の話題に移る。

「さて、それじゃ最後に僕たちのリーダーを決めようと思う。特にリーダーだから何かしなくちゃいけないという規則はないんだけど、一応決めとかなくちゃいけないんだ」

そう言ってユーリは一人の人物に目を向ける。

「引き受けてくれるかい、ルイシャ」

突然名指しされビクッとするルイシャ。

「ええ？　僕がやるの!?」と以前の彼ならば答えていただろう。しかし短い時間ながらも幾多の戦いを乗り越えた彼は、人の期待に応える器《うつわ》を得るまでに成長していた。

「うん、やるよ。任せて」

その言葉にユーリだけでなく他のクラスメイトたちも笑みを浮かべるのだった。

◇　◇　◇

翌日。

ルイシャたちはセントリアの中心部に建てられている立派なスタジアムに来ていた。

正方形の競技場の上には大陸各地に存在する三十二もの学園から集められた優秀な生徒たちがずらりと並んでいた。

そんな彼らの勇姿を一目見ようと観客席にはギチギチに人が詰まっている。人と人が真剣勝負するのを見られる機会は滅多にないので、天下一学園祭は退屈な日々を送る人々にとってこれ以上ない娯楽なのだ。

「うひゃあ凄《すご》いね。ここにいる人みんな学生なんだ」

開会の挨拶が行われる中、ルイシャは周りに立つ生徒をきょろきょろと観察していた。

王国から滅多に出ないルイシャは外国人に会うことが少ない。好奇心旺盛な彼は肌の色が違ったり顔のつくりが違う人がたくさんいてテンションが上がってしまう。

「こら、あまりジロジロ見るもんじゃないぞ」

その行動が目に余ったユーリはそう釘《くぎ》を刺すが、ルイシャは納得がいっていない様子だ。

「えー、だって気になるんだもん。あ、じゃあ他の学園のこと教えてよ」

「はあ、しょうがないな全く」

やれやれといった感じで応じたユーリは、三十二校の中でも実力校と呼ばれる学園のみをかいつまんで説明する。

「あそこに緑色のローブととんがり帽を身につけた、いかにも魔法使いって感じの見た目の生徒たちがいるだろ？　あれは本の都リブラにある大魔術学園『ライブラ』の生徒だ。キタリカ大陸でもトップクラスの力を持つ魔術研究組織『第三の眼《サードアイ》』お抱えの学園だからその魔法技術はこの大会に参加している学園の中でもトップクラスだろう」

「おお、かっこいい！　手合わせしたいなあ！」

「あっちにいる肌の浅黒くて露出の多い服を着た生徒たちは南方の国『セントール』にある『サンタナ学園』。踊りと音楽と魔法を融合した独特の戦闘スタイル『テンラム』を得意としている。前回大会では三位と健闘したようだ」

「あれがセントール人なんだ。王国では一回も見かけたことないや」

「そうだろうね。王国とセントールはかなり距離が離れている。同じ大陸に住む者ではあるけどわざわざこちらまで来るセントール人はいないだろう。セントールは豊富な資源がある国だから外国に行く意味も薄いだろうしね」

ユーリはその後も要注意な学園をルイシャに説明する。

血腥《ちなまぐさ》い噂《うわさ》の絶えない傭兵《ようへい》育成教育組織『ギラ』や創世教総本山、法王国アルテミシアにある聖クリエア学園など一癖も二癖もある学園がこの大会に参加していた。

「そして一番注意しなければいけないのは現在二連覇中の『帝国学園』だ。剣王クロムが直接指導を行ってるだけあってその戦闘技能はかなり高い。私たちが順当に勝ち上がっていけば戦うのは避けられないだろうね」

「帝国学園、か」

ルイシャは軍服に身を包み綺麗《きれい》に列を組む生徒たちに目を向ける。彼らの一挙手一投足に無駄がなく、高レベルの訓練を受けていることが容易に見てとれた。

そんな彼らと大舞台で戦うことが出来る。ルイシャは胸が高鳴るのを抑えきれなかった。

「おいおい顔がニヤけているのを隠しきれてないぞルイシャ。あまり殺気を振りまかないでくれよ胃が痛むから……」

「殺気だなんて大袈裟《おおげさ》だなあ。ま、ワクワクしてるのは否定しないけどね」

「頼りにしてるよルイシャ、君に声をかけたこと、後悔させないでくれよ？」

そう軽口を叩《たた》いていると、空中に全長二十メートルはある巨大な映像が映しだされる。

その映像は丸い水晶の形をした魔道具から放たれている。映像を映し出せる水晶自体は珍しいものではないのだが、これだけ大きな映像を映し出せるものはそうそうない。

そんな貴重な魔道具を使って映し出されたのはトーナメント表だ。ランダムに選ばれた三十二校の組み合わせが発表される。

「一回戦の相手は……わ、さっそく**あそこ**か。まさかこんなに早く当たることになるとはね」

「強敵になるだろうが、君ならなんとか出来るはずだ。頼んだよルイシャ」

「うん、任せて」

二人はそう言って頷き合うと、拳をぶつけ合うのだった。

◇　◇　◇

セントリア第二闘技場。

直径五十メートルほどの正方形のリングが中央に置かれた、セントリア自慢のスタジアムだ。

リングを囲むように観客席が作られており、そこには数千人の人々が押し寄せ戦いの時を今か今かと待ち侘《わ》びていた。

ちなみに闘技場は第四まであり、それぞれの会場で試合が始まっている。

『さーて、いよいよ始まりました天下一学園祭！　実況兼審判は私「ペッツォ・ミクロフォーヌ」がお送りいたします！』

リング横に立つ、黒いサングラスとオールバックの黒髪が特徴的な男がそう喋《しゃべ》ると観客たちは一斉に歓声を上げる。

ペッツォと名乗ったその男はセントリアだけでなく各地の武闘大会によばれる有名な実況者だ。臨場感溢《あふ》れる実況と豊富な知識で観客の心を摑《つか》んで離さない。

彼の手には音量を増幅させる効果のある魔石が埋め込まれたマイクが握られており、爆音が止《や》まないバトルでもその実況を確実に観客に伝えることが出来る。

『さて！　ではさっそく選手紹介に参りたいと思います！　東入場門から来るはエクサドル王国王都より参戦、フロイ魔法学園の生徒たちだぁ！』

ペッツォの紹介と共にルイシャとシャロ、そしてアイリスが姿を現す。

「わあ、凄い人だね。緊張するよ」

「まあ悪くない気分ね」

「私は居心地悪いです。素早く終わらせましょう」

三人は思い思いの言葉を口にする。

『そして彼らが出てきた入り口とは逆側から対戦相手たちが姿を現す。

『そして西入場門から現れたのは商国ブルムの若い牙ァ！　若き獣牙《リトルタスク》の生徒たちだァ！』

歓声に包まれながら若き獣牙の生徒たちが現れる。船の上で会った時と同じく、モンスターの素材で作られた鎧《よろい》と武器を装備している。

その中のリーダー、クルイークはルイシャの前に立ち嬉《うれ》しそうに言う。

「まさか初戦で戦うことになるとはな」

「そうだね。でも良かったよ、あの時の狩りを見てからずっと戦うのを楽しみにしてたんだ……！」

楽しげに笑うルイシャ。そんな彼にシャロは尋ねる。

「なに、ルイシャ顔見知りなの？」

「うん。セントリアにくる途中魔空艇の上で会ったんだ。商国ブルムの対大型モンスター特殊部隊『牙狩り』。その戦士を養成する学園が『若き獣牙』なんだ」

「ふうん、そんなに楽しみにしてたなら譲ってあげるわ。存分にやりなさい。アイリスもそれでいいわよね？」

「ルイシャ様が望むのであればもちろん」

「本当に!?　やった、ありがと！」

シャロとアイリスをスタジアム後方に待機させ、ルイシャは一人スタジアム中央に行く。

それを見たクルイークは眉をひそめる。

「随分なめられたものだな、一人でやる気か？」

「そうだって言ったら？」

「……くく。変わらないさ。そんなことで我らは動揺しない。いつも通り狩りを遂行するだけだ」

クルイークたちが得物を構えると、実況のペッツォが声をあげる。

『さあ！　Bブロック一回戦第一試合、フロイ魔法学園VS牙狩り養成学園若き獣牙の試合を始めるぜッ！　それでは早速ぅ――――試合開始ッ!!』

試合が始まった瞬間、クルイークは素早く二人の仲間にハンドサインを送る。それを確認した二人はその意図を素早く理解し、駆け出す。

地面の上をまるで氷上を滑るように進む二人の生徒は獣の牙を削り出して作った槍《やり》をしっかりと握ると、挟撃する形でそれをルイシャ目掛けて突き出してくる。

「「そこッ！」」

左右から同時に突き出される二本の槍。この息のあった連係攻撃こそが若き獣牙の最大の武器だった。

勘の鋭い魔獣でも反応が難しい連係攻撃だが、ルイシャの反射神経は獣のそれを上回る。

「よ……っと！」

身をよじってルイシャはその攻撃を躱《かわ》す。そして突き出された二本の槍を左右の手で一本ずつ掴む。

焦った相手の生徒は急いで槍を自分のもとへ引き戻そうとするが、ルイシャの人並外れた握力がそれを許さない。

「むんっ！」

そういきんだルイシャは手を上に持っていき、槍ごと生徒を持ち上げてしまう。

そして勢いよく腕を下におろし二人の生徒を地面に激突させる。

「「――――っ!?」」

声にならない声を上げ地面に横たわる若き獣牙の生徒。その細い体からは想像つかないルイシャの馬鹿力に、観客のみならず実況のペッツォも大口を開けて驚く。

「さて、これで一対一になったね」

そう言ってルイシャはクルイークの方を向き、拳を構える。

若き獣牙にとって絶望的な状況、しかしそれにもかかわらずクルイークは至って落ち着いていた。

「私の仲間を二人倒して勝った気か？　言っておくが本当の狩りはこれからだぞ……！」

彼の体から殺気が溢れ出し闘技場を満たしていく。

クルイークから強者の気を感じ取ったルイシャはニイ、と笑みを浮かべる。

「いいね。面白い試合になりそうだ」

「抜かせ、狩られる者の気持ちを味わわせてやる！」

駆け出したクルイークは目にも留まらぬ速さで槍を振るい突きを繰り出す。ルイシャは再びそれを掴もうとするが、先ほどの生徒のものより速く鋭い突きを掴み損なってしまう。

「流石《さすが》に速い！」

「私の突きは若き獣牙最速！　お前に見切ることが出来るかな!?」

クルイークの槍による攻撃は速いだけでなく、多彩なバリエーションを持っていた。突きと薙《な》ぎを織り混ぜ、そしてときたまフェイントも仕掛けてくる。リーダーを任される実力は伊達《だて》ではない。

そんな攻防の中、新たな動きが起こる。

「まだ……やれるぞ」

「ぜえ、ぜえ、その、通りだ」

そう言って立ち上がったのは、ルイシャに倒されたはずの若き獣牙の生徒二人だった。

ルイシャはクルイークの攻撃を避けながらそれを横目で確認する。

（結構強く叩きつけたんだけど思ったよりダメージは大きくなさそうだね。この頑丈さの秘密は……あの鎧、かな）

ルイシャは彼らが身に纏《まと》っている鎧に注目する。

若き獣牙の生徒たちが使用している鎧は、魔獣の皮や竜種の鱗《うろこ》を主な素材としており金属や鉱石はあまり使われていない。

生物由来の素材が耐久性に優れているのは広く知られているが、それらの素材は加工が難しく壊れてしまった時に直すのが難しい。なので冒険者や兵士たちは金属製の防具を好んで使っている。

しかし商国ブルムは少し違う。わけあって魔獣の素材がたくさん手に入るこの国ではそれらの素材が好んで使われている。なので他国よりも魔獣や竜種素材の加工、補修技術が進んでおり兵士に安定してそれらを供給することが出来ているのだ。

「さっきは油断したが、次はこうはいかないぞ」

そう言って若き獣牙の生徒二人はルイシャに槍の切っ先を向ける。

「くく、これで三対一に戻ったな。仲間に助けを頼んだらどうだ？」

「まさか、これを待っていたんですよ」

「――――まだ言うか！」

下段より放たれる鋭い突き。しかしルイシャはその一撃を見ることなく避けた。完全にクルイークの動きに対応したルイシャは相手の目を見るだけで攻撃する場所とタイミングをつかんでいた。

「くっ、お前たち、挟撃するんだ！」

「「は、はい！」」

クルイークの命に従い二人の仲間がルイシャに襲い掛かる。息の合った連係で放たれる三本の槍、それらはルイシャの体を突き抜け……たかに見えた。

「気功術、守式七ノ型『陽炎《かげろう》』」

貫かれたルイシャの体が揺らめき、消える。

それはルイシャが『気』によって作り出した『残像』であった。気功術など知らない彼らは何が起きたか理解出来ず一瞬ではあるが隙を晒《さら》してしまう。

「気功術、攻式三ノ型『不知火《しらぬい》』！」

その隙を突きルイシャの鋭い蹴りが放たれる。いつの間にか死角である足元に接近していたルイシャは頭上めがけ蹴りを放ち、敵の顎を的確に撃ち抜いて見せた。

いくら硬い鎧で身を固めていても、脳を揺らされれば意味はない。何が起きたか理解する間も無く若き獣牙の一人は地面に崩れる。

「貴様、よくも……！」

仲間の仇《かたき》を取るため槍を振るう生徒。しかし冷静さを欠いたその攻撃は容易《たやす》く避けられ、そして再び放たれた『不知火』によってその生徒も戦闘不能になってしまう。

「これでまた一対一ですね」

「……どうやらそのようだな」

クルイークはただ一人残されたにもかかわらず、冷静だった。

ピンチの時こそ冷静たれ。若き獣牙ではそう教えられるからだ。しかしこの言葉を知っていてもそうあれる生徒は少ない。

だが誉あるリーダーを任されたクルイークはこの言葉を忘れていなかった。諦めない、必ず勝つ。そういった感情が瞳にありありと浮かんでいた。

そして思いつく唯一の勝つ手段を選び実行する。

「……これを一回戦で使うとは思わなかったぞ」

クルイークはパチパチと鎧を外し、脱ぎ始める。

やがて全ての鎧を脱ぎ捨て軽装となった彼は再び槍を構える。

「いいんですか、鎧を脱いでしまって」

「ああ。どうせ一撃貰《もら》えば終わるんだ。ならば鎧は不要、私の自慢の速さで翻弄し……貴様を討つ！」

恐ろしい速さで地面を蹴ると、まるで氷上を滑るような独特の動きでクルイークは突進してくる。

その独特の移動を可能にしているのが彼の履く靴、通称『翼靴《ウイング》』だ。

火の魔石と風の魔石を組み込まれたその靴は、魔力を流すと使用者の体が浮き高速で移動したり空中移動が可能になるのだ。

魔力を溜《た》め込んだり、魔力を流すことで特殊な魔法効果を発動することで知られる『魔石』。その効果をここまで効率的にコンパクトに一つの装備に落とし込めるのは商国をおいて他にないだろう。

「牙狩り槍術《そうじゅつ》、『穿《うが》ち』！」

クルイークの槍が先ほどまでとは桁違いの速さでルイシャに襲いかかる。

「――――くっ！」

間一髪回避するルイシャ。しかしその後も間をおかず何度も彼は襲い来る。

（いくらなんでも速すぎる。原因は鎧を脱いだことと、あの槍、かな）

ルイシャの予想通り彼の使う槍、『牙槍《タスク》』もただの槍ではない。持ち手の部分に火の魔石が埋め込まれており、突き刺す時に魔力を流すことで火の魔石が爆発し推進力を生み勢いを増すことが出来るのだ。

そんな無茶な使い方をすればあっという間に刃が傷んでしまうのだが、牙槍の刃には魔獣の牙が使われている。これは商国にいれば簡単に手に入る代物だ。付け替えればすぐに再使用が可能になる。

大陸で一番資源が集まる国、ブルムだからこそ量産可能な武器、そして戦い方。

一学生では反応することも出来ず敗れてしまうだろう。事実それを間近で見ていたシャロとアイリスですら目で追うのがやっとだった。

「あんた、あれ反応出来る？」

「吸血鬼《ヴァンパイア》の力を解放してなんとか、といったところでしょうか。ここまでレベルが高いとは驚きですね」

ヒト族を遥《はる》かに上回る能力を持つ、吸血鬼ですら驚く速さ。ルイシャもその動きに苦戦していた。

気の動きを読むことの出来る『竜眼』を発動させれば、捉えることは容易いだろう。しかしルイシャはあえてそれをしなかった。

（相手は同じ種族で同年代。ここであの力を使わなくちゃ勝てないようじゃこの先の戦いに絶対に勝てない！）

ヒトとしての能力だけで勝つことを決めたルイシャは、一旦距離を取り自分の周囲に気を放ち始める。その気は半径二メートルほどのドーム状となりルイシャを包み込む。

気の熟練者でなければそのドームは見えない。なのでクルイークはルイシャの狙いが分からなかった。

「……何をしようとしているのかは知らないが、これで終わりだ！」

十分に加速したクルイークは天高く飛び上がると、ルイシャの頭部目がけ超高速度で落下する。

牙狩り槍術奥義『天穿一閃《てんがいっせん》』。クルイークの使用出来る最も強力な技だ。

技に入った彼の姿をルイシャは捉えていなかった。それどころかルイシャは拳を構えたまま目を閉じていた。

勝ちを確信するクルイークだが、彼の槍《やり》の切っ先がルイシャの作り上げた気のドームに届いた瞬間、ルイシャはカッと目を見開き上を向いた。

「――なっ!?」

驚くクルイーク。

ルイシャがその一撃を察知出来たのは、彼が作り出した気のドーム「気功術守式八ノ型『応覚膜《おうかくまく》』」のおかげだ。ドームの中に気で構築したセンサーを張り巡らせるこの技はドームの中、及びドームに侵入して来たものの動きを感知することが出来る。

この効果でクルイークの攻撃を察知出来たルイシャは拳を固く握りしめ、槍の一撃を紙一重でかわすと、クルイークの顔めがけカウンターを放つ。

「金剛殻・鉄槌《てっつい》!」

気で固めた拳による鉄拳。

両手が槍で塞がっているクルイークにその一撃を防ぐ術《すべ》はなく、顔面に深々と拳が突き刺さりものすごい勢いで吹き飛ばされる。

そしてリング外に落下した彼はそのまま地面に横たわり勝敗は決した。激戦に目を奪われ実況することを忘れていたペッツォの声が会場に響き渡る。

『け、決着ぅッ！　手に汗握る激戦を制したのは魔法学園ッ！』

それを聞いたルイシャは「ふう」と息を漏らす。

そしてリング外に倒れるクルイークに背を向けると仲間のもとへ歩き出す。

「ありがとうございます。貴方《あなた》のおかげで僕はまた一つ強くなれました」

◇　◇　◇

無事一回戦で勝利を収めたルイシャたちは魔法学園の選手控室に戻った。

控室の中には選手席から試合を見ていたクラスメイトが既に戻ってきており歓声を上げてルイシャたちを出迎えた。

「さっすがルイシャ！　この調子なら優勝も確実だぜ！」

「あのくらいのレベルなら僕たちでも楽勝《らくしょー》だよね。こっちにはルイシャだけじゃなく勇者様もいるし負けっこないでしょ。国外旅行なんてしたことないから楽しみだよ」

「俺は行くなら太陽の国セントールだな、あそこは俺みたいに熱い男がたくさんいるらしいからな」

「はは、バーンみたいなのがいっぱいいたら悪夢だよ」

「んだと!?」

早くも優勝した時のことを考え騒ぐバーンとその幼馴染《おさななじみ》メレル。もう一人の幼馴染ドカべは視線を上に向けながらぼーっとしている。どうやら彼も優勝賞品である初めての旅行の妄想をしているようだ。

彼らにつられ他のクラスメイトたちも優勝した時のことを考えテンションが上がる。

そんな浮かれた空気が部屋を満たす中、ユーリは突然手を思い切り叩《たた》き、パン！　と大きな音を出してその空気を消し去る。

「浮かれるのは早いよみんな。試合は全五試合、まだまだ始まったばかりなんだからね」

ユーリの言葉に反省しクラスメイトたちは気を引き締める。そんな彼らを見てもう大丈夫だと判断したユーリは鋭かった目つきをいつもの温和な目に戻すとルイシャに近づく。

「見事だったよルイシャ。若き獣牙《リトルタスク》は間違いなく強豪だった。君がいてくれなきゃ勝つのは厳しかっただろう」

「ありがと。でも僕がいなくてもみんななら大丈夫だったと思うよ」

Zクラスの生徒たちはみな自分の異能を使いこなしつつある。若き獣牙の生徒は確かに強かったが、それと比べても負けていないとルイシャは思っていた。

「ああそうだね。みんな自慢のクラスメイトだ」

ユーリはそう言ってクラスメイトたちを見渡す。最初は不安だったが今のクラスメイトたちはユーリの想定を大きく上回るほど強くなっていた。

　そしてそれと同時に彼にとってかけがえのない友人にもなっていた。彼らのためならいくら頭を下げてもいいと思えるほどに。

「そうだルイシャ。さっきの試合であんなに暴れたんだ。もしかしたら勧誘があるかもしれないから気をつけておいた方がいい」

「勧誘……？」

「ああ。この大会を見ている人の中には勧誘目的《スカウト》の人もかなりいるからな」

　優秀な子どもはどこの組織も欲しがるものだ。学園だけでなく、宗教団体や傭兵《ようへい》組織、冒険者組合や魔法研究団体。様々な組織が目を光らせている。

「中には強引な手段に出るところもあると聞く。ルイシャなら大丈夫だと思うけど、気をつけておいてくれ」

「うん、分かった。ところで次の試合はどうするの？　また僕が出ようか？」

「それには及ばないよ。二回戦の相手は今第二会場で試合をしている二校の内どちらかだけど、そのどちらもたいした実力はない。ルイシャの手を借りるまでもないさ」

「そうなんだ。でも万が一ってこともあるし出てもいいよ。まだまだ元気だし」

　そう言って「むん！」と力こぶを作るルイシャ。どうやら先程の試合の疲れは残っていないようだ。

しかしそれでもユーリはルイシャを参加させる気はなかった。

「君は僕たちのエースだ。温存するのも作戦、今回は諦めてくれないか？　それに一回くらいこの国の観光もしたいだろ？　大会が終わったら出店も閉まっちゃうだろうし遊ぶなら今のうちだぞ」

「むう、そこまで言うなら二回戦はみんなに任せるよ。セントリアを観光したい気持ちもあるしね」

「分かってくれたなら結構。それじゃ午後はデートを楽しんできてくれたまえ」

そう言ってパチンと手慣れたウィンクをするユーリ。

デート。その単語を聞いた瞬間、ルイシャは自分の後ろから二つの殺気が放たれるのを感じる。もちろんその二つの殺気は二人の愛する女性から放たれている。後ろを振り向きどちらかを選ぶ勇気は彼にはなかった。

「ユーリ……なんで……っ！」

「ふふ、君のそんなに焦った顔を見られるのも珍しい。それじゃあ僕たちは次の試合の作戦を立てるから後は君たちで楽しんできてくれ」

したり顔をするユーリ。

ルイシャは脂汗をたらしながらこの状況をどう切り抜けたものかと頭を抱える。

（うぐぐ、僕はどうすれば……!?）

様々な選択肢を考え、脳内でシミュレートするが、どれも不幸な結末《バッドエンド》にしかならない。

迷いに迷ったルイシャは禁断の道を選ぶ。

「二人とも……ごめん！」

なんと彼は持っていた煙幕玉《スモークボール》を地面に投げつけ、部屋中煙まみれにしてしまった。知り合いの冒険者から貰《もら》っていたいざという時のための道具をこんなことに使ってしまったのだ。

「けほ、けほ、一体なんなの？」

「やっと煙が晴れ……ってルイシャ様がいない……！」

煙幕が晴れる頃には彼の姿はどこにもなかった。

逃げられた。そう気づいた二人の行動は早かった。

「どっちが先に見つけられるか」

「ですね」

そう短く確かめ合った二人の乙女は走り出す。今ここに天下一学園祭よりも負けられない戦いが幕を開けたのだった。

◇　◇　◇

「もう。いったいルイったらどこいったのかしら!?」

会場内を走り回りながら、シャロはルイシャを捜していた。もう探し始めてからそこそこ時間が経《た》っている。彼女の顔にも焦りの色が見える。

「もう建物の中にはいないのかしら……ん？　あれは……」

ふと控室の窓から外を眺めると、外に置いてあるベンチにルイシャらしき人物が座っているのを見つける。距離が離れているので常人では判別がつかないだろうがシャロの目は誤魔化せなかった。短い黒髪に一見華奢《きやしや》ながらも鍛え抜かれた肉体、間違いなくルイシャだ。

「ようやく見つけた！」

彼を発見したシャロは窓枠に足をかけると、足に力を込めて思い切り跳ぶ。

軽やかな動作で空中を舞ったシャロは十メートルほどの距離を移動して地面に着地する。

「やっと見つけた。こんなとこで何してんの?」

「ア、アハハ、いい天気だねハニー……」

「ハニー？　何言ってんのよあんた」

見た目はいつものルイシャだ。しかし様子がおかしい。

おどおどしているし視線も下を向き何やら後ろめたい様子だ。言動もいつもより何というか……チャラい。

一体どうしたのかしら。疑問に思ったシャロは少し考えある答えに行き着く。

「あんた……パルディオね？　私の前でルイに化けるなんて良《い》い度胸してるじゃない？」

そう言ってシャロはルイシャに見える人物の襟を掴《つか》み持ち上げる。

するとルイシャだったその人物からボン！　と煙が出て、その中から金髪の青年が姿を現す。

「ちょ、ちょっと待ってくれたまえミス・ユーデリア！　僕も好き好んでルイシャに化けていたわけじゃないんだ！」

ルイシャに化けていたのはクラスメイトの一人パルディオ・ミラージア。戦闘魔法を一切使えない代わりに世にも珍しい変身魔法を使うことの出来る青年だ。

「じゃあなんでこんな所でルイシャに化けてたのよ!?　返答次第ではぎったんぎったんにするからね？」

「ひいいぃぃぃっっ！　目が怖いっ！　命だけはお助けをっっ！」

両手を上げ大粒の涙を流すパルディオ。

ヘタレ気質な彼は観念しなぜこんなことをしたのかを話し始める。

「うぅっ。僕はただミス・フォンデルセンにお願いされただけなんだ」

「ミス・フォンデルセン？……ああ、アイリスのことね」

「『ルイシャ様の姿になって適当にほっつき歩いてください』って言われたんだ。そしたら君が急に物凄《ものすご》い剣幕で詰め寄ってくるから驚いたよＨＡＨＡＨＡ」

「……はあ。悪かったわ。どうやらあんたも巻き込まれただけみたいね。ところで何でアイリスの言うことを聞いたの？　別に仲良いわけじゃないでしょ」

「彼女は見返りに飴《あめ》ちゃんをくれたんだ！　しかも二個！」

心底嬉《うれ》しそうにそう語る彼を見てシャロは頭を抱える。

「こんな奴《やつ》に欺かれたのかと思うと頭が痛くなってくるわね……」

◇　◇　◇

一方その頃、ルイシャとアイリスは人で賑《にぎ》わう街の中を二人で歩いていた。

吸血鬼《ヴァンパイア》の持つ驚異的な聴覚や嗅覚などを総動員してルイシャを見つけ出した彼女は、見事好敵手《シャロ》を出しぬきルイシャと二人きりになることが出来たのだ。

「ふふふ、そろそろシャロは私の仕掛けた罠《わな》に引っかかってる頃でしょうか」

「ん？　何か言った？」

「いえ。何も言ってないですよルイシャ様。さささデートの続きを楽しみましょう」

「う、うん」

デートと言葉に出され照れた様子を見せるルイシャ。

アイリスはそんな彼をいつものクールな表情で見ながらも心の中でガッツポーズをする。

（よしっ！　ようやく二人きりになれました！　このチャンス、絶対に活《い》かしきってルイシャ様の心を堕《お》としてみせる……！！！！）

そう固く決意したアイリスはルイシャの手を取りデートを始める。

「それにしても賑やかだね」

「そうですね。お祭りみたいです」

天下一学園祭の開催中、ここセントリアはお祭りムードに包まれる。

大陸の中心部に位置するこの国には様々な国から人が集まり、多種多様な食べ物や雑貨が売られている。

当然観光客もたくさん集まり街道は人でごった返している。

ルイシャとアイリスの二人はそんな街中を楽しげに歩いていた。

「あ！　見て！　なんか美味《おい》しそうなものが売ってるよ！」

「ふふ、そうですね。食べてみますか」

「そうだね、買ってくるから待ってて！」

年相応にはしゃぎ回るルイシャをアイリスはうっとりとした表情で眺める。

二人きりでお出かけするということは今まで少なく、いつも他に誰かしらがいることがほとんどだった。

しかし今は違う。愛《いと》しの主人を一人占め出来るこの時間は彼女にとって何ものにも代え難い至福の一時だった。

「この時間が永遠に続きませんでしょうか……」

そう独り言を言いながら至福の時間を噛《か》み締めていると、一人で出店に行ったルイシャが戻ってくる。その手には包装紙にくるまれた何かが二つ握られていた。

彼はアイリスに近づくと、その内の一つを彼女に差し出す。

「はい！　買ってきたよ！」

ルイシャが渡したのは、色とりどりのフルーツが入った可愛《かわい》らしいクレープであった。

「え、私に……ですか？」

「うん、アイリスって甘いもの好きだったよね？　好きかなと思って」

確かにアイリスは甘い物が大好きだ。しかしそのことは公言しておらず、ルイシャにも言っていなかった。

それなのになぜ？　アイリスは困惑する。

「どうして私が甘い物が好きだと知っているのですか？」

「へ？　だって前に一緒にカフェに行った時、美味《おい》しそうに食べてたじゃん」

「確かにそのようなこともありました。しかし自分で言うのも変ですが私は表情に出ないタイプだと思うのですが……」

昔から彼女は感情表現が乏しいと言われてきた。何かを食べ、美味しいと感じてもそれが顔にはあまり出なかったのだ。

なので彼女は仲間たちから「何を考えているのか分からない」と思われていた。彼女も自分が感情の表現が苦手であることは自覚していたが、やはりそれは寂しかった。しかし、

「確かにアイリスは大きなリアクションはしないけど、何考えてるかは結構分かりやすいと思うんだけどなあ」

ルイシャは彼女の感情の機微を読み取っていた。

たとえ大きな動きがなくても、僅かな頬の緩み、目の動き、細かな所作から彼女の心の動きを感じ取っていたのだ。

それを知ったアイリスは胸の真ん中がじんわりと温かくなるのを感じた。

「ふふ……そんなこと初めて言われましたよ」

この人を好きになって良かった。アイリスは改めてそう思うのだった。

◇　◇　◇

その後も二人は賑わう街の中を歩いて回った。

しかし、楽しい二人だけの時間は急に終わりを迎えることになる。

「……お楽しみのところ申し訳ありません。少しお話ししてもよろしいでしょうか？」

「へ？」

声に反応しそちらに顔を向けてみると、そこには緑色のローブに身を包んだ男が三人立っていた。全員頭には緑色の大きなとんがり帽子を被《かぶ》っている。

「あなた方は確か『第三の眼《サードアイ》』の方……ですよね？」

「……くく、ご存じでしたか。ならば話は早い」

三人組のリーダーらしき男はねっとりとした声でそう言う。耳にまとわりつくようなその声は聞くものに不快感を与える。

ルイシャはそんな彼のまとっている特徴的な緑色のローブに見覚えがあった。

キタリカ大陸南部、本の都リブラに本拠地を置く大魔術組織。それが『第三の眼《サードアイ》』だ。

『魔術の真髄を理解すること』を第一の目標に掲げる第三の眼《サードアイ》には多数の有名な魔術師が在籍しており、その中には魔族までいると噂《うわさ》されている。

緑色のローブは第三の眼《サードアイ》所属の魔術師である証《あかし》。その中でも金の装飾が施されたそれは組織内でも上位の役職に就いている者のみが与えられる特別なローブだ。

「少しでも魔法に詳しければ第三の眼《サードアイ》のことは知ってますよ。魔法使いであれば誰でも一度は第三の眼《サードアイ》に入ることを夢見ますからね」

「……その通り！　第三の眼《サードアイ》とは全ての魔法使いの憧れであり到達点ッ！　なので

すッ！」

　そう言って男はとんがり帽子とローブの隙間から僅かに見える口元に歪《いびつ》な笑みを浮かべる。

　彼の後ろに控える部下らしき男二人も歪んだ笑みを浮かべている。どうやら彼らはその組織に心底心酔しているようだ。

「フフフフ、喜びなさい、貴方《あなた》は選ばれたのですよ。我々の新たな同志《なかま》にね」

　ルイシャはここで自分がスカウトされていることに気がつく。ユーリの心配が現実のものになってしまったのだ。

「一回戦の貴方の戦いぶり、実に見事でした。うまく隠してはいましたがその体の奥底に眠る強大な魔力を我らの眼《め》は見逃しませんでした」

　一回戦ではルイシャは魔法は使わなかった。

　しかし彼らは何らかの方法でルイシャの魔力を見抜いてしまっていた。隠し通せていたと思っていたルイシャは彼らの能力を警戒する。

「その素晴らしい魔法の才能は我々の仲間になるに相応《ふさわ》しいものである、そう断言出来ます！　さァ！　ぜひ我らのもとでその才能を更に開花させようじゃあありませんかッ！　そして共に魔術の深淵《しんえん》に至るのですッ!!」

　興奮した様子で捲《まく》し立てるように男は言う。

そんな彼に相反してルイシャは冷静だった。

（才能……ね）

ここで才能じゃなく努力なのだと言っても何の意味もないということを理解しているルイシャは、口を挟みこそしないが気持ちは冷めてしまう。

彼らの組織が才能至上主義であることは簡単に見て取れる。元々スカウトに応じる気はなかったが、想像していたよりも前時代的な組織なんだなとルイシャは残念に思った。

「さァ参りましょう。我らの至るべき学《まな》び舎《や》へ、さァ！」

そう言って差し伸べる手をルイシャは取らなかった。

「……？　どうされましたか？」

「申し訳ありませんが僕は魔法学園を離れる気はありません。誘っていただいたのは光栄ですがスカウトするなら他を当たってください」

「な、ななな……！」

まさか断られると思っていなかった男は目に見えて狼狽《ろうばい》する。

「あ、ありえないィ……我らの誘いを断るなどとォ……」などとぶつぶつ呟《つぶや》く男。彼はしばらくその場でくねくねと動きながら呟いた後、急にキッとルイシャを睨《にら》みつける。

「ぬぅぅん……！　こうなったら仕方がないィ……強硬手段を取らせていただきますよォ！」

　そう言って男は右手を前に突き出し魔法を発動させる。

　突き出した手から緑色の光が放たれ、それを見たルイシャは動きがピタッと止まってしまう。

「洗脳魔法ォ、脳髄支配《ブレイン・ハック》ッ……！　少々手荒ですがこれも魔法の深淵に至るためェ！　少し脳を弄《いじ》らせてもらいますよ……ッ！」

　男は邪悪な笑みを浮かべながら、ルイシャの方へゆっくりと歩を進める。しかし、

「させません！」

　異常事態を察知したアイリスは男の前に立ちはだかろうとするが、その瞬間地面から何本もの鎖が出現しアイリスの体を縛り上げる。

「くっ……小癪《こしゃく》な……！」

　そう言ってアイリスは洗脳魔法をかけた男の後ろに控える二人の部下の魔法使いをキッと睨みつける。

「悪いねお嬢ちゃん。ちょっとジッとしててもらうよ」

「あの人は変わってるけど洗脳魔法は一流、すぐ終わるから安心しな」

　アイリスは力を込めてその鎖を引きちぎろうとするが、二人がかりで作られたその強固な鎖は中々壊れなかった。

　そうしている間にも男はルイシャの眼前にまで近づき、ぼーっとして動かないルイシャ

の頭に手を伸ばす。伸ばす手からは依然緑色の光が放たれている。それが頭に触れると洗脳魔法が完成してしまうのだ。

「君も私たちの組織に入れば認識が変わります。さァ……私たちと共に魔法の深淵に至ろうじゃあありませんかァ……」

恍惚《こうこつ》とした表情で男は手を伸ばす。

しかしその手がルイシャの頭に触れると思われたその瞬間、彼の手は他ならぬルイシャの手によって払われる。

「……悪いですが貴方の仲間にはなりませんよ。こんなことをされたら特に、ね」

「馬鹿なァ!?　確かに洗脳魔法は成功していたはずッ!?」

予想外の事態に狼狽する男を他所《よそ》にルイシャはアイリスのもとに近づき、彼女の体に巻きつく鎖をむんずと掴《つか》む。

そして「えい」と思い切り両手でそれを引っぱると、鎖は簡単に引きちぎれアイリスは自由の身となる。

「大丈夫？　怪我《けが》してない？」

「はい、ありがとうございます。この御恩は必ずお返しいたします」

「いいってそんなの」

「いえそういうわけには。何でもご命令ください、何でもしますので」

「ちょ、ちょっと近いって！」

洗脳されかけていたにもかかわらず呑気《のんき》にいちゃつく二人。

そんな二人を見て自慢の洗脳魔法を解かれプライドをズタズタにされた男が吼《ほ》える。

「わたぁしの魔法は完全にかかっていたはずぅ……！　それなのになぜお前はピンピンしているッ!?　私の構築した術式に漏れはないはずゥ……ありエない……アリエナイィッッ！」

歯を剝《む》き出しにしながら体をくねくねと動かす男。明らかに異常なその様子に引きながらもルイシャは答える。

「確かに貴方の魔法は見事でした。僕が思ってた以上に第三の眼《サードアイ》の魔法技術は発展しているようですね。でもいくら技術があっても僕と貴方とでは絶対的な『差』があります」

「『差』ァ……？　貴様みたいな小僧っ子と私に『差』だとォ!?」

「ええ、貴方と僕の間には『魔力量』という絶対的な差があります。貴方ならもちろん知っているでしょうが、魔力量が高いと魔法の威力が上がるだけでなく魔法に対する『抵抗力』も上がります。つまりいくら貴方に技術があろうと魔力量が離れている僕にその魔法は効きません」

「ふざけるなァ、私がどれだけ魔力量を上げるために特訓したと思ってるんだ……貴様みたいなケツのブルーなガキに負けてる訳がないィッ！」

男は目を剝き、大声で叫ぶ。

ルイシャが話したのは俗に『魔法無力化』と呼ばれる技術だ。それ自体は魔法に詳しい者であれば誰でも知っているメジャーなものなのだが、ヒト族でそれを実際に使用出来る者はほとんどいない。

しばらくくねくねと暴れていた男だったが、急にピタリととまり、その正気とは思えない瞳でルイシャを捕捉する。

「……いィでしょう。認めましョうではありませんかァ……君が想像以上の原石であると……」

彼は自分の魔法使いとしての技量に自信を持っている。しかしそれ以上に魔法の深淵に至りたいという気持ちの方が強い。

であるならば悔しがるよりもルイシャを確実に捕まえる方が大事だ。

「いいでしょういいでしょうゥ……全ては君を捕まえれば済むハナシです。多少強引な手を使ってでも連れてかせていただきますよォ……！」

「洗脳魔法が強引な手じゃないことに驚きですよ。なおさらそんな危ない組織に入るわけにはいきません」

ルイシャと男は視線をぶつけ牽制《けんせい》し合う。

二人の体から冷たい魔力が漏れ出てぶつかり合い、一触即発のピリついた空気が場を支配する。

そんな危うい均衡を崩したのはルイシャでも男でもなく意外な人物だった。

「なんか面白そうな空気を感じ来てみれば、想像よりも楽しいことになっているじゃないか」

その声に反応しそちらを向くルイシャ。

声の主を確認したルイシャは意外すぎるその人物の登場に心底驚きその名を口にする。

「クロムさん。どうしてここに……！」

「ああ、昨日ぶりだな少年。悪いがちょっと首を突っ込ませてもらうよ」

そう言ってヒト族最強の剣士、〝剣王〟クロム・レムナントはその場に割り込んでくる。

手にした肉串をもぐもぐと食べながら。

（いったい何でここにクロムさんが？　ていうか何でまだ食べてられるの？）

（なぜここに剣王クロムがァ……？　何でこんな状況で食べられるんだァ？）

思わぬ人物の登場に、その場から動けなくなってしまうルイシャと第三の眼《サードアイ》の面々。

額に汗を浮かべどう動くのが最善かを必死に考える彼らと違い剣王クロムはリラックスした様子だ。ゆっくり手にした肉串を食べ終えると、その串を近くのゴミ箱にちゃんと捨てて「ふう、美味《おい》しかった」と一息つく。

そんな混沌《こんとん》とした空気の中最初に動いたのは第三の眼《サードアイ》の男だった。先ほどまでの興奮を抑え込み、丁寧な態度でクロムに質問をする。

「……クロム殿。なぜ貴方がここにィ？　皇帝陛下はどうされたのですかな？」

「別に陛下は私とずっとべったりなわけではない。……それよりお前、どこかで見たことがあるな」

そう言ってクロムは男をジロジロと観察する。

そして何かを思い出したかのようにポンと手を叩《たた》く。

「思い出した。この前隠居ジジイに会ったときにいた奴《やつ》だな。名前は覚えてないけど確かにいた」

「我々の総帥を隠居ジジイ呼ばわり出来るのは貴方くらいのものですよォ。んんっ……それにしても私のことを覚えて下さっているとはぁ……驚きました。あの時も自己紹介しましたがァ改めて名乗らせていただきます。私はリーベ・ポルフォニカ。覚えていただけると光栄です」

そう言って緑衣の男、リーベは恭しく一礼する。

しかしクロムは興味がなさそうに「そうかい」と口にする。あまりにも失礼な態度だがリーベは口元に笑みを絶やさない。彼はクロムの機嫌を損ねることの恐ろしさを知っていた。

「お前の名前なんてどうでもいい。それよりお前、あのジジイの側《そば》にいたってことは第三の眼《サードアイ》でもそこそこの地位にいるはずだよなあ。そんな偉い奴が人攫《ひとさら》いなんかに手を染めていいのかい？」

「人攫いとは聞き捨てならないですねクロム殿。私はあくまでスカウトしていただけですよぉ、あくまで平和的に、ねぇ」

「お前のとこの組織では洗脳魔法をかけることをスカウトって言うのか？　その常識がこの国の法律にも当てはまればいいが……どうだ、一緒に聞きに行くか？」

クロムの言葉にリーベはギリ、と歯を食いしばる。

まさか洗脳魔法をかけたところを見られているとは思わなかった。その場面を見ていたということは少し前から観察されていて割り込むタイミングを窺《うかが》っていたことになる。

弁明のしようのない圧倒的不利な状況。口でも腕前でも勝てないとなれば負けを認めるしかない。たとえ金のタマゴをみすみす見逃すことになったとしても。

「……貴方《あなた》の要望はなんですか？　まさか正義心でこんなことをしたわけじゃないでしょうよ」

「それは心外だなリーベ君。私は誇り高き剣士だぞ？　いつだってこの剣は民と平和を守るためにある」

「ふふぅ……そんな邪悪な顔で言われても説得力がありませんよぉ？」

「邪悪なのはどっちだ。薄汚い魔法ごっこがしたいならてめえの巣でやるんだな」

そんなクロムの言葉に愛想笑いで返すリーベだが、心の中では燃えたぎるような怒りが渦巻いていた。

スカウトを邪魔されただけにとどまらず、その理由すら話そうとしないクロムに対し強い怒りを覚えた。しかしこれ以上追及しても答えることはないだろう、そう判断したリーベは大人しくその場を去ることを決断する。

ここセントリアは国内での暴力行為を強く禁じている。もし事件を起こしそれが明るみになってしまえば組織にも迷惑がかかってしまう。それは組織を敬愛する彼にとって最も望まぬことだった。

「……んん分かりましたよぉ。今日のところは大人しく帰らせていただきます。しかァし！　少年、君を諦めたわけではありません。また近いうちにお迎えにあがりますねぇ……」

そう言い残して第三の眼《サードアイ》の三人は雑踏の中に消えていった。

ルイシャはしばらく魔力探知をして彼らの動きを観察するが、どうやら本当に帰ったようで待ち伏せなどはしていなかった。

「……ふう、どうやら本当に帰ったみたいだね」

安心してふうと一息つくルイシャ。

しかし安心しきるにはまだ早い。緩んだ気持ちを再び引き締め今度はクロムの方に向き直る。

「ありがとうございますクロムさん。おかげで助かりました」

「ふふ、いいんだよルイシャ君。君と私の仲じゃないか」

名前を呼ばれルイシャの背中がゾクリと震える。

前回会った時名前を名乗った覚えはない。それなのに知っているということは自分のことを調べたということに他ならない。

そして名前を呼んだことでそれが伝わるというのもクロムは勿論《もちろん》気づいているだろう。

つまりクロムはルイシャに関心を持っていることを遠回しに伝えているのだ。

(今すぐこの場を去らなくちゃ……!)

危機感を抱いたルイシャはそう決意する。

ひとまずこの場を切り抜ければユーリに相談することが出来ると考えたのだ。

「……助けていただいたところ申し訳ありませんが、そろそろ僕たちのチームの試合が終わった頃合いなのでそちらに行こうと思います。今回のお礼はまた今度でもいいですか?」

「ああ構わないとも。別に見返りを求めてやったことではないからね。ただこんなつまらないことで君が学園祭に出られなくなっては非常につまらないと思っただけさ」

そう言ってクロムはルイシャの肩に手をポンと乗せる。ほとんど力を入れていないはずなのに、ルイシャはまるで巨大な鉄の塊が自分の肩に乗っている錯覚に陥る。

「君には期待してるんだ。頼むから失望させないでくれよ」

そう言って笑みを浮かべたクロムはルイシャの肩から手を離すと、スタスタとどこかに去っていった。

クロムが完全にいなくなったのを確認したアイリスはルイシャのそばに駆け寄る。

「やけにあっさり引き下がりましたね。いったい何を考えているのでしょうか……？」

「分からない。でも一つだけ確かなことが分かった、あの人は……強い」

肩に残るクロムの手の感触。

ルイシャはその感触に恐れを抱くと同時にワクワクしていた。ヒト族最強の剣士、いったいその力はどれほどのものなのか。そして——自分の力がどれほど通用するのか。

「ルイシャ様、どうされました？」

「……ああ、なんでもないよ。早くみんなのところに行こっか」

湧き上がる戦闘欲をぐっと抑えつけたルイシャはアイリスと共に、友人たちのもとへ歩き出すのだった。

◇　◇　◇

ルイシャとアイリスが仲良くデートをしている頃、他のクラスメイトたちは会場の選手控室に集まっていた。

「みんな、次の対戦相手が分かった。二回戦の相手は『グランディル貴族学園』。王都の中にある学園だからその名前を一度は聞いたことがあるだろう」

クラスメイトたちの中心でそう話すのはユーリ。

ルイシャがいない間は彼がみんなをまとめる役割を担っていた。

「あー、確かに聞いたことがあるわね。貴族のボンボンたちが通う学園だったかしら」

「その通りだよシャロ。グランディル貴族学園はその名の通り貴族だけが通うことが出来る学園だ」

そう説明するユーリの顔は少し苛立《いらだ》っている様子だった。

いつも穏和な彼がこのように表立って不満そうにするのは珍しい。

「どうしたのよあんた。何かその学園と因縁でもあるの？」

「……あの学園は父上の理想とする『誰もが平等に勉強出来て、どんな身分や種族からでも才能を見出《みいだ》せる学園』から大きく逸脱してるんだ。家柄で成績が決まって汚い政治争いばかりやってる前時代的で封建的な学園、それがグランディア貴族学園だ」

ユーリの父親である国王フロイは魔法学園を作る際、すでに存在していた学園を解体し身分ではなく実力で成績を決める今の魔法学園に作り直したのだ。

しかしそんな動きに一部の貴族たちは反対し、国王の説得にも応じず無理矢理貴族学園を創立した。その貴族連中は国王フロイにいい感情を持っておらず今でも彼の政治を邪魔することがある。

「貴族には魔力量が多い者が多い。きっと今から対戦する相手も魔力だけは多いと思う。でも彼らは才能に胡座《あぐら》をかいている。常日頃ルイシャに鍛えられている僕たちの敵じゃない」

ユーリはこれを好機だと思っていた。

この試合で勝てばどちらの学園が本当に生徒のためになっているのかを証明することになる。

「それで？　いったい誰が出るの？　まさかあんたが出るってわけじゃないでしょ？」

ユーリも一応代表メンバーの中に入っている。とはいえクラスメイトの誰も彼が出るとは思っていなかった。しかし、

「何言ってるんだシャロ。当然、僕が出る」

ユーリのその言葉にクラスメイトたちはざわめく。相手は国王のことを快く思っていない貴族たちだ。当然ユーリのことも敵視しているだろう。

「あんたがわざわざ出場するなんてスライムが剣持ってくるようなものよ。危険すぎるでしょ」

「ま、確かに向こうはそう思うだろうね。でも大丈夫、強くなったのは君たちだけじゃない」

自信満々に言い放つユーリ。彼もまたZクラスで大きく変わった一人なのだ。

「確かにあんたは強くなったけど、危険なのに変わりはないんじゃないの？　私たちに任せとけばいいじゃない」

「それでは彼らの気が済まないだろう。きっと今後も魔法学園の運営に口を出してくることになる。それを防ぐためにも僕がちゃんと試合に出て、正々堂々正面から勝つ必要があるんだ。だから」

ユーリはみんなに向かって頭を下げる。

クラスメイトで友人とはいえ彼は王子、その頭は決して安くない。それを下げる意味は大きい。

「どうか僕を出してほしい。この通りだ」

彼の真摯な頼みにクラスメイトたちは驚いたように目を丸くし、そしてそれを笑顔で受け入れる。

「……分かったわ、そこまで言うなら仕方ないわね。みんなもいいわよね？」

シャロの問いかけにクラスメイトたちは大声で賛同する。それを見てユーリは「みんな……ありがとう！」と再び頭を下げる。

「はぁ、王子が出るっつうなら俺っちが出ないわけにはいかないっすね。面倒くさいっすけど」

兜《かぶと》を揺らしながらからかったるそうに言うイブキ。しかしその声はどこか嬉《うれ》しそうだ。

そして残る一人にはシャロが手を挙げた。

「私も出るわ。いざという時はすぐに助太刀するから安心しなさい」

「シャロが出てくれるとは心強いよ。よろしくね」

「ええ、大船に乗ったつもりで暴れてきなさい」

こうして天下一学園祭の二回戦は始まるのだった。

◇　◇　◇

セントリア第二闘技場に足を踏み入れるユーリ。その後ろにはイブキとシャロがついてきている。

観客席には相変わらず観客がすし詰めに押し寄せており、その熱気は一回戦の時より増していた。

『さあ！　Bブロック二回戦第一試合は、圧倒的な実力で一回戦を勝ち抜いたフロイ魔法学園と、これまた一回戦を難なく突破したグランディル貴族学園だァ！　いったいどちらが二回戦を勝ち抜き、三回戦に進むのか!?　目が離せないぜッ！』

実況のペッツォがそう煽《あお》ると観客席は更に盛り上がり、歓声と熱気が闘技場を包み込む。人前に出ることに慣れているユーリもこれほどの歓声を浴びるのは初めて。クールな彼もその熱量に少し圧倒されてしまう。

「こんなにたくさんの人の前で恥をかくわけにはいかないね。頑張らないと」

真剣な面持ちでそう呟《つぶや》くユーリ。そんな彼にイブキとシャロは茶々を入れる。

「心配しなくても大丈夫っすよ。王子が下手こいても俺とシャロっちがちゃんとフォローしてあげるっすよ」

「イブキの言う通りよ。だから安心して恥かいて来なさい。腹抱えて笑ってあげる♪」

「……こんな状況でもいつも通りの君たちを尊敬するよ」

げんなりした様子で答えるユーリだが、気づけば先ほどまでの緊張は収まっていた。

二人のおかげで覚悟の決まったユーリは視線の先にいる三人の男子学生に注目する。いかにも貴族らしいギラギラした装飾の目立つ学生服に身を包んだ彼らはユーリをニヤニヤしながら見ていた。

「……どうやら余程いいことがあったみたいですね。しかし真剣勝負の前にそんな緩み切った情けない顔を見せるのは感心しませんね。貴族とは市民の模範になるべき存在、いついかなる時も気を抜くべきではありません」

ユーリにそう話しかけられ貴族学園の生徒は驚いた表情を一瞬浮かべるが、すぐにまた下卑た笑みを浮かべる。

「これはこれは申し訳ありません殿下。まさかしがない一貴族でしかない私たちが殿下と手合わせ出来るとは思わず嬉しさを抑えきれませんでした。お手柔らかにお願いしますね」

貼り付けたような笑みを浮かべながら生徒は言う。

もちろん今彼が言ったのは本心ではない。貴族学園に通っている生徒のほとんどは貴族を贔屓《ひいき》しない魔法学園の存在を疎ましく思っている。

フロイ国王は貴族が強い権力を持つのを禁止し、以前は横行していた賄賂で悪行を見逃す行為も厳しく取り締まるようになったため多くの貴族たちは国王を恨んでいるのだ。

そんな悪徳貴族に育てられた子どもたちが王子を疎ましく思うのも当然の結果であり、彼らはどのようにしてユーリを痛めつけ民衆にその醜態を晒《さら》させるかで頭がいっぱいだった。

（楽しみですよ殿下。その整った顔が恥辱に染まる様を見るのがね……♪）

彼らは湧き上がる愉悦を顔に出さぬよう努めながら三人並んで杖《つえ》を構える。

一方ユーリはというと杖を片手に一人で彼らと相対していた。仲間の二人は後方で待機させている。

「……なんのつもりですか殿下？」

「この戦い、勝てばいいというものではない。君たちに本当の強さを教えるため私は一人で戦うつもりだ」

「それはそれは立派な心意気ですねえ……では、思う存分甘えさせていただきましょうかッ!!」

額に青筋を立てながら生徒は吼《ほ》える。

ここまでコケにされたのは初めての経験。怒りが魔力となり彼の体を包み込む。

『おおっとォ！　始まる前から盛り上がってる様子だッ！　それじゃそろそろ始めるとするぜッ！』

一触即発の空気を感じ取った解説のペッツォは予定より少し早めだが開始のコールをすることにする。

『天下一学園祭Bブロック二回戦第一試合、開始《スタート》ッ！』

その宣言と共に貴族学園の三人は魔法を発動する。

狙いはもちろんユーリ。他の二人には目もくれなかった。

「中位電撃《ミド・サンダー》！」

「火炎魔刃《ファイ・エッジ》！」

「広範囲岩石《ラジロック》！」

三者三様の魔法が発射され、ユーリに激突し激しい音と砂煙が巻き起こる。避けたり防御魔法を使ったようには見えなかった。観客たちは早くも一人脱落したか……と思ったが、砂煙が晴れるとその中から無傷のユーリが姿を現す。

彼の目の前には半透明の盾が出現しており、それが魔法全てを防いでいた。

「ば、ばかな……!?」

口をパクパクと動かし絶句する貴族学園の生徒たち。

ユーリはそんな彼らに対し、真剣な顔で告げる。

「さて、次は僕の番だね」

一歩、また一歩とゆっくりと歩を進めるユーリ。

彼が近づいてくる度に貴族学園の生徒三人は「ひぃ！」と情けない声を上げる。

「なんで……なんで魔法が効かないんだよ!?　お前らちゃんと魔力込めたのか!?」

「おい俺を疑うのかよ!?　お前こそ手ぇ抜いてないだろうな!?」

「仲間割れしてる場合かよ、どんどんこっち来るぞ！」

彼らが責任をなすりつけあっている内にユーリはすぐ側《そば》まで近づいてくる。

それに気づいた三人は再び杖を構えてユーリに向かい合う。

「いったい何をした!?　まさか魔法を無効化出来る魔道具を持っているのか!?」

「そんな強い魔道具が王都にあれば心強いんだけどね。あいにく宝物庫にあったはずの大量の魔道具は前王と当時の貴族がお金に換えて使ってしまって、そんな大層な物は王都にないよ」

「じゃあ一体どうやって俺たちの魔法を防いだっていうんだ!?」

「僕が使った魔法は『上位護盾《ハイ・シルド》』。中位以下の魔法三発ではヒビも入りはしない」

「馬鹿な、王子が上位魔法を使えるなんて聞いてないぞ……!?」

上位魔法は一流魔法使いでないと使えない領域の魔法だ。学生でも天性の才があれば使えるが、ユーリにそれほどの才能があるとは知らなかった。

「か、隠してたな!? そんなに才能を持っていたなんて……!!」

「確かに僕は人より物覚えは少しいいけど、それくらいさ。魔法の才能なんて人並みしかない」

「ではなぜ上位魔法が使えるんだ!」

敬語を使うことすら忘れ、貴族学園の生徒は尋ねる。

ユーリは彼らに言い聞かせるように、ゆっくりと言葉を選んで話す。

「それは頑張ったからだよ。人は成長出来る。たとえ貴族のもとに生まれなくてもちゃんと努力して学べばしっかり成長出来るんだ。魔法学園はそれを支えるためにある」

だからこそ、守らなければならない。

だからこそ、邪《よこしま》な思いに邪魔されることなどあってはならない。

「だから僕はこの力で君たちを正々堂々倒そう。魔法学園の正しさを証明するために」

「ぐっ……くそおっ！」

ユーリに反論出来る言葉を持たない彼らは必死に魔法を放ち彼を黙らせようとする。しかしルイシャの地獄の特訓に耐え切った彼からしたら、その魔法を防ぐことなど容易《たやす》かった。

「くそぉ！　なんで、なんで効かないんだよっ！」

必死に魔法を連発するが全てユーリの作った盾に阻まれる。彼らとて代表に選ばれた身、魔法には自信があった。

優勝出来るとまでは思わなかったが、それでも自分たちの魔法は強いという自信があった。

それが、砕かれる。

プライドが、虚飾が、こなごなに。

「嫌だ……負けたくない……」

全てを失ってそれでも残っていたのはその言葉だった。

聞きたかったその言葉を耳にして、ユーリは頷《うなず》く。

「そうだね。だから努力しなくちゃいけない。僕も……君たちも」

体中の魔力を集め、彼は初めて攻撃に転じる。

「上位広範囲打撃《ハイ・ラジスマイト》」

頭上に現れたのは巨大な杖。ユーリの持つ杖と連動して動くそれは、彼の杖が地面に叩《たた》きつけられると同時に振り下ろさる。

「があ――――!?」

その衝撃波は凄《すさ》まじく、三人とも直撃していないにもかかわらず大きく吹き飛びリングアウトしてしまう。それと同時に実況のペッツォの声が響き渡る。

『な、なんと～!! ユーリ王子が一人で勝利してしまった! なんという才能! なんというカリスマ! 一回戦で戦った謎の少年といい今年の魔法学園はどうなってるんだ!? この先の試合も目が離せないぜッ!!!』

観客たちも思わぬ活躍を見せた王子に歓声を送る。

一方ユーリはというと勝利の余韻に浸ることもなく、倒した三人の生徒の側に行っていた。そして地面に倒れながら悔しさに頬を濡《ぬ》らす彼らに言葉を投げかける。

「自分の無力が悔しいだろう。分かるよ」

それはユーリもよく感じている気持ちだった。周りが優秀であればあるほど、それに応えられぬ自分が憎くなっていた。

「だけどその悔しさがあるなら君たちも強くなれる。いつでも魔法学園の戸を叩いてくれ。いかに君たちが僕や国を憎んでいても、君たちが大切な国民であることに変わりはないのだから」

そう言ったユーリは踵《きびす》を返し仲間たちのもとに戻る。いつか彼らとも分かり合える日が来ることを願いながら。

◇　◇　◇

天下一学園祭一日目が終わった日の夜。

魔法学園の生徒たちは宿舎の広間に集まっていた。

「えーそれでは、無事一日目を乗り切ったことを祝して！　乾杯！」

「「「かんぱーい!!」」」

ユーリの号令に合わせ、生徒たちは手に持ったグラスをぶつけ合う。そして一気にグラスの中に入った液体を流し込むと、みな今日のこと、そして明日からのことを話し始める。

「他の学園の試合も観《み》に行って来たけど、いい試合が多かったぜ。あー、俺も早く戦いてえなあ」

「でもバーンって本番弱いから変なミスしそうだよね。ベンチ温めてた方がいいんじゃない？　ほら、バーン無駄に熱いし」

「んだとメレル誰が単純熱血馬鹿だ!?」

「そこまで言ってないでしょ！」

いつも通りぎゃいぎゃいと楽しそうに騒ぐクラスメイトたち。

そんな彼らを見てユーリはゆっくりと味わいながら葡萄酒《ぶどうしゅ》を口に運んでいた。

「上機嫌だねユーリ」

「ん？　ああルイシャか」

ユーリは自分に話しかけてきた人物を確認すると、自分の横に置いてある椅子を引き座るよう促す。

「隣に座るといい。良い酒をたくさん用意してもらってる、一緒にどうだい？」

テーブルの上にはお酒だけでなく料理もたくさん並んでいた。そのどれも安物ではなくちゃんとしたレストランで振る舞われそうな料理だ。

ルイシャは葡萄酒が注がれたグラスを貰《もら》うと、口に含む。するとその瞬間芳醇《ほうじゅん》な香りが鼻の中を駆け巡る。お酒に詳しいわけではないがこれが相当な上物だということは想像がついた。

「これ……すごいね。ここにあるもの学園祭の運営が用意してくれたんでしょ？　気前がいいよね」

「これだけ用意してくれるのは二回戦を突破した学園だけだけどね。とはいえここまでの上物は僕でもそうそう飲めない。どうやらセントリアは相当儲《もう》かっているようだ」

ユーリは皮肉を込めながらそう言うと、一気にグラスを乾《ほ》す。酒に強いわけではないのでその頬は一気に紅潮する。

「……セントリアは王国よりもずっと上手《うま》くやっている。元々国家間のガス抜きが主目的だったこの大会を上手く興行に落とし込みこの国は大きく成長した。少し街並みを見て回ったがここに住む人たちはいい顔をした者が多かった……僕は、僕ァ悔しいよルイシャ！」

そう言ってユーリは机をガン！　と強く叩く。

彼の目は焦点が定まっておらず顔は真っ赤っかだ。完全に酔っ払ってしまっている。

しかし口にしている言葉は本心なのだろうとルイシャは感じた。普段は物分かりの良い王子を演じているがその中身は国を熱く思う熱血漢なのだ。

「ルイシャぁ……僕ぁやるぞぉ……くにを、おおきく……」

酔いが完全に回ってしまったユーリはうわごとのように呟《つぶや》きながら突っ伏してしまう。

このまま放っておくと完全に寝てしまいそうだ。

そんな彼の様子に気づいたイブキはその体を無理やり起こす。

「ほら王子なに寝てんすか。明日もあるんだからこんなとこで寝ちゃダメっすよ。いい子だからお部屋に戻りまちょうね〜」

ユーリの意識が朦朧《もうろう》としていることをいいことに、イブキは彼を赤ん坊のようにあやす。

するとユーリは寝ぼけてバランスを崩しイブキの胸元に頭を埋《うず》め抱きつく。

「うん、むにゃむにゃ」

「ちょ、王子何してんすか!?」

突然のことにビックリしたイブキは思わず自らの主君を投げ飛ばし地面に叩きつける。

「きゅう」

可愛《かわい》い声を上げながらユーリは完全に意識を手放す。

それを見たイブキはやっちまったという感じで兜《かぶと》のてっぺんをポリポリと人差し指で掻《か》く。

「あはは、やっちまったっすね。ルイっち、これは二人の秘密ってことで」

「う、うん」

「恩に着るっす。それじゃ俺っちは王子を連れて部屋に戻るんで後は三人でごゆっくりっす～」

「うんじゃあね……って三人？」

三人という言葉に引っ掛かりを覚えるルイシャ。

何のことだろうと考えながら机に向き直り料理に手を伸ばそうとした瞬間自身の両脇に誰かがドサリと勢いよく座り同時に腕を組んでくる。

「ちょっとるい！　なんであたしの相手しないのよ！」

「わたしと一緒に飲みましょうよるいしゃ様。これ、おいしいですよぉ」

そう言ってルイシャの右腕をシャロが、左腕をアイリスがガッチリとホールドする。なんとか抜け出せないかと試みるが、物凄《ものすご》い力で掴《つか》んでいるためビクともしない。

「ふ、二人とも顔が真っ赤だよ？　ちょっと飲み過ぎなんじゃない？」

「うっしゃい、全然こんなののんだ内にはいらないわよ」

そう悪態をつくシャロの呂律《ろれつ》は明らかに回っていない。お酒に強い彼女がここまで酔っ払う姿は珍しい、よほど飲んだのだろうとルイシャは推測する。

「ふふふ、シャロはわたしとるいしゃ様のらぶらぶ♡でぇとの話を聞いてムキになってるんです。おとめですよねぇ」

「るい！　きょーはあたしとアイリスどっちがだいじなのか言うまで帰さらいんだからね！」

二人の話を聞くにアイリスがルイシャとデートした話を聞かされたシャロが怒って飲みすぎたらしい。そしてそれにつられて一緒にたくさん飲んだアイリスも酔っ払ってしまったようだ。

二人ともお酒が強い上にちゃんと限度を弁《わきま》えているので、普段はこんな風に酔っ払うことは、ない。

しかし話が盛り上がったこと、学園祭という浮かれた空気であること、勝利の余韻、美味《おい》しい酒、様々な要素が絡み合いこの地獄のような空気が出来上がってしまった。

「ルイシャ……骨は拾うからね……」

クラスメイトのチシャは離れたところでルイシャを見守る。近くにいたら被害を被りそうなのでチシャだけでなく他のクラスメイトたちも距離を取っている。おかげでルイシャは誰にも助けを求められなくなっていた。

「あの、そろそろ離し……」

「あによ、めいわくだっていうの？　アイリスとはでーとしてあたしの酒にはつきあえないっていうの？」

「いやそういうわけじゃ」

頭をギュンギュン回転させてこの場を切り抜ける方法を考えるルイシャ。するとアイリスが「あ」と突然声を上げ……シャロが机の上に突っ伏すように倒れた。

「へ!?　大丈夫!?」

慌てて近寄り様子をみる。

すると彼女は「すう……すう……」と穏やかな寝息を立てていた。どうやら酔っ払って眠ってしまったようだ。ルイシャはほっと胸をなで下ろす。

「良かった、寝ただけみたい。外で寝て体が冷えるのも良くないし、僕が部屋に連れてくよ」

そう言ってルイシャはシャロを担ぐ。

アイリスが「私も行きます」と提案するがルイシャはそれを断った。

「僕一人で大丈夫だよ。アイリスは楽しんでて」

「そう……ですか」

渋々引き下がるアイリス。

ついてきている時にシャロが目覚めたらマズい。ルイシャは何とか危険を回避するのだった。

◇　◇　◇

「よいしょ……と」

眠るシャロをベッドに寝かせ、ルイシャは一息つく。

ここは彼の自室だ。最初はシャロの部屋前まで行ったが、鍵がどこにあるかわからずひとまず自室に連れてきたのだ。横にした状態ならポケットをまさぐることも出来そうだ。

「まあだけど……そうするのも悪いし、ひとまずここで寝てもらおうかな」

飲み会が終わってもまだ寝てたらその時考えよう、そう決めたルイシャは部屋に備え付けられたシャワールームに入る。

「ふう……気持ちいい……」

汗と汚れを流し一息つく。

自室に戻ったのはシャワーを浴びたかったからという理由もある。試合後に体を流す時間がなかったのでずっと浴びたいと思っていたのだ。

手早く湯を浴びた彼はそろそろ部屋に戻ろうかなと考える……が、その瞬間シャワールームの扉がガラ、と音を立てて開く。

「へ？」

驚き後ろを向く。

するとそこには……眠そうに眼《め》をこするシャロの姿があった。しかも服を全部脱ぎ捨て生まれたままの姿で、だ。

「ちょ、何してるのッ!?」

「なにって……シャワーあびにきたに決まってるでしょお。ルイったらへんなの」

きょとんとした顔でそう言った彼女は、シャワーを浴びているルイシャに抱きつき、一緒にシャワーを浴び始める。

普段だったらこんな風に甘えたりしない。彼女はまだ盛大に酔っ払っていた。

「ねえルイ〜」

「ん？　どうしたの？」

「すき。えへへ」

「んっ」

普段は絶対に聞くことの出来ない、ふにゃふにゃ声のその台詞《せりふ》にルイシャは胸を押さえる。効果は抜群だ。

心の中の獣と葛藤するルイシャ。するとそんな彼の胸にシャロは顔をうずめ、ついばむようにキスし始める。

「ちゅ、ちゅ」

「あ、ちょ、くすぐったいっ！」

くすぐったくて、こそばゆくて。ルイシャは身をよじり離れようとするが彼女はぴったりとくっついて離れない。

「んちゅ、れろ」

胸から首、首から顔と徐々に上へ上がったシャロは、目線が合う高さまでくると、それをやめる。そして潤む目で彼のことをジッと見つめるのだった。まるで彼から来るのを待つように。

「……もう、シャロには敵《かな》わないなあ」

そう言ってルイシャは強く彼女を抱きしめながら唇を重ねる。

何度も何度も、お互いの気持ちを確かめ合うように。

「かわいいよシャロ、ほら、もっとこっちに……」

「ん。あ、そこ……だめ……っ♡」

まだクラスメイトたちが食事をしていることなどすっかり忘れ、二人はひっそりと愛し合うのであった。

第三話 ―◆― 少年と守り手と迫りくる影

天下一学園祭二日目。

ルイシャは第一闘技場の中を友人のヴォルフとバーンと共に歩いていた。

「ふあ、眠い……」

ルイシャはまぶたをこすりながら眠そうに歩いていた。ヴォルフはそんな彼を見て心配そうに声をかける。

「大丈夫ですか大将。あまり眠れなかったんですかい？」

「いや、ははは……ちょっとね……」

ばつが悪そうに答えるルイシャ。

ヴォルフはその意味が理解出来ず首を傾《かし》げるが、バーンはそれを察し「くく！」と笑う。

「おかしいなあ、ルイシャは早く抜けたのによお。どこでナニやってたんだかねえ」

「ははは……」

バンバンと背中を叩《たた》かれながらルイシャは歩く。

やがて彼らは闘技場の観客席にたどり着く。相変わらずそこは観客がすし詰め状態だ。

その熱気は昨日よりも高い。

「いい具合にあったまってんじゃねえの。燃えて来たぜ」

「へっ、気合い入りすぎて空回んなよバーン。お前はすぐ調子に乗っからな」

「うっせえお前も同じタイプだろうがヴォルフ。俺の心配よりもまず自分の心配をしたらどうだ？」

「まあまあ二人とも落ち着いてよ……」

今日の第三回戦はここで行われるが、ルイシャたちは第二試合なので始まりが少し遅い。なので空いた時間で第一試合を見学に来たのだ。

「今からやる試合に勝った方が僕たちの四回戦の相手なんだよね。ちゃんと見とかなきゃ」

「三回戦で勝てたらの話だけどな。ま、俺様が出るし負けはありえねえけどな」

自信満々に言うバーン。三回戦に出ていいと決まってからずっと彼は上機嫌だった。そんな調子のいい彼にヴォルフは釘《くぎ》を刺す。

「油断してっと足をすくわれるぞ？　ほら、試合が始まるみたいだから見ようぜ」

歓声が鳴り響く中、二つの学園の代表メンバーがスタジアム中央に現れる。すると三人は真剣な顔つきになり、その試合に集中し始めるのだった。

◇　◇　◇

ルイシャたちが観戦をしている中、一人の生徒が闘技場の施設内を急いだ様子で走っていた。

「くっそー！　まさかトイレがどこも混んでいるなんて！　急がないと試合を見逃しちゃうよ！」

額に汗を浮かべながらそう言うのはルイシャのクラスメイトの一人、小人族《ハーフリング》のチシャだ。

彼は試合が始まる直前にお腹《なか》が痛くなりトイレに行ったのだが、近くのトイレが全て埋まっており遠くのトイレまで行く羽目になってしまっていた。

「もう試合開始時間になってるよね……。たまに歓声が聞こえるし絶対もう始まってるよ。映像記録水晶で録画をお願いしとけば良かったよ」

争いごとは苦手な彼だが、試合を見るのは好きだった。なので仲間の試合だけでなく、他の学園の試合もなるべく見るようにしていた。

「今日の試合はどれも注目してたのになー」

不満を漏らしながら走っていると、曲がり角から突然人が現れチシャの進行方向を塞ぐ。

走っていたチシャはぶつかりそうになるが何とかストップし激突を逃れる。軽く頭を下げて謝ったチシャはその人物の横を通ろうとするが、その人物はチシャの行く手を阻むかのように動く。

「……あの。そっちに行きたいんですけど」

チシャはそう言って自分の行く手を阻んだ人物を見る。その人物は同年代くらいの男だった。その顔に見覚えこそ無かったが、彼の着ている服には見覚えがあった。

（げっ、この人『ギラ』の生徒じゃん）

傭兵《ようへい》の街ガルドンという場所がある。

住民のほとんどが傭兵稼業に身をやつすその街には、傭兵を育て上げる教育機関が存在する。

それこそが傭兵育成機関『ギラ』である。

ここに入学する者は孤児や脱走奴隷が過半数を占め、卒業後はそのほとんどがガルドンの傭兵となる。ここの生徒は素行が悪いことで知られ、大会中たびたび問題を起こしてしまっている。

チシャはなるべく神経を逆撫《さかな》でしないよう、速やかにその場を離れようとするが、いつの間にかギラの生徒が十人ほど集まっており、チシャを囲んでしまっていた。これでは逃げられない。

チシャはこの時自分が危機的状況にあること、そして彼らの狙いに気づいた。

「へえ……そういうことね」

魔法学園はこのまま勝ち進めば四回戦、つまり準決勝でギラとぶつかる。

彼らは自分たちが勝つために魔法学園の中でも戦闘力の低い彼に目をつけたのだ。

「突然囲んでしまって申し訳ないね、魔法学園の生徒くん」

　そう話しかけてきたのはリーダーらしき人物。

　柔和な笑みを貼り付けてはいるが、その奥の野蛮な雰囲気は隠し切れていない。

「いったい僕に何の用ですか？　言っておくけど僕は弱いからボコボコにしたところでなんの自慢にもならないよ」

「そんな下らないことをしに来たわけじゃない。何て言うかな……そう、お願い。君にお願いがあって来たんだ」

　そう前置いた彼は、とんでもない提案をチシャにしてきた。

「魔法学園を裏切ってほしいんだ。なに難しいことじゃない、俺たちと戦う四回戦に出場する生徒の名前を教えてくれるだけでいい。そうしたら後はこっちがやる」

　何をやるのか。それは聞かなくても明白。闇討ち、騙《だま》し討《う》ちは卑怯《ダーティ》な戦いを得意とする彼らの十八番《おはこ》だった。

「断る、って言ったら？」

「……君はそんなに無謀な人ではないと信じているよ」

　ギラの生徒たちの冷たい視線がチシャに突き刺さる。

　無言の圧力。断ったらただじゃ済まさない、そう言っているようだった。

「言っておくが『やる』と言って告げ口でもしようものなら君をターゲットにするからね。小人族の体は頑丈じゃない、君も打たれ強くはないだろう？」

ジトっとした嫌な空気を感じる。強いストレスと嫌悪感を覚えてチシャは呼吸が荒くなる。

断れば一発や二発殴られる程度では済まないだろう。逃げたくても解析魔法しか取り柄のない彼にはこの窮地を脱する術《すべ》はない。

チシャはじっくりと熟考し、答えを決める。

「――――わかったよ」

「おお！　分かってくれたか！　それじゃあ早速……」

「分かったよ、お前たちがどうしようもない屑《くず》ってことがね！」

「……そうか、残念だ」

ギラの生徒の目に、次第に怒りが宿っていく。

怖い。素直にそう感じたが彼は退《ひ》かなかった。

「僕の友達だったら……いくら相手が自分より強くても友達のことを売ったりしない。だから僕もお前たちみたいなのに屈しない！　暴力で全てが思い通りになると思ったら大間違いだ！」

震える足を叩いて気合を入れ、チシャは彼らを真《ま》っ直《す》ぐに見据えて堂々と言い放つ。その姿は強くて優しい、彼の親友の姿によく似ていた。

「煮るなり焼くなり好きにしなよ、僕は逃げも隠れもしない。でも覚えておくことだね、君たちは喧嘩《けんか》を売る相手を間違えた。きっと後悔することになるよ」

「……上等だ。そこまで痛い目をみたいなら望み通りにしてやろうじゃないか」

拳を鳴らしながら近づいてくるギラの生徒。

その姿はチシャにとってとても恐ろしいものだった。

しかしその拳が突き刺さる瞬間まで、彼の顔には強気な笑みが浮かんでいたのだった。

◇　◇　◇

三回戦開始直前。

魔法学園の生徒たちは、第一闘技場の選手控室に集まっていた。

そんないつも通りの光景を横目で見ながらルイシャはある人物を捜していた。

「どうしたのルイ？　誰か捜してるの？」

そんな彼の様子を気にしてシャロが話しかけてくる。

「うん。いやチシャが見当たらないなあ、って」

Ｚクラスの全員と仲がいいルイシャだが、チシャはその中でも特に仲がいい方だ。学外いだろう。

でも一緒にいることが多いシャロとアイリス、ヴォルフを除けば最も共に過ごす時間が長い試合観戦を楽しみにしていた彼が、試合直前になっても姿を現さないことにルイシャは違和感を覚えた。

「そーいえばトイレに行くとか言ってたけどそれっきり見てないね。もう戻ってきてもよさそうなものだけど、ちょっと遅いね」

メレルがそう言ったのを皮切りに不安感がZクラスの中に広がる。

「確かに私も見てない……」

「でも迷ってるだけじゃないの？」

「チシャはしっかりしてるからそんなことないと思うけど……」

「そんなことより早く捜しに行ったほうがいいんじゃないの」

こんな場所で危険な目に遭うことはないだろうと思いつつも不安の種はどんどん大きくなっていく。

居ても立っても居られなくなったルイシャが「じゃあ僕が捜してくるよ」と言おうとした瞬間、選手控室の扉が開く。

入って来たのはルイシャの先輩シオン。彼はよくどこかに行っていなくなるので今この場にいなかったことを気にされていなかった。

なので「なんだシオンさんか」と心の中で少し失礼なことを思うルイシャだったが、彼が抱えている人物が視界に入った瞬間、大きな声で叫ぶ。

「チシャッ!!」

ルイシャの目に入ったのは血まみれになったクラスメイトの姿だった。

彼の小さな体の至る所に血がこびりつき、服の隙間から覗《のぞ》き見える肌には打撲痕のようなものが何箇所も見える。

シオンはそんな彼を優しく丁重に長椅子の上に横たわらせる。ルイシャは何があったのかと激情に身を任せてシオンに詰め寄りたい衝動に駆られるが、そんなことをすればチシャにも被害が出てしまうかもしれないと思い、歯を食いしばり手を強く握りしめ必死に堪《こら》える。

「ローナくん、急いで回復魔法を。あと誰か回復薬《ポーション》をここの職員から貰《もら》って来てくれ。闘技場だからたくさんストックしてるだろう」

その間にシオンはテキパキと指示を出していく。

彼の指示に従い回復魔法を得意とするローナがチシャに近づき魔法を唱える。すると顔色が少し良くなり荒かった呼吸も次第に落ち着く。

「ほっ、良かった……これならなんとかなりそう」

そう言ってローナは大きな胸を撫《な》で下ろす。

回復魔法は万能ではない。斬れ落ちた部位はくっつくことはあれど再生はしないし、致命傷を負った人を救うことも出来ない。

チシャは一見助からなそうに見えるほど血まみれだったが、ダメージは深くまで伝わっておらず回復魔法で充分助かるレベルだった。

そのことを知ったルイシャもホッとする。しかし疑問はいまだ残っている。

「シオンさん、いったいなんでチシャがこんなことになっているんですか⁉」

ルイシャは全身から刃物のように鋭い殺気を放ちながらシオンに詰め寄る。

大の大人ですら卒倒してしまうほどの殺気だが、シオンはそれを涼しい顔で受け止めながら説明する。

「申し訳ないけど僕も詳細は知らないんだ。たまたま見かけた血まみれの彼を運んできただけだからね。何があったかは本人の口から聞いてみるといい」

シオンに促されチシャの方に目を向けると、彼は薄く目を開けてルイシャのことを視界に収める。

「チシャ！」

「声が大きいよルイシャ……僕は見ての通りピンピンしてるよ」

力こぶを作るように腕を上げ、平気アピールをするチシャだがその動作はあまりにも痛々しい。

「分かったから無理しないでよ。いったい何があったの？何があったのかを尋ねる。」

ルイシャは横たわるチシャの隣に腰を下ろすと、何があったのかを尋ねる。

意識を取り戻したチシャはゆっくりと何が起きたのかをみんなに話した。

それを全て聞き終えた時、ルイシャの心に湧いたのは激しい怒りの感情だった。今まで
これほどまでに何かに対し怒りを覚えたことはない、そう思うほどの怒りだった。

「へへ、あいつら少し痛い目見せれば僕が従うと思ってたんだろうね。殴りながら驚いた顔してたよ……傑作だったなあ……」

そう言って笑みを浮かべるチシャだがその目は微《かす》かに潤んでいる。これだけ痛い思いを、これだけ怖い思いをしてなお笑みを浮かべることが出来る彼をルイシャは尊敬した。

しかしいくら気丈に振る舞っても湧いてくる悲しみを抑え切ることは出来なかった。受けた暴力を、恐怖を次第に鮮明に思い出してしまった彼は嗚咽《おえつ》と共にその本心を漏らす。

「ぐっ、うう……悔しい……あんな奴《やつ》らに……悔しいよルイシャ……」

その言葉を聞き、ルイシャの心は決まった。

チシャの手を優しく握り、そして離すと、何かを決意した目で立ち上がる。

そして控室から出て行こうとする彼だがその行く手をユーリが遮る。

「ごめん、迷惑かけるかもしれないけど今回ばかりはユーリに言われても止まるつもりはないよ」

「勘違いするなよルイシャ。クラスメイトをこんな目に遭わされて僕だって頭に来てるんだ。今回のギラのやり方はあまりにも酷《ひど》い、明確な違法行為だ。しかしだからと言ってこちらも同じことをしては魔法学園も罰を受けかねない。ここが王国領土内ならまだしもね」

「だったらどうしろっていうの？」

余裕のない感じで尋ねてくるルイシャに反して、ユーリは落ち着いていた。

こういったトラブルの対処は、慣れている。うまく立ち回る自信があったのだ。

「僕に考えがある。ただ殴り返すだけじゃ物足りない、やるなら徹底的に、だ。奴らがどこに喧嘩を売ったのか骨の髄まで叩《たた》き込んでやろうじゃないか」

そう言ってユーリは王子らしからぬ凶悪な笑みを浮かべるのだった。

◇　◇　◇

「いやぁそれにしてもあのガキ、生意気だったよな！」

「あんなちっこいのに意地張りやがってムカつくったらないぜ」

「まあいいじゃんボコボコにしてやったんだしよ。これで魔法学園の奴らも俺らにビビってるだろうよ」

る。

違いねえ、と声を上げて笑うのは傭兵《ようへい》育成機関『ギラ』の生徒たち。

彼らは自分たちの宿舎でチシャを暴行した話を肴《さかな》に酒宴にふけっていた。

酔いも回り気持ち良くなって来た頃、一人の生徒が酒宴を開いている大広間に入ってくる。

「いやー遅れてすまねえ。お、もう始まってたか」

入って来たのはギラの制服を来た生徒だった。

中にいた生徒は彼がトイレに行くと言っていたことを思い出し「お前はトイレが長えんだよ早くこっちに来い」と言ってその生徒を迎え入れる。

「悪い悪い、ちょっとトイレが混んでてな」

「本当か？　大物に苦戦してたの間違いじゃないか？」

下品なイジリに周りの生徒たちは下卑た笑い声をあげる。

現在この大広間にはセントリアに来たギラの生徒が全員集まっている。数にして五十人の大所帯だ。その人数が広間の至る所に酒や食べ物を広げ、食い散らかし、ゴミをそこら中に投げ捨てている。当然彼らはこれを片付けることなくセントリアを去るつもりだ。

「う、汚な……」

先ほど入ってきた生徒がその惨状を目の当《ま》たりにして顔を顰《しか》める。

口を手で押さえ、胃から湧き上がってくる酸っぱい感覚を必死に鎮めると、酔いが回り気持ち良くなっているクラスメイトに話しかける。

「なあ、あの魔法学園の生徒ってどうしてボコったんだっけ？」

「んあ？　魔法学園の奴らに裏切るよう頼んだら断ってきやがったからだろうが。大人しく言うこと聞いとけば痛い目見ることはなかったのにバカな奴だぜ」

彼がそう言うと周りのクラスメイトたちも「まったくだ！」と乗ってくる。

「小細工なんざしなくても負けることはねえが、帝国学園との決勝前に無駄な体力を使いたかねえからな。それにあいつらも決勝で派手に負けるより俺たちにこっそり負けた方が傷つかないだろ！　つまりこれは俺たちの親切心ってわけだ、それなのに反抗しやがってバカだぜほんと！」

ギャハハ！　と汚い笑い声が広間に響く。

生徒たちは口々に魔法学園の生徒を罵倒する言葉を口にする。

後から入ってきた一人の生徒はしばらくの無言の後、立ち上がる。

「ん？　どうした？　またトイレか？」

「……まあそんなとこだ」

どんだけ腹が弱いんだよ、そう笑われながらその生徒はその場から去っていく。

扉を開け、外に出るとそこには四人の人物が無言で立っていた。

ルイシャにヴォルフ、バーン、そしてカザハ。彼らは扉から出てきたギラの生徒に近づく。

「……どうだった？」

「ああ、上手《うま》くいったぞ……ルイシャ」

ぼん！　とギラの制服を着た生徒から煙が巻き起こり、その中からルイシャのクラスメイト、パルディオ・ミラージアが現れる。

彼は懐から小さな水晶を取り出し、それをルイシャに手渡す。

「あいつらのやったことはバッチリと録音してるはず。どうやらギラの生徒は全員中にいるみたいだから、決行するなら今だ」

「ありがとうパルディオ、こんな危険なことやってくれて」

「チシャは僕の大事な友人でもあるんだ。これくらいお安い御用だよ」

そう言って「パチン☆」とウィンクをするパルディオだが、その手は細かく震えていた。

『変化魔法』という珍しい魔法を扱える彼だがその戦闘能力は低くチシャと同程度。もし自分が魔法学園のスパイだということがバレていたらチシャと同じ目に遭うだろう。

しかし彼は実行した。仲間を守り傷ついた友人のために。

「あとは任せたよ……みんな」

「うん、まかせて」

震えた声で懇願する彼の声に応え、真剣な面持ちでルイシャたちは歩を進める。そして奥の方から耳障りな笑い声が聞こえる扉の前に立つと、足を振り上げて……

「いくよ、せーのっ！」

思い切りそれを蹴飛ばした。

ガッシャアアン！　と大きな音を立てながら扉が勢いよく弾《はじ》け飛び、ギラの生徒たちの前に転がる。

金属製のその扉はまるで至近距離で爆弾が爆発したのかと思うくらいひしゃげており、二度と扉としての役目を果たせない形になっていた。

「な、なんだいったい!?」

突然の爆音に驚いた彼らが扉の飛んできた方向に目を向けると、そこには今しがた扉を蹴っ飛ばしたルイシャの姿があった。

ルイシャは風通りの良くなった広間にツカツカと無言で足を踏み入れる。するとギラの生徒の一人がその行く手を塞ぐように立ちはだかる。

「なんの用だ。まさかあのガキの報復に来たってわけじゃねえよな」

「そうだと言ったらどうするんですか？」

ルイシャの返答にギラの生徒たちが笑う。

ルイシャたちが四人なのに対しギラの生徒は五十人、その戦力差はかなり開いている。

「馬鹿だぜてめえ。そういやあの痛めつけたガキも馬鹿だったな！　弱っちいくせに一丁前に反抗しやがってよ！」

そう言って彼はゲラゲラと笑い出す。

それを見たルイシャは「ふーっ」と息を深く吐き出すと拳を固く握りしめ、ドスの利いた声で彼に問いかける。

「言いたいことはそれだけですか？」

瞬間、ギラの生徒の全身に広がる悪寒。大型獣の牙が首元に当てられたのかと勘違いするほど、鋭く冷たい殺気が彼を襲う。

「な……っ!?」

命の危険を感じ取った彼は反射的に逃げだそうとするが、もう遅い。それより早く放たれていたルイシャの拳は、目にも留まらぬ速さで彼の顔面に突き刺さる。

「が……ぱ……っ！」

ルイシャの剛拳をモロに食らった彼は吹き飛んだ勢いが落ちる間も無く壁に激突、鼻から噴水のように血を噴き出しながら倒れた。

その様を見たギラの生徒たちは困惑しながらも、各々自分の武器を手に取り立ち上がる。

「てめぇ……！」

仲間がやられたのを見て酔いも覚めたようだ。気持ちを切り替え戦闘モードになっている。

確かに彼らはモラルの欠片《かけら》もない人間だが、曲がりなりにも厳しい訓練を乗り越えてきた者たちだ。

「わざわざ乗り込んでくるとはいい度胸だ。ボロ雑巾になる覚悟は出来てんだろうなァ!?」

「そっちこそ五体満足で帰れるとは思ってませんよね。言っておきますが話し合いで済ませる段階はとっくに過ぎています……やるよみんな！」

ルイシャの呼びかけに応え、ヴォルフとバーン、そしてカザハが前に出る。

「てめぇらだけは許せねえ。生まれてきたことを後悔させてやるぜ」

「悪いがヴォルフ、お前の出番はねえぜ。俺も相当頭に来てっからよ」

「ウチの友達を傷つけた落とし前、つけさせてもらうで……！」

それぞれの思いを胸に、激闘が幕を開けた。

◇　◇　◇

「ど、どうなってんだこりゃあ……」

目の前の恐ろしい光景を見ながら、ギラの生徒は思わずそう言葉をこぼす。

そこで繰り広げられていたのは自分のクラスメイトたちがたった四人の生徒に蹂躙《じゅうりん》され

ている光景だった。

「……痛い」

夢なんじゃないかと頬をつねってみるが、普通に痛い。

これが現実なのだということを再認識した彼は、手に持った剣を強く握りしめると「う、うわあああー！」と声を張り上げながら敵の一人に特攻する。

狙ったのは四人の中でも一番弱そうな小さい女の子。彼女を人質に取れば戦況が変わるだろうと睨《にら》み襲いかかる……が、残り数メートルのところまで来たところで彼の腕にズキリと痛みが走る。

「いたっ、なんだ……ってええっっ!?」

突然の出来事に驚き腕に目をやると、そこではなんと二十センチはある大きな蜂が腕に止まりその鋭利な針をぶっ刺しているではないか。

緑と黒の縞模様《しまもよう》が特徴的なその蜂はぷっくりとした腹部を脈動させ思う存分毒を流し込む。そして男が自身を叩くよりも早く羽を羽ばたかせその場から離脱する。

「てめえ！　何しやが……る……」

大型の魔物でもしばらくは動けなくなる麻痺《まひ》毒を打ち込まれた生徒はガクガクと体を震わせながらその場に倒れ込む。自らの使命を果たしたことを確認したその蜂、緑縞蜂《メロン・ホーネット》は自らの主人であるカザハのもとに戻ると、彼女の服の中に帰還する。

「あんがとなあ、ゆっくり休んでや。……さて」

カザハはゆっくりと視線をギラの生徒たちに向ける。

身長が百四十センチほどしかない彼女は同年代と比べてもひどく幼く見える。しかしその凍《い》てつくような視線を受けた生徒たちは、彼女が何か獰猛《どうもう》な捕食者のように感じられた。

「――――正直自分でも驚いてる。こんなにも誰かに怒りを覚えたんは初めての経験や。故郷でこの体を気色悪がられた時だってこんなには怒らんかった」

彼女の身に纏《まと》ったオーバーサイズのローブ、その裾や襟の隙間から大型の蜂や百足《むかで》などの虫が現れキチチ、と警戒音を鳴らす。カザハの怒りは相棒である虫たちにも伝播《でんぱ》しその無機質な瞳を赤色に染め上げる。

対人経験は豊富なギラの生徒たちだが、多数の大型の虫と戦うのは初。すでに何人かの生徒がその毒牙にかかっていることもあり足がすくんでしまう。

「今更後悔したって遅いで。あんたらはとびきりの蠱毒《こどく》の中に手を突っ込んでもうたんや、その代償は利子つけて返してもらうで」

次の瞬間、カザハの背中部分が歪《いびつ》に膨れ上がり、彼女のとっておきが姿を現す。

「おいでララちゃん。玉つきの時間や！」

その昆虫が頭に掲げるソレは、一般的に角と呼ばれるものよりも、太く、凛々《りり》しく、硬く、鋭く、そして巨《おお》きかった。

戦艦の大砲かと見紛《みまが》うほど立派なその角の持ち主は、カザハが有する最大戦虫の一つ。

修羅兜《しゅらかぶと》、と呼ばれるその甲虫《カブトムシ》の体軀《たいく》は三メートルは優に超える。そんな巨大な虫が小さな少女の体のどこに隠れていたんだという当然の疑問がギラの生徒に湧き上がるが、修羅兜の真黒い双眸《そうぼう》に睨まれた彼らの脳内にはその疑問を軽く上回るほどの恐怖が生まれる。

「に、逃げ――――」

「あんだけ好き放題やらかして、自分だけ逃げようってのは虫がいいんとちゃうか？」

カザハは修羅兜のララちゃんのうえに飛び乗ると、角の手前にある小さな突起物を握る。

そしてそこを握る手に力を入れると修羅兜はその力加減に合わせて角の切先を動かす。

それはさながら操縦桿《そうじゅうかん》を操る戦闘機のパイロットのようだった。

「遠慮はせんでええでララちゃん、思いっきりぶちかましたれ！」

『ヂィ！』

蜘蛛《くも》の子を散らすように逃げるギラの生徒たち。カザハはじっくりと狙いを定めると、最も彼らが密集している場所にツノの先端を合わせる。

「行ったれララちゃん！」

主人の合図と同時に大きな翅《はね》を広げ、小刻みにそれを震わせる修羅兜。彼（彼女？）は大木の如《ごと》き太さを誇る立派な三対の脚で地面を蹴ると、その巨体に見合わぬ速度で突進する。

「奥義、通天角《つうてんかく》。骨の髄までしっかり味わって帰りぃ！」

その雄々しい角に轢《ひ》かれた生徒たちは風に吹かれる枝葉のように吹っ飛び、全身を強く地面に打ちつける。

「ひ、ひぃぃ！」

悲鳴を上げながら逃げまどう生徒たち。運良く初撃を回避した彼らだが、二発三発と容赦なく降り注ぐ黒い流星の前に動ける者の数は瞬く間に減っていく。

「これで……最後や！」

「く、来るなああああぁッッ!!」

絶叫虚《むな》しく修羅兜の角は叫ぶ生徒の腹に激突し、生徒は「んむっ！」とくぐもった声を出しながら吹っ飛び地面に転がる。

「……命まで取り立てはせえへん、そんなことしたら責任を感じてまうやろからな。せやけどまた同じようなことしたらこんなもんじゃ済まへんで。この子たちに食われるほうがマシやと思わせたるからな」

◇　◇　◇

「囲め囲め！　中距離を保って攻撃するんだ！」

「――んだよ、面倒《メンド》くせえな」

自慢の喧嘩《けんか》殺法で一人ずつ敵を殴り飛ばしていたヴォルフ。

そんな彼だが三人ほど倒したところでギラの生徒十人ほどに囲まれてしまう。

「雑魚が群れたって結果は変わんねえぜ、大人しく殴られりゃ半殺しで済ませてやるよ」

「イキがるなよ獣人。お前たち獣人が魔法を苦手としていることは知っている。見たところ遠距離武器も持ってないお前にこの距離を埋める術《すべ》はねえ」

ヴォルフを囲む生徒たちは弓に矢を番《つが》え狙いを定めたり遠距離魔法を発動させたりし始める。

数、そして射程《リーチ》でも優位を取った彼らはニヤニヤと醜い笑みを浮かべる。どうやってこの恥知らずな獣人を痛めつけてやろうか、そんな考えが透けて見える。

はあ。

ヴォルフはそう短くため息をつく。

(思い切り駆けりゃ攻撃が当たる前に倒せるだろうが……それじゃ面白くねえな)

この戦いは報復の意味合いが強いが、もう一つ大きな意味がある。

それは見せしめ。

自分たちに牙を剝《む》けばこうなるぞという警告も含んでいる。なので一瞬で倒してしまうとその効果が薄まってしまう。

戦いの後、彼らが周りに「あいつらに手を出したらダメだ」と言いふらすほどの恐怖を与えなければならない。

「だったらこれだよな……！」

拳を固め、全身に力を込めるヴォルフ。

すると次の瞬間彼の肉体がボコボコと膨れ上がり、その体軀がみるみる内に巨大になっていく。

「見せてやるよ修行の成果を。モード、人狼《じんろう》！」

——獣人族。

獣の力とヒトの知能を併せ持つ彼らのルーツを辿《たど》ると「祖獣《そじゅう》」と呼ばれる存在に行き着く。

ヒト族に匹敵する高い知能と、竜族とも互角に渡り合える力を持ったと言われるその獣はある時、一人のヒト族と恋に落ちた。

その二人から生まれたのが獣人の祖先である……と言われている。

長い時が過ぎた現代、祖獣と呼ばれる存在がいた形跡は大陸のどこを探しても見つかることはなく、それに近しい存在も生まれてきていない。なので本当にそのような種族がいたのか疑う者も少なくない。

しかしその存在を証明することの出来る存在が一つだけある。

獣人の中に稀《まれ》に生まれる『先祖返り』と呼ばれる能力の持ち主。その能力を持った者は自身に眠る祖獣の遺伝子を呼び覚まし、恐ろしい力を持った獣に姿を変えることが出来る。

先の時代、ヒトと獣人と魔族の三つ巴《みどもえ》の戦争が頻発していた時代では先祖返りの能力を持つ戦士が活躍したとの記録が残っている。

しかし戦争が落ち着いた現代、そのような「危険」で「得体の知れない」力を持った者は同じ獣人の中でも迫害を受ける場合がある。

なのでこの力を持って生まれたヴォルフも今までは変身しないよう過ごしてきたのだが、自分を受け入れてもらえる人たちに出会い、自分の力を受け入れることが出来た。

――ゆえにこの力を鍛えること、そして振るうことに、もう躊躇《ためら》うことはない。

「フウウウゥゥッ……力が漲《みなぎ》るぜ……」

変身が完了したヴォルフの姿は、元の姿とは似ても似つかない姿に変わっていた。

身長は三メートルはあろうか、その巨体には黒く硬質な体毛がびっしりと生えている。

全身の筋肉は隆起し特に前腕部分は丸太のように太くなっている。

そして体に比べると小さい頭部と手足の爪はその一本一本が名匠が鍛え上げた刀剣のように鋭い物になっていた。

モード《人狼》。

以前ヴォルフが変身した獣形態から素早さを落とすことで破壊力を大幅に上げることに

成功した、彼の最強の戦闘形態だ。

「ひぃっ！」

赤く充血した瞳がぎょろりと動き、ギラの生徒を捕捉する。その恐ろしい視線を浴びた生徒は思わず悲痛な叫びを上げてしまう。

「おいおいなにビビってんだよ。さっきまでの威勢はどうしたァ？」

狼《おおかみ》の貌《かお》が、恐ろしい笑みを形作る。

今まで感じたことのない根源的恐怖を覚えた生徒たちはまるで地面が無くなったかのような感覚に襲われ、足がすくむ。

「くそ、くそ、くそ……！　獣人風情が調子に乗りやがって！」

そんな中、恐怖を振り払い一人の生徒が果敢にも魔法を放つ。

「中位魔刃《ミド・エッジ》！」

放たれたのは三日月形の刃。

それはヴォルフの太い首元へ一直線に飛んでいき、見事命中した……が、その剛毛に当たった瞬間砕け散ってしまう。

「そ、そんな……！」

「おいおいそんな鈍《なまくら》じゃ、毛繕いにもなんねえぜ？」

「お、おいお前ら！　お前らも攻撃しろ！　あいつを早く殺せ！」

その言葉に反応しギラの生徒たちは次々と攻撃を始める。

火の玉に魔法の剣に弓矢。さまざまな攻撃がヴォルフの体に命中するが、そのどれも彼の体毛を突き破ることが出来なかった。

「効いてないのか……!? この化け物め!」

「化け物……ねえ」

その言葉は幼少期に同族からよく言われた言葉だ。

それを言われる度心を深く抉《えぐ》られ、涙を流した夜は両の手じゃ数えきれない。

でも今は違う。自分のことを受け入れてくれる人が出来た彼は化け物であることに負い目を感じなくなっていた。

「見せてやるぜ……化け物の力をなァ!」

四足獣の後ろ足のようになった足を深く曲げ、一気に伸ばす。すると爆発したかのように地面が爆《は》ぜ、ヴォルフは急加速する。

そして十メートルほどの距離を一瞬で詰めた彼は肥大化した腕を無造作に振るう。それだけで目の前の生徒たちは吹き飛んでしまう。

「ひ、ひぃぃ!」

地面に転がり動けなくなるクラスメイトを見て、運良く攻撃から免れていた生徒たちが逃げ出す。すると、

「逃がすかよ！　広範囲爆発《ラジア・ボムパ》ッ！」

突然地面が爆発し、爆風をモロに食らった生徒たちがその場に崩れる。

「おいおいヴォルフ。逃げられてんじゃねえか」

「うっせえ、お前が手を出さなくても仕留められたぜあのくらい」

突然現れたバーンに対し、ヴォルフはそう悪態をつく。消化不良感を覚えながら爆発した所を見ていると、砂煙の向こうにまだ走り続ける生徒の姿が見えた。

「……ん？　何人か当たってねえじゃねえか」

「マジで？　あー……本当だ」

やべえ、と焦った表情を見せるバーン。一方ヴォルフは獲物を見つけ笑みを浮かべる。

「あれは俺がやる。手を出すなよ？」

ヴォルフは走って逃げる生徒たちに狙いをつけると、太く立派な両手を地面につけ四足歩行の形を取る。

そして両手両足の爪を地面に深く突き刺し、「スウウゥ……」と胸がパンパンに膨れ上がるまで息を吸い込む。まるで口からビームでも吐き出しそうな彼の動作に、ギラの生徒たちの逃げる速度も上がるが、その程度の速さでは狼の縄張りからは逃げ出せなかった。

「祖狼の咆哮《ヴォルク・ロアー》！」

自身の名前の由来ともなった偉大なる祖獣の名前を冠したその技は、超広射程の衝撃波を巻き起こす。

魔力に頼ることなく驚異的な肺活量によってのみ起こすその衝撃の渦は、逃げる生徒たちに命中する。

「――――ッ!!」

まるで高所から水面に叩《たた》きつけられたかのような衝撃に生徒たちは声を発することも出来ずその場に崩れ落ちる。

「うおーっ! すげえ! やるじゃねえかヴォルフ!」

「ヘッ、こんぐらい朝飯前だ」

思う存分叫び満足したヴォルフは、そう吐き捨てるとヒト型に戻り、バーンと共に残りの生徒を倒しに行くのだった。

◇　◇　◇

「あ、ありえない……」

眼前でバタバタと倒されていく味方。それを見てギラの生徒の中でもリーダー的存在であるガラフォイは顔を青くする。

彼は自分たちが一番強いなどと驕《おご》ってはいない。傭兵《ようへい》として世の中をうまく渡って、なるべく甘い蜜を吸うことを目標にしている現実主義者《リアリスト》だ。そのためなら闇討ち、騙《だま》し、裏切り、使える手はなんでも使う。

……しかし、腕に覚えがないというわけでもない。特に集団戦には自信があり、たとえ相手が格上だろうと智略《ちりゃく》とチームワーク、そして得意の卑劣《ダーティ》な戦法で勝つ自信があった。

だがその自信は脆《もろ》くも崩れ去った。

まるで台風に吹き飛ばされる虫の如《ごと》く蹴散らされていく仲間たち。とてもチンケな戦略で覆せる戦況ではない。

逆転の目はないと確信した彼は、とある行動に移る。

「ここは一旦逃げるか。時間さえありゃまたいくらでも復讐《ふくしゅう》出来……」

「そうはいきませんよ」

ガラフォイの前に立ちはだかったのはルイシャだった。

「てめえ、あの時の……！」

「まさかあれだけ威勢よかったのに逃げるなんてこと、ありませんよね？　せっかくこちらから出向いたんです、もっと歓迎してくださいよ」

「ぐぅ……！」

ガラフォイはこの状況を打破する策を思案する。身をもって目の目の少年の強さを彼は理解している。とても正面から勝てる相手ではない。

彼はしばし思案したのち……両手を上にあげた。

「わかった、俺の負けだ。降参する」

「降参……ですって？　そんなの信じられるとでも思っているのですか？」

訝《いぶか》しげな表情をするルイシャ。

そんな彼とは対照的にガラフォイは笑みを浮かべている。

「俺は現実主義者《リアリスト》なんだ。勝てない戦いはしない」

「そう言って油断させる作戦なんじゃないですか？　第一降参したところで僕たちがはいそうですかと納得すると思いますか？　抵抗しなければ無傷で帰れると思っているのなら……それは甘いとしか言えません」

ガラフォイの体に突き刺さる殺気はナイフのように冷たく鋭い。顔に笑みを貼り付けながらも頬には冷たい汗が伝うのを止めることが出来ない。

「……わかった。あんたが怒るのも当然だよな。わかるよ、うん、わかる。だが殴る前に一つだけ受け取ってほしいんだ。これが俺からの謝罪の気持ちだ」

そう言って彼はポケットから拳ほどの大きさの何かを取り出す。そしてそれをルイシャの方に投げる。

いったい何だこれは？　ルイシャはそれが何か見極めようとジッと凝視する。すると次の瞬間カッ、という音と共に——それは強烈な光を放った。

瞬間ルイシャは理解する。それの正体は閃光手榴弾《スタングレネード》だ、と。

衝撃を受けると光を放つ特殊な鉱石を用いて作られたその道具は、冒険者や傭兵によく使われる。特に飛行する魔獣などはこれをくらうとパニックに陥り地面に落下するので鳥系の魔獣相手には重宝される。

「くくく、よく鍛えているようだが、流石《さすが》に目ん玉まで筋トレはしてないだろうよ」

この道具の強味はそこにある。

どんなに相手が強くても一定の効果があるのだ。強靭《きょうじん》な皮膚を持ち普通の手榴弾《しゅりゅうだん》が効果を成さない敵でもこの道具なら足止めが出来る。

ルイシャの視界を封じたと確信したガラフォイは隠し持っていた『銃』を取り出すと、その銃口をルイシャに向ける。

「魔法だと感知されちまうかもしれないからな。銃《こいつ》でやらせてもらうぜ」

複雑な機構を必要とする銃はこの世界では高価な上に壊れやすい。

それなのに魔法より威力が出るわけでもないので実戦で使われることはほとんどないのだが、対魔法使いにおいては探知されないという利点がある。

「じゃあな、運がよけりゃ死なねえと思うぜ」

無情にも鳴り響く銃声。

放たれた三発の弾丸はルイシャの体に突き刺さる……かに思えたがそうはならなかった。

なぜならルイシャは弾丸を全て素手で摑《つか》んでしまったからだ。

「……は？」

唖然《あぜん》とし口をあんぐりと開けるガラフォイ。

ルイシャは摑んだ弾丸を床へ捨てると、ガラフォイのもとへ歩き出す。

「閃光手榴弾を使って視界を奪うのはいい案ですけど、それをやるなら聴覚も奪うべきでしたね。音さえ聞こえれば銃弾くらい摑める」

「い、いやいやいやっ!? 普通無理だろ!? そんなこと見えてても出来るわけがない!!」

「それはあなたの努力不足です、人は諦めなければいくらでも強くなれる」

すっかり怯《おび》えきってしまっているガラフォイの近くまで来たルイシャは両の拳をポキポキと鳴らす。

「さて、覚悟は出来ましたか？」

「いや、ちょ、ちょっと待ってくれ、頼む！」

慌てふためくガラフォイ、しかしルイシャは止まらない。

「頼む、俺が悪かっ、ゆ、許し、お願――――っ！」

「せいッ！」

ルイシャの力強い正拳突きがメリリ、と鈍い音を立てながらガラフォイの顔面に突き刺さる。

そしてそのまま拳を地面に振り落とす。

顔面に拳を、後頭部を地面に激しく打ちつけたガラフォイは「ぷきゅ」と小さく呻《うめ》くとそのまま地面に力なく横たわる。その瞳からは後悔の涙が溢《あふ》れている。

「チシャの痛み、少しは理解出来ましたか？　もし次同じようなことをしたらこんな軽い傷じゃ済ませません」

これ以上があるのか――と、薄れ行く意識の中ガラフォイは絶望する。

こうしてルイシャたちの復讐劇は大勝利で幕を下ろすのだった。

◇　◇　◇

ギラの生徒との乱戦を終えたルイシャたちはクラスメイトが待つ控室へと戻った。

派手に暴れてしまったが、戦いの裏でユーリが動いてくれていたおかげで、彼らはお咎《とが》めなしになった。

そして何度も問題行動を起こしていたギラは遂《つい》にセントリアから見放され、重い罰金と大会参加権の剝奪を命じられた。

即時帰国の命も出たため、もう彼らがルイシャたちに会うことはないだろう。

「ただいまー」

控え室の扉を開け、中に入るルイシャ。

するとその中には部屋を出た時よりもだいぶ顔色の良くなった友人の姿があった。

「おかえりルイシャ、みんなもお疲れ様」

「チシャ！　もう大丈夫なの!?」

彼の姿を見たルイシャは驚き、駆け寄る。そして椅子に腰掛けている彼の肩をぐわんぐわん揺らす。

「ちょ、ちょっととととと、そんなに揺らすとおろろろ」

「わ！　ごめん大丈夫？」

「うえぇ、吐くかと思ったよ……」

げっそりとした表情をするチシャ。しかしその顔には暗い雰囲気はなく、笑みが見てとれる。

しばしルイシャと下らない話をした後、彼の表情が真面目な顔に切り替わる。

「僕のせいで迷惑をかけてごめんね、みんなの迷惑にならないよう頑張ったんだけど結果的に危ない橋を渡らせる羽目になっちゃった」

チシャは深く頭を下げたあと、視線をクラスメイトの一人パルディオに向ける。

「特にパルディオは揉め事苦手《こういうの》なのにごめんね」

「ハーハハハ！　何を言ってるんだい我が友よ。このパルディオ、友のためなら悪に立ち向かうことへ一切の躊躇《ためら》いなどないのだよ」

「本当かあ？　さっきまで足ガックガクだったじゃねえか」

「ちょっとヴォルフ君⁉　それは言わない約束だったじゃないか？？？？」

思わぬところからの突っ込みに驚き抗議するパルディオ。

そんな騒がしい彼らに釣られ、気が張っていたクラスメイトたちも笑う。

そんな中ルイシャはチシャにだけ聞こえる声の大きさで話しかける。

「チシャ、もしかしたらみんなに申し訳なく思ってるのかもしれないけど、この中にそんなことを気にしてる人なんて誰もいないよ。チシャだって逆の立場だったら同じことしてたでしょ？」

「……そう言われたら何も言い返せないね。でもありがとう、おかげですっきりしたよ」

その言葉に満足そうに頷《うなず》くルイシャ。

するとタイミング良く控え室の扉が開き、中に三人の人物が入ってくる。それに気づいたルイシャは三人に向かって言葉をかける。

「あ、お疲れ様です。先輩方」

三人の先輩、生徒会長のレグルスと上級生のシオンとリチャードは手をあげてルイシャに返事をする。

「あぁ、疲れた」

「ははは、ギリギリでしたね生徒会長」

「生徒会長だなんて呼ばないでおくれよリチャード、我らはあの苦難を共に乗り越えた仲じゃないか」

「かいちょ……いやレグルス。確かにあの戦いを乗り越えた俺たちは親友《ダチ》と言っても過言ではないな！」

暑苦しくガッチリと握手をするレグルスとリチャード。

ルイシャはそんな二人とは少し離れたところにいるシオンに話しかける。

「お疲れ様ですシオンさん。試合はどうでしたか？」

「やあルイシャくん、もちろん快勝したよ。当然だろう？」

そう言って涼しげな笑みを浮かべるシオン。

相手は強豪校だったにもかかわらず疲れた様子は見られない。やはりこの人は侮れないなとルイシャは再認識する。

「先輩方が試合に出ると言ってくださって助かりました。おかげでこっちの用も無事片付きました」

「そうかい、それは良かった。僕としてもこのまま一試合も出られないのはつまらなかったからね。それほど面白い相手じゃなかったけどまあまあ楽しめたよ」

チシャが襲われる事件が発生した時、次の試合の時間が迫っていた。

なので生徒会長のレグルスは年長者三年生と二年生のみで三回戦に出ることを提案、ルイシャもそれを承諾し分かれて行動することになったのだ。

「準決勝で当たるはずだったギラが大会に出られなくなったから、次はもう決勝戦だ。相手はおそらく帝国学園になるだろうね。強敵だけど君なら大丈夫なはずだよ」

「はい。任せてください」

シオンの言葉にルイシャは頷く。みんなの力で優勝に手が届くところまでやってくることが出来た。絶対に勝たなくちゃいけない。

ルイシャはそう決意し、宿舎に戻るのだった。

◇　◇　◇

「ん、んん……」

明日のために早く寝たルイシャだったが、寝てすぐに目を覚ましてしまう。

閉じようとする瞼《まぶた》を擦《こす》りながら開けると、そこはセントリアの宿舎ではなかった。

――しかし、よく知った場所だった。

「あ、目を覚ましたわよリオ！」

「くかか、やっとか。とんだ寝ぼすけさんじゃの」

ルイシャが目を覚ましたのは時の牢獄《ろうごく》『無限牢獄』の中だった。そこには当然二人の師匠、魔王テスタロッサと竜王リオがいた。

「今のタイミングでここに来るとはね。二人とも久しぶり」

ルイシャが二人に会えるのは一ヶ月に一、二回程度。まさか大会期間中にここに来ることになるとは思っていなかった。

「さあこっち来てルイくん！　たくさんお話ししましょ♪」

テスタロッサに導かれるまま、ルイシャは彼女の家の庭部分に置かれた椅子に腰を下ろす。そしてテーブルを挟んで向かいに座る二人に今どんな状況なのかを話した。

「……ふむ、なるほどのお。学園祭とは中々面白いことをヒトも考えるもんじゃ。わしが元の世界に帰った暁には同じような催しをやるのも楽しそうじゃの」

「竜の運動会は派手で楽しそうだね。僕も見に行きたいよ」

「かか、来るも何もルイ坊は全て終わったら竜の里に来るじゃろ？　心配せずとも見ることは出来るじゃろうて」

リオがそう言った瞬間、場の空気が凍りつく。

その冷気を出すのはただ一人、魔王テスタロッサだった。

「おかしなことを言うのねリオ。まあたまーに遊びに行くくらいだったら許すけど、ルイくんは魔王国に住むのよ？」

テスタロッサは貼り付けたような笑みを浮かべながらリオを威圧する。その高圧的なオーラにルイシャは「ひぃ」と、か細い悲鳴を上げる。

「いやいや、それはないじゃろう。ルイも魔王国なんて危なっかしい所じゃなくて、穏やかで平和な竜の里で暮らしたいに決まっておる」

「あなたが魔王国の何を知っているのかしら？　魔王国は栄えていて何でもあるのよ、新しい物好きなルイくんもきっと気に入ってくれるわ」

二人の王は一人の少年を取り合い、視線をぶつけ火花を散らす。そんな見慣れた光景にルイシャはため息をつきつつも、どこか嬉《うれ》しくなる。

「やめてよ二人とも。出てからのことは出られてから考えようよ」

「……そうね、ルイくんがそう言うならそうしましょうか。まあどちらが勝つかは目に見えてるけど」

「確かに見えてる勝負で争うのは愚かじゃな、やれやれ」

仲裁されたことでお互い矛を収める。

今回は早く終わった。上手《うま》く仲裁出来てルイシャはほっと胸をなで下ろす。

するとテスタロッサが思い出したように「あ。そうだ」と口を開く。

「そういえばルイくんがいない間にいいものを作ったの。明日は試合だから今日は疲れることはしないで、あれで楽しみましょうか！」

「ほう、確かにそれはいい案じゃな。せっかく作ったんじゃから有効活用せんとな」

「いいもの……？」

テスタロッサの提案にルイシャは首をかしげる。

考えてみたが全く想像がつかなかった。

「ついて来れば分かるわ。はようこっちへ来い」

「う、うん」

少しビクビクしながら二人の後を追う。

家の裏手まで行ったルイシャは、そこで驚きの光景を目《ま》の当たりにする。

「これって、温泉!?」

なんということでしょう。

何もなかったはずのその空間には風光明媚《ふうこうめいび》な風景が広がっていた。

生い茂る草木と湯気が立ち上る温泉。何もない無限牢獄の一ヶ所だけ急に温泉スペースが出来ていた。あまりにミスマッチな光景だ。

「これ、なんなの……？」

「作ったのよ♪　ほら、ルイくん外で忙しいでしょ？　だから疲れが取れるものがあったらいいかなって」

「あの木は一から生やした自信作じゃぞ。時間はたくさんあるから凝ってしまったわい」

ドヤ顔をするテスタロッサとリオ。

その気持ちは嬉しいけど、唐突すぎてルイシャはついていけなかった。

「まあそんなことどうでもいいわね。早く入りましょう！　もちろんみんなで仲良くね♪」

「え？　ちょ、ちょっと待って！　分かった！　自分で脱ぐから！」

「よいではないかー♪　よいではないかー♪」

「くかか、ひん剝《む》く方も中々楽しいのう」

「ちょっとリオまで何やってんのっ！」

あっという間に二人に服を全てひん剝かれたルイシャは、逃げ込むように温泉に飛び込む。

温泉は最初こそ結構熱く感じたが、少しすると体に馴染《なじ》んできてちょうど良い温度に感じてくる。

「あ……これ、すごくいい……」

周りに生えている草木の匂いと景色の効果もあり、ルイシャはすぐにリラックス状態になる。学生寮にも大浴場はあるが、やはり屋内と屋外では気持ちよさが違う。

今のルイシャの体は精神体であり、温泉の効果は現実の体に反映されない。しかし精神体ということは、直接湯によって魂が癒されるということ。戦いの連続で精神がすり減っていたルイシャにとってこの入浴は大きな効果があった。

「これが極楽ってやつだね……ん？」

温泉を堪能していると、背後から気配を感じる。

すると次の瞬間ルイシャを挟むようにしてテスタロッサとリオが温泉に入ってくる。もちろんその柔肌には何もまとっていない。ルイシャと同じく生まれたままの姿だ。

「あー気持ちいい♡」

「かか、我ながらいいものを作ったわい」

二人は楽しげにそう言いながら、おしくらまんじゅうする様に、ルイシャにぎゅいぎゅいと体を押し当てる。当然彼の体にはやわらかい幸せな感触が何度も当たってしまう。

「ふ、二人とも！　これじゃあゆっくり出来ないよ！」

「緊張してるからそうなるのよルイくん。ほら、お姉ちゃんに身を委ねてみなさい……？」

そう言ってテスタロッサはルイシャの左腕を搦《から》め捕ると、大きな胸の谷間にそれをすっぽりとしまい込んでしまう。そして追撃とばかりに彼の内腿《うちもも》をその白く細い指で、つつつ……となぞる。

「…………っ!!」

「どう？　気持ちよくなって来たでしょ……♡」

耳元でそう囁《ささや》きながら、テスタロッサは彼の耳や頬に何度もキスをする。

温泉の効果プラス彼女の猛攻でルイシャの血流はＭＡＸまで良くなり、頭が沸騰しそうなほど熱くなってしまう。

「あわ、あわわ……」

そんな彼の様子を見たリオは「むう」とむくれる。自分だけ置き去りにして楽しむなんてつまらない。

「これルイ、こっちも見んか」

そう言いながらリオはルイシャの右腕に全身でしがみつく。そして竜族特有の長い舌をぺろりと出すと、彼の首筋にゆっくりと蛇のように這《は》わす。

「んん――――っ！」

両サイドから繰り広げられる激しい攻め。ルイシャは必死に耐えようとするがその我慢は限界だった。

それを感じ取ったテスタロッサは今がチャンスと先に動く。

「よい……しょっと♡」

座るルイシャの上に、彼と向かい合うように乗っかると、そのまま彼に抱きつきその豊満な胸を彼の胸にむぎゅりと押しつける。

そしてこの前の意趣返しとばかりに、リオに見せつけるようにして彼の唇を奪う。

「んちゅ♡　む……ぷは、んん……♡」

愛情を込め、じっくりと時間をかけてテスタロッサはそれをリオに見せつける。当然そんなことをされたリオの怒りは頂点に達する。

「おいこの変態魔族！　なあに見せつけてくれとんじゃ！」

「あら、この前誰かさんにされたのと同じことをしたまでよ？　おませ竜王さん？」

「きぃー！　勝負じゃ！　ぎったんぎったんにしたるわい！」

「あら、面白そうね。リオも可愛《かわい》がってあげるわ♪」

「の、のぼせる……」

こうしてルイシャは貴重な三人の時間を楽しく（？）過ごすのだった。

第四話 ─◆─ 少年と帝国学園と帝国の剣

ヴィヴラニア帝国の帝都、ディベルティア。

そこには帝国最大の教育機関「帝国学園」が存在する。

帝国学園は帝国国民の育成機関だ。帝都で生まれた者及び帝国領土内で生まれた有望な者は、みなこの学園に強制的に入学させられその適性及びランクを測定させられる。

凡庸な者は三年で基本的な読み書きと一般常識を叩《たた》き込まれ解放されるが、何かしらの適性を強く持った者は三年以上学園に在籍し、その分野を徹底的に鍛え上げられたのち帝国で働くことになる。

一見すると将来が勝手に決められてしまうこのシステムは無情にも見える。しかし帝国で働くということは将来安泰が約束されたも同然のことなのだ。

給料は高く、福利厚生は良く、その他特典も満載とくれば国民は必死になって成績上位を目指す。

帝国学園はさまざまな学科《コース》があるが、その中でも花形なのが「兵士コース」だ。

そこの首席ともなれば学生全員の憧れの的なのだが……そんなみんなの憧れの的、帝国学園兵士コース首席ジェラニア・イエローストーンは扉の前で額に汗を浮かべ緊張していた。

「よし……行くぞ」

覚悟を決めた彼女は、意を決して扉を開く。

そして扉の先にいる人物を確認すると学帽を脱ぎ、頭を深々と下げる。

「失礼いたします。ジェラニア・イエローストーン、報告に上がりました」

「ん？　ジェラか。報告なら手早く頼む」

ジェラニアが頭を下げた人物は興味なさそうに用件を聞く。

高そうな革張りの椅子にどかっと座っているその人物は、帝国では知らない者はいない超有名人だ。

〝帝国の剣《つるぎ》〟クロム・レムナント。ヒト族最強の剣士と名高いその人物は皇帝の騎士であると共に帝国学園の教師でもあるのだ。

「は、我ら帝国学園は三回戦四回戦共に勝利し決勝戦に歩を進めました。明日の決勝戦も勝利し帝国学園の強さを知らしめたいと思っています」

「ああそうかい、頑張るんだな」

そうそっけなく返したクロムは目を閉じ寝てしまう。

あまりにもぞんざいな態度。普通であれば怒るべき場面だがジェラニアは全く怒ってないなかった。

それどころかむしろ誇らしいと感じていた。偉大な帝国の剣と同じ部屋にいられるだけで彼女の心は満たされていた。

しかし無情にもその至福の時は終わりを迎える。

「ああそうだ。決勝の相手はどうなったんだ？」

パチッと目を覚ましクロムが尋ねる。試合のことに興味を持ってくれたのかと思い、ジェラニアは嬉々《きき》として聞かれたことを話す。

「決勝の相手はエクサドル王国の魔法学園になりました。三回戦の試合は見ましたが勝てない相手ではないと思います」

「ふーん、そうかい。決勝ともなれば彼も出るかな、実に楽しみだ」

楽しげに笑みを浮かべるクロム。

それを見たジェラニアは不服そうに表情を曇らせる。

「……失礼を承知で質問いたします。もしかして魔法学園に気になる生徒でもいらっしゃるのですか？」

「なんだ嫉妬してるのか？　くく、女の嫉妬ほど醜いものはないぞ。しかしそうだな……嫉妬《それ》のおかげで強くなれるのであればそれもいいか」

楽しそうにくつくつと笑うクロム。

一方ジェラニアは苛々《いらいら》を募らせているようでどんどん顔が歪《ゆが》んでいく。

「質問にお答えください。クロム様は魔法学園の生徒に期待しているのですか？」

「ああ、そうだよ。この前面白い子を見つけたんだ。名前は……そう、ルイシャとかいったかな。彼はいい戦士になるだろう。ぜひ帝国学園に入ってほしいものだ」

「…………っ！」

クロムはちらと自分の生徒を見てみる。するとジェラニアは唇を強く噛《か》み締め顔を真っ赤にしていた。

強い嫉妬。見ず知らずの他国の生徒が憧れの人物の目に留まっていることがジェラニアには許せなかった。

「まあそう怒るなよジェラ。私に育てられたお前たちなら負けはしない。そうだろ？」

「も、もちろん勝ってみせますッ！　そんな何処《どこ》の誰とも知らぬ生徒、我が校には要らぬことを証明してみせますッ！」

「それでいい。明日を楽しみにしてるよ」

「はい。必ずや師に勝利を捧《ささ》げます」

ジェラニアは再び深く頭を下げるとクロムに敬礼する。

決意のこもった力強い目。それを見てクロムは満足そうに笑みを浮かべるのだった。

◇　◇　◇

帝国学園用宿舎。

そこの広間では明日の決勝戦に向けて話し合い《ミーティング》が行われていた。

今までの魔法学園の試合の記録は全て取ってある。そこから決勝戦の人選と戦略を予想し、それの対抗策を練っているのだ。

「やはり一番出てくる可能性が高いのは一回戦で『若き獣牙《リトルタスク》』を打ち破った黒髪の生徒か」

「三回戦で出てきた生徒も全体的に強かった。見知らぬ魔法を使ってたし油断出来ないぞ」

そう話し合いが行われる中、ガチャリと扉が開き一人の生徒が入ってくる。

「みんなお疲れさま。進んでいる？」

入ってきたのは彼ら帝国学園のリーダー、ジェラニアだった。

クロムへの報告が済んだ彼女はそのままその足で話し合い《ミーティング》に参加したのだ。

「……おいジェラ、大丈夫か？」

するとクラスメイトの一人が彼女のことを見て心配そうに尋ねる。

「へ？　なにが？」

「いやだってお前……すごい顔してるぞ」

その言葉に他のクラスメイトたちも頷《うなず》く。

普段から眉に皺《しわ》を寄せ、険しい表情をしている彼女だが、現在の彼女は更に思い詰めた顔をしていた。
絶対に負けてはいけないという気負いから彼女は極度の緊張状態にあった。明日はクロム様に優勝を捧げなければいけないのだから
「私なら……大丈夫。少し体調が悪いくらいでへばってられない。明日はクロム様に優勝を捧げなければいけないのだから」

「わ、わかったから少し休め。な？」

「し、しかし……」

「いいからいいから。ジェラは明日試合に出るんだからそれまで休んでてくれ」

あくまで話し合いに参加しようとする彼女を、クラスメイト数人が無理やり部屋まで送り、休ませる。

そしてその部屋から広間に戻りながら彼らは話す。

「……しかしジェラがあの感じで、試合は大丈夫だろうか」

「問題ないとは思うが確かに心配だな。ジェラは責任感が強すぎるからな」

クラスメイトたちは「はあ」とため息をつく。負けることは許されない状況に、リーダーの不調。憂鬱になるのも無理はなかった。

そんな陰鬱な空気の中、一人の生徒が提案する。

「……一つ考えがあるんだ。聞いてくれるか？」

そう切り出して彼が話し出したのは、実行を躊躇《ためら》うような作戦であった。

しかし皇帝の前で負けることは許されない。そしてリーダーに負担をかけないためにも……彼らはその道を選んでしまう。

「気は進まないが……やろう。我らに負けは許されない」

覚悟を決めた彼らは動き出す。全ては勝利のために——。

◇　◇　◇

天下一学園祭、決勝戦当日。

目を覚ました魔法学園の生徒たちは宿舎で朝食を食べていた。

今日は決勝戦であるが、クラスメイトたちに緊張した様子は見られない。それを見てルイシャは安心する。

「よかった。これなら大丈夫そうだね」

普段通りの力を出せれば負けることはないとルイシャは思っていた。

帝国学園は確かに強い。厳しい訓練に裏打ちされた強さと、連係能力の高さ。その強さは『若き獣牙』よりも上を行っているだろうと帝国学園の試合を見たルイシャは判断していた。

しかしそれでもルイシャは勝ちを確信していた。自分たちの努力は彼らのそれにも負けていないという自信があったから。

そう思いながらルイシャは一口スープを口にする。その瞬間、彼は小さな違和感を覚えた。

(……ん？　なんか変な感じがした気が……)

それは常人では絶対に気づけない、本当に小さな違和感。

しかし彼はそれを感じ食べる手を止める。

「どうしたんですかい大将。あ、もしかして具が腐ってましたか？」

手が止まったルイシャを見て、ヴォルフが話しかけてくる。

「いやそういうわけじゃないみたいだけど……ヴォルフはなにか違和感覚えなかった？」

「へ？　特に何にも感じませんでしたぜ」

「……そっか」

自分より鼻のいいヴォルフが何も感じないと言ったので、ルイシャは「気のせいか」と深く考えるのをやめた。

そしてクラスメイト全員が宿舎で食事を終え、決勝の試合会場へ向かおうと外に出た時、それは起こった。

「……ん？」

最初に異変に気づいたのはバーンだった。指先が痺《しび》れ、動かしづらくなったのだ。

彼は気にせず会場に向かおうとしたが、痺れは次第に全身に広がっていき、歩くのも困難になってしまう。

「……なんだ、こりゃあ？」

「だ、大丈夫？」

友人が彼を心配して近くに駆け寄るが、異変が起こったのはバーンだけにとどまらなかった。

「なんだこの痛みは……!?」

「頭が、割れる……っ！」

連鎖するようにクラスメイトたちは次々と体の不調を訴え出す。

回復魔法を得意とするローナはすぐさまクラスメイトたちを治そうとする。

「治癒《キュアー》！」

しかしいくら魔法をかけても、効果は見られなかった。

一体どうすれば、と悩むルイシャのもとにとある人物が現れる。

「……苦しそうですね」

現れたのは同年代と思わしき風貌の青年。

黒い学帽と学生服を身に纏《まと》っている彼の胸元にはヴィヴラニア帝国の紋章の刺繍《ししゅう》が施されていた。

こんな学生服を着ている学園は一つしかない。

「帝国……学園……っ！」

こいつらの仕業か、とルイシャは憤る。

そんなルイシャの射殺すような視線を受けながらも、帝国学園の生徒は涼しい顔をしていた。

「集団食中毒……といったところですかね。これでは決勝戦は無理そうだ」

「白々しい、お前たちがやったんだろっ！」

「残念ですがいくら探してもそんな証拠は出てこないでしょう。宿舎に戻って大人しく休んだ方がいい。なあに半日も経《た》てば回復しますよ……多分ね」

ギリ、と歯嚙《はが》みするルイシャ。

これほど自信満々にしているということは、証拠を残していないのだろう。

ならばここで問答しても意味はない。ルイシャは彼を振り切って会場に行こうとするが、それを阻むように帝国学園の生徒たちが現れる。

数にして三十人はいようか、その全員が武器を持っておりいつでも戦闘を始められる準備をしている。

「さて、宿舎に戻っていただきましょうか。安心してください、ちゃんと責任持って看病いたしますので」

「……これは少しマズそうだね」

一度優勝が決まってしまっては後から覆すのは難しい。帝国学園が毒を盛ったという決定的な証拠が見つかれば話は変わってくるが、そのようなものが見つかる可能性は低い。

「戦うにしてもこの人数を一人では流石《さすが》にキツそうだね……」

平常時ならいざ知らず今のルイシャは謎の毒で弱体化している。

相手は人質を取るのに容赦しないだろう、仲間を守りながら全員倒すのはあまりにも無謀だ。

いったいどうしたらいい、と一人悩むルイシャ。試合の時間が刻々と近づく中……彼の肩をポンと叩《たた》く者が現れる。

「なに一人で悩んでいるんだ。こういう時に助け合わなくて何が友か」

そう言って黒縁の眼鏡を光らせたのは、クラスメイトの一人、ベンだった。

勉強が得意で真面目で堅物、絵に描いたような委員長キャラである彼は、他のクラスメイトと比べて体が元気に動いていた。

「ベン、大丈夫なの？」

「まあな、伊達《だて》に鍛えていないさ、それに朝食はいつも控えめにしているんだ」

彼は毒が盛られたスープを半分ほどしか飲んでいなかった。

それでも普通の人であれば動けなくなってしまうのだが、彼もまた常人ではなかった。

「ルイシャ、君は試合会場に行くんだ。早くしないと失格になってしまう」

「でもベンだけにここを任せるわけには……」

「それなら大丈夫。私は一人ではない」

「へ？」

ベンに促され背後を見てみると、ヴォルフとアイリス、そしてシャロがゆっくりと立ち上がっていた。

「みんな無事なの……!?」

「へ、獣人の頑丈さ舐《な》めてもらっちゃ困るぜ。大将、ここは任してもらって大丈夫ですぜ」

「ここは私たちにお任せを、私もヒト族とは違いますのでこれしき何ともありません」

「私もこれくらいで倒れるような修行《ふっう》はしてないっての……」

「みんな……」

心配するなとばかりに笑みを浮かべる三人の友人たち。

それでも彼らを置いて行ってしまうことを悩むルイシャだが……友人たちの力強い瞳を見て意を決する。

「わかった……行くよ。ここは任せるね」

ルイシャの言葉に三人は親指を立て応える。

うん、と小さく頷いたルイシャは会場めがけ走り出す。

「……させるか！」

もちろん帝国学園の生徒はそれを阻止しようとする。

しかしいくら本調子ではないとはいえ、たった一人でルイシャを止めるのはあまりにも無謀な賭けだった。

「そこを……どけぇ！」

力強い正拳突きが帝国の生徒の頬に突き刺さる。

歯の砕け散る感触を拳に感じながら、ルイシャはその生徒を吹き飛ばす。

「ぶがっ！」と声を上げながらその場に倒れる帝国学園の生徒。確かに毒を受けているはずなのにこれほど動けるなんてと、帝国の生徒たちは驚愕《きょうがく》する。

ルイシャはその隙を突いて包囲網を突破する。

「しまっ……！」

ものすごい速さで駆け、距離を離すルイシャ。

帝国の生徒たちは彼を追おうとして……やめる。なぜならルイシャよりももっと恐ろしい気配を感じる者が目の前にいたからだ。彼に背を向けることを本能が拒否をした。

「……ここは私が。三人はみんなをお願いする」

ベンはシャロたちに動けない生徒を任せ、歩を進める。

そこにはいつもの真面目で優しい委員長の姿はなかった。眼鏡の奥から放たれる眼光は鋭く、目が合ったものは獣に睨《にら》みつけられたように鳥肌が立つ。

「君たちは私の友人たちを傷つけた。毒を盛り、囲み、脅し、負けを強要する。肉体的な傷はないけれど君たちの行為は彼らの尊厳を深く傷つけた」

淡々と言いながら、ベンは制服のブレザーを脱ぎ地面に放る。

そしてネクタイを緩め、外し、シャツのボタンも外す。

「暴力は嫌いだ。しかし友を、愛するものを守るためならば躊躇いはしない。今こそ禁を破り力を解放する時……ッ！」

カッと目を見開いた次の瞬間、ベンの体が膨張した。

全身の筋肉が膨れ上がり、骨格ごと変形していく。制服はその衝撃に耐えきれず裂けてしまうが、彼は気にしない。

平均的な高さであった彼の身長はものの数秒で二メートルを超え、その腕と脚は巨木の如《ごと》く太くなる。

特筆すべきはその胸筋。まるで重厚な鎧《よろい》を装着しているかの如き厚さとなったその胸は、如何《いか》なる刃も弾《はじ》いてしまうだろう。

一瞬で筋骨隆々な姿に変貌したベンを見て、不測の事態に対応することに慣れているはずの帝国学園生徒たちも絶句する。

「な、なんだお前は……!?」

「私の名前はベン・ガリダリル。貴様ら悪漢に裁きを下す、知と筋肉の使徒なり」

仲間のクラスメイトたちも驚愕し目を見開く中、ベンはその筋肉を一層膨らませ突撃する。

◇　◇　◇

彼、ベン・ガリダリルはルイシャと同じく落ちこぼれであった。

魔力、運動能力ともに同年代の平均を下回り、魔力に至っては無限牢獄《ろうごく》に落ちる以前のルイシャを下回るほどであった。

そしてルイシャと同じく彼も努力家であった。

たとえ同年代の子どもにバカにされようと体を鍛え、勉学に励んだ。勉強の能力だけは人並みだったベンはひたすらに勉強し、大人でも歯が立たない知識量を手に入れるまでに至った。

……しかし彼の生まれ育った田舎村ではいくら勉強が出来ても尊敬されなかった。

重要視されるのは魔法の能力と狩りの能力くらいのもので、誰も勉強に精を出す彼を褒めてはくれなかった。

いくら努力しても報われない現状に失望したベンは、村を出ることを決断した。自分が輝ける場所を探すために。

そうして彼は魔法学園に入学するのだが、入学して一ヶ月ほど経った頃転換期が訪れる。

「ねえ、ベンって気功って知ってる？」

常識はずれの能力を持つクラスメイト、ルイシャにそう話しかけられたことで彼の人生に転機が訪れる。

「本で見た知識程度なら知っているぞ」

「じゃあ話は早いね。ベンは魔力が極端に少ないからなのか、気がスゴい大きいんだよ！これは鍛えたらスゴいことになると思うよ！」

「私に『気』が……多い？」

最初はまるでピンと来なかった。

気というのは昔の人がよく使ったエネルギー。そのようなもの自分には縁もゆかりもないと思っていた。いきなりそれが多いと言われても実感が湧かない。

「えっとね、魔力が少ないと体が動かなくなっちゃうから、体は他のエネルギーで代用しようとするんだ。だからベンの気は大きいんだと思うよ」

「反作恩恵《リコイルギフト》というやつだな。興味深い、試してみても良さそうだ。気の扱いについて教えてもらえるか？」

「もちろん！」

こうして彼は気の特訓を開始した。

勉強するのが日常であった彼の学習能力は高く、彼は瞬く間に気の扱いを上達させていった。もちろん師匠であるルイシャが献身的にサポートしたことも大きな要因だ。

順調に成長していたその矢先、ある事件が起きる。

それは剣将コジロウの襲撃。

目の前でクラスメイトが傷ついて行く姿を見ていることしか出来なかった彼は、自分の弱さが許せなかった。

もう何も出来ないのは嫌だ。大切な友人を、憧れる女性を守れる自分でいたいと願った彼は一層修行に力を入れた。

そして彼の献身的な努力は身を結ぶ。

努力は肉と成り、献身は技と成った。弛《たゆ》まぬ努力を重ねに重ねた彼の肉体はいつしか鋼の鎧を纏っていた。

期間にしてわずか二ヶ月。たったそれだけの期間で、彼の肉体は単純な筋力だけならヴォルフを上回るほどに成長していた。

「くたばれッ！」

帝国の生徒がベンの腹筋に刃を突き立てる。

幅広の立派な剣だ。よく手入れされているのだろう、刀身に一切の曇りもなく光り輝いている。

そんな立派な剣がまさか腹筋に負けてへし折れてしまうとは、誰も想像しなかっただろう。

「……へ？」

信じられないといった感じで真ん中から綺麗《きれい》に折れた剣を見る帝国学園の生徒。

一方ベンの腹筋には傷ひとつなかった。彼は「その程度か」とため息をつくと、絶句している生徒に説教を始める。

「なんと知識《インテリジェンス》に欠けた攻撃か。狙うなら腹筋の間を縫うように斬りつけねば」

「い、いや普通は貫けるだろ……」

「えい」

へし折れた剣を握る手を摑《つか》み、力を入れる。すると「くしゃり」と軽い音と共に相手の手首があらぬ方向にねじ曲がる。

「ぎ、ぎいやあああ！」

絶叫と共に地面を転がりまわる帝国学園の生徒。

唐突に行われた痛ましい行為に帝国学園の生徒はドン引きする。

ベンはそんなことは意に介さず筋肉を見せつけるようポージングを取ると挑発的な笑み

を見せる。

「『知なき刃に劣る筋なし』。貴様らのＩＱでは私の鋼の筋肉を貫くなど夢のまた夢」

「……意味のわからないことをベラベラと。全員であの化け物を仕留めるぞ！」

帝国学園の生徒たちは一斉にベンへ襲いかかる。

ベンは前を向いたまま、背後にいるシャロたちに言葉を投げかける。

「みんなは任せたぞ」

「あんた、わざと挑発して……」

「さて、何のことかな？」

ベンはとぼけたように笑うと、前方に走り出す。

そして迫り来る帝国の生徒たちめがけ、渾身《こんしん》の拳を放つ！

「含蓄に富んだ一撃《インテリジエンス・スマッシュ》！」

ものすごい量の気功を含んだその一撃は、広範囲に衝撃波を発生させる。

直撃せずともその余波で生徒たちは吹き飛んでしまう。

「四人……いや五人か。思ったより倒せなかったな」

その衝撃で吹き飛んだ生徒たちは地面に転がる。十人近く倒すつもりで打ったのだが、その拳のヤバさに気づいた生徒が多かったため逃げられてしまった。

「てめえよくも！」

「この筋肉ダルマがッ！」

ベンの隙を突き、帝国学園の生徒が反撃を放つ。剣や槍《やり》で脇腹や首などの急所を攻撃するが、自慢の筋肉が刃の侵入《それ》を阻む。

「どうした、その程度か！」

「この化け物が……！　これならどうだ、中位火炎《ミドル・ファイア》！」

一メートルのほどの火球が勢いよくベンの立派な背筋に命中する。

するとベンは「むぅん！」と今までにない痛そうな声を上げる。見れば炎が当たった箇所は赤く腫れ上がってしまっている。

「なんだ、魔法は効くのか」

「……さて、それはどうかな？」

余裕そうに言うベンだが、その額には汗が浮かんでいた。

魔力の高さはそのまま魔法防御力の高さになる。ゆえに魔力のほとんどない彼は魔法に対して常人よりもダメージを受けてしまうのだ。

丈夫な筋肉と高い体力で何発かは耐えることが出来るがその痛みは計り知れない。

「どんどん放て！」

刃に雷、氷に炎。

様々な魔法がベンに突き刺さり彼を苦しめる。

──しかし、痛みに苦しむ彼の心に湧き上がってきた気持ち。それは感謝であった。

（こんなに痛いものが友人に襲いかからなくて本当に良かった。……私の力を見極め育んでくれた友人ルイシャ、強く産んでくれた両親、それら全てに感謝を──）

魔法の雨がやんだ時……ベンはまだ立っていた。

強靭《きょうじん》な肉体は数えきれない魔法を全て受け止め切っていた。いくつもの切り傷や火傷《やけど》の痕が見られるが、それら全ては屈強な筋肉の鎧によって防がれ体の奥には達していなかった。

「馬鹿な……あれだけの攻撃を喰《く》らって立っていられるはずが……」

「この筋肉はもう二度と理不尽に屈さぬために鍛え上げた。さすれば貴様らのような者に屈するわけがない……！」

ベンは右拳をしっかりと握ると、思い切り地面を殴りつける。

すると大地はひび割れ帝国学園の生徒たちの足元も崩れる。

「なっ！」

「うおっ！」

突然足元が崩れたことで彼らの意識はそちらに向く。

その隙をついてベンは上空にジャンプする。

「肉体もそろそろ限界……この一撃で決める！」

残る全ての力を右足の大腿筋《だいたいきん》に込める。

そして力の限りその足を地面めがけ振り下ろす！

「叡智に満ちた蹴りッ《ウィズダム・シュート》！」

足の筋力は腕の三倍。

彼の怪力を存分に活《い》かしたその蹴りはものすごい衝撃波を生み出し、帝国学園の生徒たちを木の葉のように吹き飛ばした。

「うわあああっ！」

ある者はその衝撃波をまともにくらい、またある者は上空に飛ばされ地面に体を強く打ち付け意識を失った。

ベンが地面に着地する頃には帝国学園の生徒は全員戦闘不能になり地面を転がっていた。

それを確認したベンは険しかった顔を緩めるとそのまま地面に倒れ……

「おっと」

その寸前でヴォルフによって体を支えられる。

「……なんだ体はもう大丈夫なのか？」

「誰かさんが頑張りまくってくれたおかげでたっぷり休めたからな」

「そうか……それは良かった」

ぐったりとするベンをクラスメイトたちのもとへ連れて行くヴォルフ。その間にベンの体は元のサイズに戻る。

「ベンくん大丈夫!?」

一番に駆け寄って来たのはローナだった。彼女はベンの傷ついた体に手を当てるとすぐに回復魔法で彼の体を治し始める。

「ありがとう、だいぶ痛みが和らいできたよ」

「ううん。こっちこそありがとうね。ベンくんのおかげでみんな助かったよ」

見ればクラスメイトたちはみんな立ち上がれるほどに回復していた。

ベンが戦っている最中に毒の成分をチシャが分析し、それを聞いたローナが治していたのだ。即興でやったのでまだ完全に治癒出来たわけではないが、それでもみんなの顔色はだいぶ良くなっている。

ローナの回復魔法によりベンの体はみるみる内に回復し、元気を取り戻した。すると彼のもとへシャロとアイリスも近づいてくる。

「ありがとう、本当に助かったわ」

「こちらこそみんなを守ってくれてありがとう、おかげで戦うことに専念出来た。して後は……任せて大丈夫か?」

ベンの言葉にシャロとアイリスは頷《うなず》く。

「会場には私たちが行く。今から走って間に合うとは思わないけどやれるだけやってみるわ」

「そうか……よろしく頼む」

「任せなさい」

力強くそう言ったシャロはアイリスとヴォルフを連れ、一人戦っているはずのルイシャのもとへ急ぐのだった。

◇　◇　◇

時は遡り第一試合会場。

天下一学園祭の決勝戦が行われるその場所には大勢の観客が押し寄せ最後の戦いを今か今かと待ち望んでいた。

いよいよ決勝戦が始まる時間となり、帝国学園の生徒が出てくると観客のボルテージは更に上がり会場を揺らすほどの歓声が場内を包み込む。

「きゃー！　ジェラさまー！」

「こっち向いてーっ！」

観客から送られる黄色い声援に、帝国学園首席ジェラニア・イエローストーンは笑顔で手を振り返す。

その度に彼女の女性ファンからは絶叫にも似た歓声が上がる。

ジェラはれっきとした女性であるが、その凛々《りり》しい顔と男子生徒顔負けの強さから絶大な女性人気を誇っていた。

「やれやれ、相変わらずすごい人気だね。流石《さすが》帝国学園《うち》の首席様だ。羨ましい限りだよ」

「ふん、別にこんなのいいものじゃないさ。イメージを崩さないよう努めなくてはいけないからいい迷惑だよ。帝国学園のイメージアップのため仕方なくやっているだけで、あんな有象無象に好かれても嬉《うれ》しくはない」

「は、モテる奴《やつ》のセリフは違うね」

呆《あき》れた様子で肩をすくめる帝国学園の生徒。

ジェラの「いい迷惑」という言葉は、本心であった。

欲しいのは崇拝するクロムからの評価のみ。それ以外は全て彼女にとって些事《さじ》であった。

「……どうやら向こうの班はうまくやっているみたいだな。一人も通さないとはやるじゃないか」

「ああ。ジェラも気付いてないみたいだ」

ジェラ以外の代表メンバー二人は、こそこそと話す。

開始時刻になっても魔法学園の生徒は現れない。

それはジェラに内緒で動くクラスメイトたちが上手《うま》いことやっている何よりの証拠で

あった。

「昨日の時点で料理人の一人を買収出来たのが大きかったな。毒を混ぜるのに苦労はしなかっただろう」

「しかも使用したのは帝国軍が独自に調合した特別な『毒』。魔法による解毒が困難な特殊な毒だから、しばらくは動けないだろうよ」

勝利を確信する二人の帝国学園生徒。

そんなことなど露知らずジェラは反対の入場口を睨《にら》みつけていた。

「どうしたんだよ、そんなに殺気だって」

「……クロム様は魔法学園の生徒の一人に興味を持っていらした。私はそれが許せないんだ、このまま不戦勝など……納得出来ない」

普段は冷静なジェラだが、ことクロムが絡むと冷静さを忘れてしまう。だからこそクラスメイトたちは今回の作戦を秘密にした。もし知ってしまったら反対することは火を見るより明らかだった。

『えー、魔法学園が開始時間になっても来ないので、あと一分待って来なかったら残念ながら魔法学園の不戦敗とするぜ』

実況のお知らせに会場内のあちこちからため息が漏れる。

決勝戦が戦わないで終わるなんて前代未聞であり、この結果はエクサドル王国の評判を大きく落とすことが予想された。

「……つまらないオチがついたな」

VIP席に座っていたクロムは興味なさそうに呟《つぶや》く。

昨日の夜から教え子たちがこそこそと何かやっているのは知っていた。魔法学園の生徒が時間になっても集まらないのはそのせいだということは容易に想像がついた。

常在戦場。常に戦場にいる心持ちでいろと生徒に言っているクロムは、彼らを責めるつもりはない。しかしそれでもガッカリしたのは事実だった。

つまらなそうにしているクロムの姿を見て近くに座っていた皇帝のコバルディウスは尋ねる。

「おい、なんで魔法学園の生徒は来ないんだ？」

「多分ウチの生徒が邪魔したんでしょうね」

「ああなるほど……ってえぇ⁉　ウチの生徒がやったの⁉　それって不味《まず》くないか⁉」

「まあ確実に王国とモメはするでしょうねハハハ」

「ハハハじゃないよ！　誰がその処理すると思ってんの本当にいい加減にああ胃が痛くなってきた……」

「大変ですねえ」

「めっちゃ人ごとじゃん……」

落ち込む皇帝。

頼むから来てくれ、そんな彼の願いも虚《むな》しく時間は刻々と過ぎていく。

『えー、残り十秒！』

会場内に実況のペッツォの声が響く。

流石にもう間に合わないだろう。観客たちの中に諦めムードが漂い始め、中にはもう帰り支度を始める者すら現れる。

胃を痛める皇帝。

つまらなそうに足をぶらつかせるクロム。

誰も来る気配のない入場口を見てようやく険しい表情を緩めるジェラニア。

そしてカウントが残り二秒を切った頃……それは現れた。

試合会場を震わせるほどの爆音。

それは突如上空から高速で落下して来た何かが試合会場の中心に激突した音だ。

「な、なんなんだいったい……!?」

まるで隕石《いんせき》が落下したかのような事態に驚く観客たち。

そんな中ただ一人クロムだけは楽しそうに笑っていた。

「いいねえ……楽しませてくれる！」

舞い上がる砂煙が晴れるとその中からルイシャが姿を現す。

「……どうやら間に合ったようだね」

紙一重で間に合ったことを察知したルイシャは対戦相手の方に視線を移す。

「お待たせしました。少しトラブルがあって遅れてしまいました」

その肝が冷えるような冷たい言葉に、帝国学園の生徒は体が冷たくなるのを感じる。

ナイフの腹で首元を撫《な》でられる感覚に足がすくむ。

しかしリーダーのジェラニアだけは楽しそうに笑う。

「くくく、待ちくたびれたよ。逃げ出したわけじゃなくてホッとしたよ」

「……何を言ってるんですか？」

ルイシャはジェラニアから視線を外し、後ろに控える二人の男子生徒を見る。すると彼らはバツが悪そうに目を逸《そ》らす。それを見てルイシャは何が起こっているのかを察する。

「なるほど、貴女《あなた》は知らなかったわけですね。しかし容赦はしませんよ、僕を送り出してくれたみんなの為《ため》にも……僕は絶対に勝つ！」

「はっ！　なんだか知らないがやる気みたいだな！　あんたを倒し、私があの方の一番になってやるよ！」

両者の視線がぶつかり合い、火花が走る。

この試合にかける気持ちは二人とも大きい。

負けられない。声に出さずともその思いは表情に表れていた。

『お互いやる気十分って感じだな！　それじゃいくぜ！　決勝戦、スタ――――トッ！』


試合開始の合図と共に、ジェラが駆け出す。

灰色の髪を揺らし、ものすごい速さで接近してきた彼女は、腰に差していた軍刀を抜き放ち斬りかかる。

「斬るっ！」

「気功術守式一ノ型『鉄纏《てつまとい》』！」

上段からの鋭い振り下ろしをルイシャは硬化した右腕で受け止める。

「くっ、珍妙な技を！」

渾身《こんしん》の一撃を受け止められ、舌打ちするジェラ。しかし焦らず剣を引くと、今度は鋭い蹴りをルイシャの横腹めがけ放つ。だがその一撃もルイシャは右腕でガードしてみせた。

お返しにとルイシャも数発蹴りを放つが、ジェラはそれを全て避け切ってみせた。

（一撃一撃が鋭い上に反応も速い……！　長引くとどんどん不利になりそうだね）

右腕に鈍い痛みを覚えたルイシャはそう感じた。

ただでさえ毒のせいでいつもより動きが遅くなり、体力も落ちている。早く決着をつけねばとルイシャはジェラに迫るが、それを阻むように二人の帝国学園生徒が立ちはだかる。

「邪魔だ！」

ルイシャは鋭い蹴りを放つが、帝国学園の生徒はその一撃を左腕に装着した盾で受け止める。

頑丈な盾はへこみ、それを支える腕にあざが出来るが、彼らはそれを受け切ってみせた。

「悪いな。この勝負に負けたら俺たちはどうなるか分からないんだ。勝ちは譲ってもらうぞ」

優勝することは帝国学園にとって当たり前のこと。

もし負ければ皇帝からどんな処罰を受けるか分からない。

そして確実にクロムから失望されてしまう、それは彼らにとって何よりも苦しいことであった。

「あなたたちにも事情があるのかもしれませんが……僕にだって負けられない理由がある！」

ルイシャは右手の指をまっすぐに伸ばし、突く。いわゆる『貫手《ぬきて》』と呼ばれる技だ。

当然相手はそれを盾で防御しようとするが、貫手が盾に衝突するその瞬間、その軌道がぎゅるんと変わり、盾の横をすり抜け生徒の胸に直撃する。

「気功術攻式八ノ型『蛇牙羅突き《だがら》』……！」

その技はまるで蛇のように柔らかくした腕で、相手を突くものだ。よく曲がり、しなるその腕は蛇のように動き予測がつきづらい。そしてその先端、指先は気で硬化されており……『毒』も仕込まれている。

「う、が……っ!?」

突かれた生徒が、胸を押さえながらその場に膝をつく。

薬の飲み過ぎが毒となるように、許容量を超えた気は人体に有害だ。気の扱いが上手い者であれば無毒化も可能だが、現代において気の扱いが上手い者はそういない。

一人無力化したルイシャは、もう一人の生徒に向き直る。

毒のせいで足はおぼつかない、顔には疲労が溜《た》まっている。しかしその目は死んでいなかった。

そんな彼と相対した帝国学園の生徒は、底知れぬ恐怖を感じた。

「このくたばりぞこないが……っ！」

剣を強く握り、斬りかかってくる。

ルイシャは膝の力を抜き、最小限の力でそれを回避する。そして突き出された手首をつかむと、相手の力を利用して投げ飛ばす。

「気功術攻式六ノ型……『霞《かすみ》投げ』」

まるで霞を投げるように、力を込めない柔の投げ技。

後頭部から地面に叩《たた》きつけられた帝国学園生徒は、声を発することも出来ないまま、気を失う。

ルイシャは深呼吸し、息を整えると残る一人に視線を向ける。

「……今なら分かるかも知れない。なぜクロム様があんたを気に入ったのかを」

ジェラニアは素直にルイシャを賞賛した。

毒のことを知らない彼女だが、ルイシャが万全の状態でないことは察していた。

だがそんな状況にもかかわらず、泣き言ひとつ言わず果敢に戦う彼の姿に感じるものがあった。

「でもだからこそ負けるわけにはいかない。あんたに勝って……私はクロム様に振り向いてもらうんだ！」

咆哮《ほうこう》と共にジェラニアは剣に魔力を溜める。

「上位雷撃魔剣《ハイ・ボルソドル》……！」

剣に纏《まと》うは迸《ほとばし》る雷《いかづち》。超高電力を帯びた剣を上段に構え、ジェラニアは駆ける。

「行くぞっ！」

「……来いっ！」

毒と疲労で満身創痍《まんしんそうい》のルイシャだが、小細工は使わず正面から彼女を待ち構える。

そして彼女が剣を振り下ろすタイミングに合わせて……気を溜め込んだ拳を放つ。

「攻式一ノ型……隕鉄拳《いんてつけん》っ！」

まっすぐに放たれたその拳は、電撃を帯びた彼女の剣を真ん中から叩き折る。

「まだ……まだぁ！」

会心の一撃を正面から砕かれたジェラニアだが、その目は死んでいなかった。

拳を横に回避しながら彼女は腰から短剣《ナイフ》を抜き、迫る。

その迷いない動作にルイシャは感心する。戦いの動きが体に染み付いている。かなり訓練したんだろう、と。

だが彼女が相対しているその人物もまた、厳しい訓練を乗り越えここに立っている。

「────ここッ！」

「なっ⁉」

ドンピシャのタイミングで放たれたルイシャの蹴りがジェラニアの右手に命中し、握っていた短剣が弾《はじ》き飛ばされる。

カラン、と音を立て離れた所に落下する短剣。しかしジェラニアはそれを見もせずルイシャに打撃戦を仕掛ける。用意していた武器は全て無くなってしまったが、その闘志は衰えるどころか増していた。

「はあああっっ!!」

恐ろしい速度で繰り出される連撃《コンビネーション》。

クロムに鍛えられたのは剣技だけではない、彼女は徒手空拳の成績も帝国学園一であった。

しかしその実力はルイシャには及ばなかった。拳に蹴り、肘打ち投げ技と様々な攻撃を仕掛けるジェラニアだがそれらは全て見切られ、捌《さば》かれてしまう。

(こっちが攻めているはずなのに……っ!?)

ルイシャは防御に徹している。押しているのはこっち。それなのに勝てるビジョンが浮かばなかった。

焦る心。その心の揺らぎをルイシャは見逃さなかった。

「攻式三ノ型、『不知火《しらぬい》』!」

「が……っ!」

鋭い蹴りがジェラニアの腹部に命中する。

声にならない声を上げながら、彼女はスタジアムの中を転がる。

内臓がひっくり返るような痛みに苦悶《くもん》の表情を浮かべるが、それでもまた立ち上がる。

どうやらまだ諦めていないようだ。

「……確かにあんたは強い、私よりもずっと。それは認める。でも今この時だけは勝ちを譲ってもらう!」

そう叫ぶと、今まで倒れていた帝国学園の生徒二人が立ち上がる。ふらふらの二人にジェラニアは話しかける。

「疲れてるところ悪いけど、力を貸して」

「もちろんだリーダー……」

「ああ、全部持っていけ」

二人の生徒はジェラニアの背中に手を置くと、体に残っている魔力全てを彼女に渡す。

ジェラニアの体内にたまる三人分の魔力。体にかかる負担も強く彼女は体中に痛みを感じるが、歯を食いしばりそれを耐え切る。

「あとは、任せ……た……」

魔力を渡し終わり、倒れる二人の生徒。

彼らから魔力と思いを託されたジェラニアは、鋭くルイシャを見据える。

「帝国秘技、三身一体《さんみいったい》。まさかこれを使うことになるとは思わなかったわ」

彼女の体から放たれる激しい魔力の奔流は、スタジアムにヒビを入れてしまうほどだった。その魔力を全て右手に集結させ、彼女は最後の一撃を放つ準備をする。

「これで決着《きめ》る！　上位獅子雷撃《ハイ・レオネサンダー》ッ!!」

現れたのは、巨大な獅子《しし》の形をした雷。

それが鋭い牙を剝《む》き出しにしてルイシャに襲いかかってくる。

『す、凄《すご》すぎるっ！　なんだこの魔法は――――っ!?』

今までの試合で発動された魔法とは一線を画す規模のその魔法に、実況にも熱が入る。

一方ルイシャはというと、その獅子に両手を向け集中していた。

「――――本当にすごい魔法だ。そんな貴女《あなた》に敬意を表し、僕も全力でやらせていただきます」

帝国学園の生徒がやったことは許せないが、勝負にかける思いは本物であった。だからこそルイシャは、大会で使うのを封じていた高位の魔法を解禁した。

「超位雷撃《フォル・サンダー》……ッ！」

つんざくような雷鳴と共に放たれる極太の稲妻の数々。

それらは一瞬にして雷の獅子の体を引き裂き、消滅させる。そして威力を落とすことなく帝国のジェラニアのもとに降り注いでいく。

「――――すみませんクロム様、及びませんでした」

轟音《ごうおん》と共に雷撃がスタジアムを呑《の》み込み、勝負に決着がつく。

リングに残っているのはルイシャただ一人。それに気づいた実況のペッツォは急ぎコールをする。

『し、試合終了――――ッ！　圧倒的な実力で帝国学園を下したのは、なななななんとエクサドル王国の魔法学園ッ！　なんという番狂わせ！　なんとファンタスティック！　一対三という圧倒的不利な状況から勝利した選手に盛大な拍手をお願いします！」

割れんばかりの歓声と拍手がルイシャに降り注ぐ。

相手を倒すことに集中していて観客のことなど頭になかったルイシャは驚く。

「これは少し恥ずかしいね……」

照れたように手を振り返そうとするルイシャ。すると緊張が緩んだせいで、足から力が抜けてしまい倒れそうになる……がそのギリギリ手前で会場に駆けつけたシャロたちに抱えられる。

「大丈夫ですか？　遅れてしまい申し訳ありません」

「ほら、しっかり立ちなさい。あんたはこの大会のヒーローなんだから」

「へへ、観客も待ってますぜ大将」

「うん……ありがとう三人とも」

左右から二人にしっかりと支えられたルイシャは熱狂冷めやらぬ観客に手を振り返す。

こうして過去最大級の盛り上がりを見せた天下一学園祭は幕を閉じたのであった。

◇　◇　◇

「いやー今回の大会はレベル高かったな」

「それにしても決勝戦で戦ってたあの生徒は一体何者だったんだろうな。名前くらい知りたかったぜ」

無事閉会式も終わり、帰路につく観客たち。

一方試合を見ていた皇帝コバルディウスと剣王クロムはいまだ席から立っていなかった。

「……駄目だったか。今年の生徒は悪くないと思っていたのだがな」

「善戦した方ですよ陛下。不出来な生徒にしてはよく頑張った」

クロムは珍しく素直に教え子を称賛する。

足止めが失敗した時点で勝ち目はないと思っていたが、もう少しの所まで追い詰めることが出来ていた。

「あの少年はどちらかといえば私側の存在、普通に戦っていれば勝負にもならないでしょう」

笑みを浮かべながら楽しげに語るクロム。

上機嫌なその顔を見て、皇帝は怪訝《けげん》な顔をする。

「ずいぶんと楽しそうだな。頼むから問題は起こさないでくれよ？」

「ええ分かってますよ……たぶんね」

「お前がその顔してる時は碌《ろく》なことが起きないんだよなあ……」

皇帝は嫌そうな顔をしながらため息をつく。

クロムに助けられた回数は数え切れない、しかし迷惑をかけられた数もまた数え切れないほどある。

胃がキリキリし出す予兆を感じた皇帝は、懐から帝国特製胃薬を取り出すと、用法用量を守っているのか心配になるほどがぶ飲みする。

「相変わらず気持ちのいい飲みっぷりですね陛下」

「はぁ、誰のせいだと思ってるんだまったく。お前も家庭でも持てばもっと落ち着くんじゃないか？　ほら、お前は顔もいいし引く手数多《あまた》だろう」

「陛下、セクハラですよ」

「セクハラ認定される皇帝は有史以来私が初だろうよ……。なあクロム、私は何もふざけて言ってるわけじゃないんだ。現に私も今の妻と結婚して昔より心が安定するようになった。お前も少し真面目に考えてみたらどうだ？　いくらでも相手を見繕ってやるぞ？」

長年共に時間を過ごした同志として、皇帝コバルディウスはクロムのことが心配だった。

しかしそんな彼の思いは届くことはなかった。

「お気遣い痛み入ります。しかし私は家庭など作るつもりはありませんよ。私の居場所は戦場にしかありません、異性に媚《こ》びへつらうなど反吐《へど》が出る」

キッパリと言い放つクロムを見て、皇帝は「そうか」と残念そうに眉を下げる。

「じゃあ最後に聞かせてくれ、好みの異性《タイプ》とかはないのか？」

「好みですか……そうですね……」

しばらく考え込んだのち、クロムは納得する答えに辿《たど》り着くと悪そうな笑みを浮かべてそれを口にする。

「私より強い人、でしょうか。圧倒的な力と技量を持ち、私を真正面から打ちのめしてくれる人。そんな人に巡り会うのが夢なのです」

「お前より強い人、か。それはいくら私でも用意出来ないな。お前の夢を叶《かな》えられないのが残念だよ」

「叶わぬから人はそれを夢と呼ぶのですよ、陛下」

クロムは少し寂しそうにそう言うと、試合会場を後にするのだった。

◇　◇　◇

決勝が終わった日の夜、ルイシャたちは宿舎にある大きな庭で優勝記念パーティーを行っていた。

パーティーと言っても人が大勢集まるようなものではなく身内だけの小規模なものだが、優勝したおかげでたくさんの豪華な食材を貰《もら》うことが出来、クラスメイトたちはそれを自ら炭火で焼き、食べていた。

「ふう」

たくさん食べて満腹になったルイシャは少し離れたところへ行き芝の生えた地面に座ると、遠目にクラスメイトたちが楽しそうに騒いでいる様子を見ていた。

「どうした、こんな所で黄昏《たそが》れて」

声の方を見るとそこにはユーリがいた。

珍しいことに従者のイブキは横にいない。

「ユーリこそこんな人気のないところにどうしたの」

「なに、我が王国の英雄に礼を言いに来ただけだよ」

ユーリはそう言うとルイシャの横に腰を下ろす。

地面の芝は濡《ぬ》れているが気にしている様子はない。これが人心掌握術なのだとしたら凄いな、とルイシャは思った。

「まずは……うぅん、なんかこう……改まって礼を言うのも気恥ずかしいな。あったばかりの頃ならすんなり言えたんだけどね」

「友達に真剣にお礼を言うのも違和感あるからね。別にお礼なんて大丈夫だよ、今回のことは僕にも頑張らなくちゃいけない理由があったんだし」

「でもその理由がなくても頑張ってくれただろう？」

「……バレた？」

「ああ、バレバレだ」

二人は顔を見合わせて笑い合う。

まだ出会って四ヶ月ほどしか経《た》っていないが、まるで長年連れ添った友人のように二人は仲良くなっていた。

「いや、そんなこと関係なく礼を言うべきだね。ありがとうルイシャ、君のおかげで王国は益々《ますます》発展を遂げる。来年の魔法学園にはたくさんの有望な新入生が入ることだろう。……ま、君ほどの奴《やつ》は来ないだろうけどね」

「いやあ分からないよ？　来年はもっとすごい子がポンポン入ってくるかも」

「やめてくれ、そんなの胃がいくつあっても足りないよ」

「違いないね、ふふっ」

他愛《たわい》無い話をしばらく繰り返し一息ついたところでユーリは立ち上がる。

「さて、そろそろお暇《いとま》しようかな。さっきは茶化したが君に感謝しているのは嘘偽《うそいつわ》りない事実だ。困ったことがあれば何でも頼ってくれよ、王子としては聞き入れられないことでも友人としてなら応えられることもある」

そう言い残してユーリは去っていった。

そして彼と入れ替わるようにしてやって来たのはシャロとアイリスだった。

シャロは既に出来上がっているようでふらふらと千鳥足で歩いている。そんな彼女をアイリスは仕方なさそうにサポートしていた。

「るいしゃ！　こんらとこで何ぽけっとしてんろよ！」

「はは、こりゃたくさん飲んだみたいだね」

「私がついていながら申し訳ありません……」

くっ、と悔しそうにするアイリス。

ルイシャはそんな彼女からシャロを受け取り背中におぶる。

「シャロは僕が部屋まで送ってくるよ、アイリスはみんなと楽しんでてよ」

「しかしそんな……」

「あ、じゃあこれ『命令』ね。アイリスはここに残ってみんなともっと仲良くなること。難易度の高いミッションだけど出来る？」

「……命令と言われれば仕方ないですね。わかりました、必ずやその任務果たしてみせます」

むん、と気合いを入れたアイリスはみんなの輪の中に戻っていく。

その姿は数ヶ月前の誰とも喋《しゃべ》らなかった彼女の姿とは似ても似つかない。

「大丈夫、今のアイリスならきっと出来るよ」

ルイシャはその後ろ姿にそう呟《つぶや》くと、宿舎の中に入っていくのだった。

◇　◇　◇

「ちょっとぉ、どこ行くのよ。るいしゃあ」

「はいはい、大人しく寝ててね」

「あんまり私をこども扱いしてんじゃ……ｚｚｚ……」

「ふう、ようやく寝た」

ベッドに寝かせても中々寝付かなかったシャロがようやく寝たことでホッとしたルイシャは、彼女に布団をかけると部屋を後にする。

時刻は真夜中、もうパーティーも終わって片付けに入っている頃だろう。

「今更にはなっちゃうけど片付けを手伝いに行こっかな」

そう呟き宿舎の廊下を進む。窓の外に光る綺麗《きれい》な月を見ながら歩いていると……突然鋭い殺気が彼の体を貫いた。

「――――ッ!?」

急いで周りを見渡すが誰もいない。

殺気は上の方から感じた。ルイシャは殺気を放った者を見つけるため二階の窓から外に出ると、四階建て宿舎の壁を走って登り屋上に出る。

何もない閑散とした宿舎の屋上。

そこには一人の人物が立っていた。

「やあ、こんばんは。今日は月が綺麗だね」

月明かりに照らされて立っていたのは剣王クロム・レムナントその人だった。

まさかこんなに堂々と来るとは思っていなかったルイシャは警戒する。

「楽しくお喋りしに来た……わけないですよね。まさか教え子の仇《かたき》を討ちに来たのですか？」

「まさか。あれは奴らが未熟だっただけ、君に非などあるわけがない」

「であればなぜここにいるのですか？」

ルイシャは一定の距離を保ちながら、視界の真ん中にクロムを捉える。何が起きてもおかしくない状況。いつでも戦闘に入れるよう心構えは出来ていた。

「ふふ、そんなに警戒しなくても大丈夫、今日は争いに来たわけじゃないからね。……まあ君の返答如何《いかん》によっては分からないけどね」

クロムは「にぃ」と笑みを浮かべると右腕を差し伸べるようにルイシャに突き出す。

「どうだルイシャ、帝国に来ないか？　私の右腕となりその力、存分に振るってみたくはないか？」

そう言い放つクロム。その言葉は嘘偽りのない本気の言葉に聞こえた。

「本気……ですか？」

「当たり前だ。こんなこと冗談では言わない」

そう断言したクロムは言葉を続ける。

「お前の力は素晴らしい、まるで若い日の私を見ているみたいだ。研鑽《けんさん》を積めば私を超え最強のヒト種、いや魔族や竜種も含んで最強の存在になれるかもしれない！……だが王国に居続けてはその力を伸ばしきれない。王国騎士団長エッケル……あいつは『凡人』、お前を育てられる能力はないからな。その他にめぼしい実力者がいない王国にいても腐っていくだけだ」

「……」

ルイシャは黙ってクロムの言葉を聞いていた。

事実クロムの言っていることは正しかった。王国には国に忠義を尽くす実力者が帝国と比べて明らかに少ない。

街に大型の魔獣が接近する時は冒険者に頼ることが多く、そのせいで国民からは頼りなく思われている。

「だから私と来い、ルイシャ。帝国に来たらお前に必要なものを全て用意してやろう。そして共に強くなり最強の存在になるんだ。私がお前をそうしてやる」

それは帝国に住む者でなくても強さを求める者であれば誰もが垂涎《すいぜん》して欲しがる言葉。

しかしルイシャの気持ちは決まっていた。

「とても魅力的な提案ですが、お断りさせていただきます。僕は王国から移るつもりはありません」

「……ほう。それはなぜだ？」

「はい。クロムさんは必要なものを全て用意すると言ってくれましたが、今の僕にこれ以上必要なものはありません。僕は今のままで十分満ち足りている、今のままで十分強くなれる」

毅然《きぜん》とした態度で言い放つ。

それを見たクロムは言葉による説得は無理だということを理解した。

「……そうか、分かったよ」

「ご理解いただきありがとうございます。誘っていただいたこと自体はとても光栄に思……」

「ならお前は敵ということだな。若く強い内に我が糧となってもらおう」

「!?」

瞬間クロムの姿が消える。

ルイシャが咄嗟《とつさ》に両腕をクロスさせ、気で全身を硬質化させる。

次の瞬間ルイシャを襲ったのは視認出来ぬほどの速さで放たれた蹴り。ガードした腕に力を入れ必死に踏ん張るが、ルイシャの体は衝撃を吸収しきれず宙を舞い、そのままセントリアの街から飛び出て何もない荒野地帯まで吹き飛んでしまう。

「いてて……」

何とか受け身に成功しお尻を痛めたくらいで済んだルイシャ。

見ればセントリアの街から結構離れた場所まで飛ばされている。もし防御が間に合わなければ体がバラバラになっていたかもしれない。ルイシャはゾッとする。

「よくガードしたな。褒めてやろう」

ルイシャの近くにクロムが着地する。

あれほどの一撃を放ったにもかかわらず息が乱れている様子は一切ない。

クロムは腰に差したブロードソードを抜き放つと、その切先をルイシャに向ける。

「最後のチャンスだ。私と来い」

「……僕の気持ちは変わりません」

「そうか。残念だよ」

一瞬本当に残念そうに目を伏せるクロムだが、次の瞬間にはギラついた闘志みなぎる顔へと変貌する。

「やるしかないみたいですね……！」

竜王剣を抜き放ち、戦うことを決意するルイシャ。

光り輝く月のみがその戦いを見守る中、天下一学園祭の本当の決勝戦が幕を開ける。

「手加減はなしだ、簡単に死んでくれるなよ？」

クロムは強く地面を蹴り、距離をつけると剣を横薙《よこな》ぎに振るう。

ルイシャはそれを竜王剣の腹で受け止めガードするが、ガードごと吹き飛ばされてしまう。

(重……っ！)

ガードのタイミングは完璧だった。

それなのに全身に鈍い痛みが残り、剣を握る腕が痺《しび》れる。

クロムは筋骨隆々な見た目ではない。それどころか顔は中性的でとても力が強そうなタイプには見えない。

しかしその細く引き締まった体から放たれる剣閃《けんせん》は、地上で戦った過去どの戦士よりも強く、逞《たくま》しく、凶暴であった。

「どうしたっ！　受けるだけしか出来ないのか!?」

「ぐっ……！」

降り注ぐ剣閃の数々を避け、捌《さば》き、防ぐルイシャ。

必死に隙を探るがあまりの剣速について行くだけでやっとであった。

「どうにかして反撃しなきゃ……」

「余所見《よそみ》禁止！」

「しまっ……！」

隙を探ることに必死になったルイシャの隙を突き、クロムは鋭い蹴りを放つ。

腹部に深々と突き刺さったクロムの足先はルイシャの腹筋をものともせず、腹筋《それ》が守っていた臓器にダメージを与える。

（この距離はヤバい……何とか距離を取らないと）

腹部を襲う痛みに必死に耐えながらルイシャは何とか距離を取る。

そして右手に魔力を溜《た》めると一瞬で魔法を作り出し、放つ。

「四連火炎《クアドファイア》！」

四つの火球が一斉にクロムに襲いかかる。

その一つ一つが容易に人を焼き殺せる威力を持っている……が、クロムは退屈そうに剣を一振りしてそれらをかき消してしまう。

「こんな魔法で私をどうにか出来ると思っているのか？　もっと本気で来い！　貴様の目の前に立っているのは最強の剣士だぞ！」

傲慢不遜な態度でクロムは言い切る。

その言葉には絶対的な『自信』が感じ取れる。事実クロムは目の前の障害を今まで全て斬り越えて来た。

自分に斬れないものはない、そんな絶対的で揺るがない自信がクロムにはあった。

「これならどうだ！　超位火炎《フォル・ファイア》！」

巨大な火球が轟音《ごうおん》を立てながらクロムに飛来する。

しかしその魔法すらクロムは一刀両断してしまう。

「よく練られたいい魔法だが……それだけだ。こんなに大きく鈍《のろ》いもの、目を瞑《つぶ》っていても斬れる。こんな殺意の低いものでは私を倒すことなど出来ないぞっ！」

クロムは再び地面を蹴って急加速し、接近してくる。

上段からの振り下ろし。その一撃をルイシャは横に跳び避けるが、すぐさま蹴りの追撃が迫る。

「守式五ノ型、金剛殻っ！」

咄嗟に右腕を硬質化させ、クロムの鋭い蹴りを受け止める。

体を鋼の如《ごと》く硬くさせる技、金剛殻。その硬さは達人の剣ですら弾《はじ》くことが出来る。

しかしクロムの蹴りは達人の剣《それ》よりも鋭かった。

「い……っ！」

メキキ、と骨にヒビが走る嫌な感触。何とか後ろに跳んでダメージを分散させたことにより重傷は免れたが、もしあのままその場にいたら腕はへし折れていただろう。

「私は魔力がほとんどない。気とかいうのも常人のそれとほぼ変わらない。だが……それを補うように強靱《きょうじん》な肉体を持って生まれた」

「反作恩恵《リコイルギフト》……！」

ルイシャは思わずそう口走る。

それはクラスメイトのベンも手にした代償のある恩恵。ベンは魔力の代わりに気を得たが、クロムはその代償に強靭な肉体を手にしたのだ。

「そう、よく知っているじゃないか。生まれながらに持ち得たこの力、しかし私はこの力に胡座《あぐら》をかいたことはない。ひたすらに鍛え、磨き続けた」

クロムが無造作に剣を振るうと、真空波が放たれルイシャに襲い掛かる。

竜王剣でガードするが、その衝撃は凄《すさ》まじくルイシャはダメージを受けてしまう。

「はぁ……はぁ……」

「なんだ、もう息が上がってるのか？　私の見込み違いだったかな？」

今度はルイシャの鳩尾《みぞおち》を狙い突きを放ってくる。

目にも留まらぬ速さで繰り出されたその突きは、寸分違《たが》わずルイシャの胸を貫……かなかった。

当たる寸前、体をほんの僅かに動かして回避したルイシャは、竜王剣をクロムめがけ振るう。

「ははっ、そうこなくては！」

楽しげに笑いながら竜王剣を弾いたクロムは再び蹴りを放つ。するとルイシャも対抗し右の回し蹴りを放つ。

両者の蹴りが激突し、バリリ！　と辺りに衝撃波を撒《ま》き散らす。

クロムの蹴りを脛《すね》に受け、ルイシャは足が千切れるかのような痛みを受けるが、歯を食いしばり必死に堪《こら》えて拳を放つ。

クロムはそれを左の手で弾くと、剣を握った右手をルイシャの首元めがけ振るう。

「当たる――――かぁっ！」

膝の力を抜き、その場にしゃがみ込んだルイシャはその一撃を躱《かわ》すことに成功する。

クロムは剣を振った直後で隙が出来ている、またとない千載一遇のチャンスだ。ルイシャは大技に出る。

「我流気功術……鉄隕靠《てついんこう》!!」

肩から背中にかけてを金剛殻で硬くさせ、足で気功移動術『縮地』を使い高速移動。二つの気功術を同時使用することで硬質化させた背中を思い切り相手にぶち当てる。

早い話が背中をぶつける体当たりだ。シンプルだが威力は十分。

それをマトモに食らったクロムは三メートルほど吹き飛び……華麗に着地した。

「今のは中々いい攻撃だったが……まだ足りない。あるんじゃないか？　まだ隠し持っている力が」

「……っ！」

クロムの言葉にルイシャは動揺する。

それを察したクロムはにやりと笑い、街の方に視線を向ける。

「いいんだぞ私は、向こうで楽しんでいる君の仲間と戦っても。君以外にも有望そうな子は何人かいたからな」

それを聞いたルイシャの表情が変わる。

目つきが鋭くなり、放つ空気に殺気が混じる。仲間を狙う行為は彼にとってまさしく『逆鱗《げきりん》』であった。

「どうやらやる気になってくれたみたいだな」

「……本当はこれを使いたくはありませんでした。今の僕ではこれを扱い切れる自信がなかったから。でも友達を守るためだったら使える、今度こそ僕の百パーセントで戦います……！」

ルイシャは深く深呼吸をすると、両の拳を深く握る。

そして体内の魔力、そして気を胸の将紋《しょうもん》に全て集める。

「な、なにが起きてるんだ……!?」

ルイシャから放たれる尋常ではない魔力と気の奔流に、クロムは驚き目を見開く。

それほどまでにルイシャから放たれる魔力と気は先ほどまでとは違う、異質なものになっていた。

「――――予感は少し前からありました、でも怖くてその一歩を踏み出せずにいた。踏み出してしまったら二度とヒトには戻れないんじゃないかって。でもそんなこと大切な人を失うことと比べたら些細《ささい》なことなんだ、今そう気づくことが出来ました。だから」

もう迷うことはしない。この道を行くことを。

「魔竜モード、起動《オン》」

その言葉を口にした瞬間、ルイシャの体から黒いオーラのようなものが大量に放たれ、固まり、形を成していく。

頭部のそれは鋭利で曲がりくねった角となり、下半身には太く強靭な尻尾が出来上がる。

魔族と竜族、どちらの特徴も併せ持っている角と尻尾は彼がどちらの力もしっかりと継承した証《あかし》だ。

そして残りの黒いオーラがまるでマントのように首元に巻きつき、ルイシャの体を覆う。

最後に……ルイシャの胸元の将紋の光が、青色から銀色に変わる。

それはルイシャの将紋が完全に覚醒した証。

今彼は魔竜士から魔竜将へと進化を遂げたのだ。

先ほどまでより大人びた感じの風貌になったルイシャは、その澄んだ鋭い目をクロムに向けるとその場で拳を構える。

「いったい何を……」

両者の距離は十メートルほど離れている。

この距離から何が出来るのかとクロムは困惑する。

そんなクロムを他所《よそ》に、ルイシャはその場で拳を放つ。

「魔拳……竜王」

音速を超える速度で放たれたその拳は、とてつもない衝撃波を生み出し、離れたところにいるクロムを吹き飛ばす。

「んな……っ!?」

数十メートル吹き飛ばされながらも何とか着地に成功するクロム。しかしその口元からは一筋の血が垂れている。流石《さすが》のクロムも無傷では済まなかったようだ。

「はは、いいねえ……そうこなくては!!」

「ここからが本当の勝負です！　僕の本当の全部で……貴方《あなた》を倒すッ！」

地面が砕けるほどの脚力でルイシャは駆け出す。

すると黒いマントの形が変わり、二対の羽に変化する。

その羽を動かし地面スレスレを飛行したルイシャは、右の拳に竜族のみが使える気功、『竜功《りゅうこう》』を集める。

「竜功術、攻式一ノ型『竜星拳《りゅうせいけん》』!」

竜族の間では『星殺し』とも呼ばれている至高の正拳突きがクロムを襲う。

見ただけで分かる、強力な一撃。クロムは身の危険を感じるが、逃げることなく剣を構える。

「こんないい攻撃《もの》、逃げたら損だな……！」

激突する拳と剣。

その衝突が生み出した衝撃は凄まじく、お互いの体は吹き飛ばされてしまう。

しかし両者はすぐに態勢を立て直すと再び攻撃に移る。

「うおおおおおッッ!!」

「最高だルイシャ！　もっと、もっと殺す気で打ち込んでこいッ！」

常人であれば一撃で跡形もなく消し飛んでしまう威力の攻撃が、雨のように大地に降り注ぐ。

その荒野は数秒ごとに地形が変わり、戦う前とはおよそ似ても似つかぬほどに風景が変わっていた。

「竜功術、攻式三ノ型……迦具槌子《かぐつち》！」

クロムの頭上に跳んだルイシャは、両足を揃《そろ》えて思い切り振る。

本来竜族が尻尾で行う動作を足で再現したその技の威力は、基《もと》となった気功術の『不知火《しらぬい》』を大きく上回る。

クロムは剣でガードするが、衝撃全てを受け止めることは叶《かな》わず、吹き飛ばされ地面を転がる。

「はぁ……はぁ……どうだ……？」

立ち上がらないでくれ。

そんなルイシャの願いも虚《むな》しく、クロムはゆっくりと立ち上がる。

疲れた様子ではあるがその足取りはしっかりしている。

クロムは晴れやかな笑みを浮かべながらルイシャに話しかけてくる。

「はは、楽しいな！　君もそう思わないか⁉」

「……僕はそんな余裕ありませんけど」

「そんなことないさ、現に今の君はいい顔をしてるよ」

「⁉」

指摘されて気づいたが、ルイシャの顔は確かに笑みを浮かべていた。

そのことに気づいたルイシャはショックを受ける。

「ショックを受けることはない。磨き上げた技を、肉体を、それを受け止めてもらえる者に全力でぶつける。それ以上に楽しいことなんてこの世にないのだから」

「……あまり同意したくはありませんが、一理あります」

暴力は嫌いだ。

しかし戦うこと全てが嫌いなのかと言われると、素直に否定しづらかった。

「恥じることはない。力を振るいたい、戦いに勝ちたいという気持ちは人間の本能。高潔さや優しさとそれは同居しうるのさ」

「……僕が思っているより貴方は大人なんですね。まさかそんなことを言われるとは思いませんでした」

クロムの言葉に驚くルイシャ。

血に飢えた戦士だと思っていたが、目の前の戦士はちゃんと一本芯の通った考えを持つ大人だった。

「さて、無駄話はこれくらいにして再開するとしよう。こんなに高揚するのは初めてだ。街を三つ滅ぼした飛竜を討伐した時も、帝国を乗っ取ろうとした盗賊王を殺した時も、地上を征服せんと海の底からやってきた海底人を殲滅《せんめつ》した時も！……ここまでは昂《たかぶ》らなかった」

脳裏に浮かぶは幾千の戦いの記憶。

自分が存分に力を振るえる敵を探し続けていた。しかし皇帝の側近という立場に縛られたクロムは自由に動くことが出来ず中々強敵と巡り会うことが出来なかった。

戦闘中毒《バトルジャンキー》。常に強敵との戦いを熱望していたクロムにとってルイシャとの出会いは砂漠でオアシスにたどり着いたに等しい幸福だった。

「戦いは私にとって最初は生きるための手段でしかなかった。貧民街《スラム》で生まれ育った私にとってはな。しかし、戦いを重ね、死線を乗り越える内に、手段はいつしか目的に変わり、地獄のような特訓と戦いの日々を経て生きる目的へと姿を変えた。戦いこそが私にとって生きる意味、さあ存分に――殺《あい》し合おう」

顔いっぱいに残忍な笑みを浮かべたクロムは駆ける。己の生きる意味を果たすために。

「いくぞっ！」

クロムの扱う剣技は独特なものだ。

型にはまらない自由な剣技をするかと思うと、今度はキッチリとした流派の剣士が使うような綺麗《きれい》な太刀筋を放ってくる。

まるで二人の剣士を同時に相手にしているかのような感覚にルイシャは中々対応出来ずにいた。

……が、それは魔竜モードを発動する前までの話。

人を超えた力を手にした彼はクロムの変幻自在の剣技にキッチリ対応していた。

「そこッ！」

風を切り、素早い剣閃《けんせん》がルイシャの首元目掛け放たれる。

ルイシャはその攻撃をギリギリまで引きつけて躱すと、隙の出来たクロムの腹へ拳を叩《たた》き込む。

「――か、はっ」

嗚咽《おえつ》を漏らしながらクロムは後退する。

覚醒したルイシャの身体能力は竜族に比肩する。当然ヒト族では耐え切れる代物ではないのだが、相手は王紋《おうもん》覚醒者。体のつくりが普通のヒト族とは違う。

「……すごいな。ここまで剣筋を読まれたのは初めてだよ。カラクリはその瞳《め》、かな」

「……」

沈黙するルイシャ。

クロムの言っていたことは正しい。魔竜モードとなったルイシャは魔眼と竜眼を同時発動していた。

今のルイシャの視界には魔力の流れ、気の流れが両方視《み》えている。

魔力と気はこの世界を構成する殆ど。それが視えるということはこの世の全ての流れが視えるといっても過言ではない。

その結果彼の瞳に宿ったのは未来を見通す力。

ルイシャはこの力に『未来眼《みらいがん》』と名前をつけた。

万能に見えるこの力だが、もちろん何のデメリットもないわけではない。

物事が視え過ぎるということはそれだけ脳にかかる負担も大きい。頭に生えた角が放熱機能を持っているのだが、それでも脳にかかる負担を全て肩代わりすることは出来ない。

そして魔竜モード自体がルイシャの体に与える負担も大きい。

持って数分。ルイシャは平静を装いながらも勝負を急いでいた。

「暗黒四連槍《ダク・クアドランズ》！」

漆黒の禍々《まがまが》しい形をした槍《やり》が四本、クロムに襲いかかる。

二本を躱《かわ》し、一本を弾《はじ》く。そして残りの一本は剣を握っていない方の手で握り、受け止めた。

ギチチ、と音を立てて槍は止まる。その切っ先はクロムの胸の数センチ手前まで来ていた。

当然それを握る手からは血が滴り落ちるが、気にしている様子はない。

「たまんないね、このスリル感。生きてるって感じだ」

舌でぺろりと上唇をなぞったクロムは心底楽しげな様子でルイシャに向かっていく。

「これを――受け切れるかァ!?」

剣を強く握り、気を流し込みながら思い切り振るう。

すると黒の奔流が剣を包み込み、小さな嵐とも呼べるほどのエネルギーが剣に集束される。

技の名前は『黒嵐《くろあらし》』。小さな街であれば消しとばす威力を持つ必殺の技。

クロムはそれをルイシャ目掛け躊躇《ちゆうちよ》なくぶつける。

「速い……！」

逃げ遅れたルイシャはそれに呑《の》み込まれてしまう。

ルイシャのいた場所に巻き起こる破壊の嵐。その暴風が過ぎ去った後……削り取られた跡が生々しいそこには黒い球体が一個残っていた。

「……ん？」

突然現れた謎の球体に戸惑うクロム。

するとその球体は徐々に小さくなっていき、その中からルイシャが現れる。

「ふう、危なかった」

黒い球体は完全に小さくなると、ルイシャのマントに姿を変える。

それを見たクロムは「へえ」と楽しげに笑う。

「それ、羽になるだけじゃなくて防御にも使えるのか。便利な物を持っているな」

「このマント、魔王の外套《サタンズマント》はあらゆる状況に対応する為《ため》に考えて作りました。ちょっとやそっとの攻撃じゃ壊れませんよ」

「そうかい……じゃあどこまで耐えられるのか試してみるとしよう！」

再び剣に力を込め、クロムは剣を振るう。

ルイシャはその一撃を竜王剣でしっかりと受け止める。最初は弾き飛ばされたが、魔竜モード時のルイシャの筋力は、クロムに引けを取らない。

腕に力を込め、クロムの剣を弾き飛ばす。

「せいっ！」

「ぐっ！」

まさか力負けすると思っていなかったのか、クロムはここに来て初めて焦りを見せる。

その隙を見逃さなかったルイシャは思い切り剣を縦に振るう。その一撃は直撃こそしなかったものの衝撃波が命中しクロムを吹き飛ばす。

「……はは、今のは危なかった」

間一髪直撃を避けたクロム。

しかしその代償として彼の服は激しく破れた。

縦に裂かれた黒い軍服。その隙間からクロムの肌が垣間見《かいまみ》え……ルイシャは驚き目を見開いた。

「え……っ!?」

困惑したルイシャの顔を見て、クロムは自分の姿を確認する。

そして露《あら》わになった自分の体を見て、申し訳なさそうに頭をかく。

「あー……、バレてしまったか」

自分の服の中に手を突っ込み、先程の一撃で切れた白い布を取り出す。

それの正体は「さらし」、女性が胸を隠すのに使う布である。

「見苦しい物を見せてしまって悪いな」

「クロムさん、貴方《あなた》は……女性だったんですね」

さらしの下から現れたのは明らかに女性の胸の谷間だった。

彼女はその大きめの胸をさらしでギチギチに締め上げることで自分が女性であることを隠していたのだ。

「じゃあもうこれも不要だな」

軍帽を外し、捨てる。

その中から現れたのは長く艶やかな黒髪。帽子をまぶかに被《かぶ》っていたので気づかなかったが、彼女はとても美しい女性であった。

「悪いな、騙《だま》してて」

月明かりに照らされている彼女は、とても美しく、思わず見惚《みと》れてしまうほどだった。

ルイシャは自分の頬を叩き、無理やり正気に戻す。

「理由を聞いても大丈夫ですか？」

「別に大した理由じゃないよ。戦う時に女という性が邪魔だっただけ。私が女と知るだけで手を抜いたり下心を出す男が余りにも多かった。だから私は女を捨てた」

「そう……だったんですね」

「で、お前にはバレてしまったワケだが、どうする？　私が女だと知ってもまだ剣を握れるか？　本気で私を殴ることが出来るか？」

ルイシャは目を閉じじっくりと考えたあと、ゆっくりと目を開きその質問に答える。

「当然です。貴方の性別がなんであろうと、その強さには変わりありません。僕は僕より強い女性を三人知ってますからね、油断も手加減も出来るはずがありません」

そう言い放つルイシャを見て、クロムは目を丸くして驚いた後……優しげな笑みを浮かべる。

「お前って奴《やつ》は……本当に最高だ。私はきっと今日この日の為に生まれ、鍛えて来たのだと胸を張って言える。ありがとうルイシャ、大好きだ。私のために斬られてくれ」

「遠慮しておきます、僕には僕を待ってくれている素敵な女性《ひと》たちがいるので」

「この女たらしめ。振り向かせてやるよ」

クロムは嬉《うれ》しそうに笑みを浮かべると、全力でルイシャめがけ剣を振るう。

「はあああああああっ!!」

「おおおおおおおおっ!!」

ルイシャとクロムの戦いは熾烈《しれつ》を極めた。

単純な身体能力で言えば魔竜モード中のルイシャが上だったが、クロムはその差を実戦経験の差でカバーした。

「そこッ!」

クロムの鋭い突きがルイシャの左肩を抉《えぐ》る。

痛みに顔を歪《ゆが》めるルイシャだが、怯《ひる》むことなく右の拳でクロムの左頬を思い切り殴りつける。

バチィンッ！　と物凄《ものすご》い衝突音と共にクロムは弾き飛ばされるが、すぐに体勢を立て直し斬りかかる。

「ふふ、酷《ひど》いじゃないかルイシャ……女性の顔を殴るなんて」

「……顔が嗤《わら》ってってますよ」

「おや、気づかなかったよ。うまく隠していたつもりだったのだけどね」

そう言ってクロムはわざとらしくとぼけた顔をする。

「さて、この楽しい時間をいつまでも続けていたいものだが……お互い、もう限界が近いようだ」

全力で打ち合った二人の体は満身創痍《まんしんそうい》だ。

全身の至る所を打撲、出血、骨折しており、気を抜けば痛みで気を失ってしまいそうだ。

ルイシャは折れた骨を気で無理やり繋《つな》ぎ、痛みを魔力で和らげてはいるがそれにも限度がある。あと一発でも大きい攻撃を受ければ立てなくなるだろう。

「ルイシャ、君との戦いはとても楽しく刺激的だった。今でも十分満ち足りているが……やはり君に勝ちたいな」

「……僕もですよ。僕も貴方に勝ちたい」

その言葉にクロムは目を丸くする。

まさかそんなことを言われるとは思っていなかった。

「意外だな、そう思ってくれていたなんて」

「僕が強くなったのは大切な人を守るため、それは変わっていません。……ですが僕が自分の手に入れた力に誇りを持っているのも本当のことです。他の何で負けても、強さだけでは負けたくない。勝ちたい。最強の剣士であるあなたに勝って僕の強さを証明したい……！」

「どうやら私たちは両思いだったみたいだな。さあ来い、私はお前の全力を受け止め切れるぞ。遠慮せず全部でかかってこい！」

クロムの言葉に応えるようにルイシャは駆け出す。

その手に竜王剣は握られていない。どうやら素手で決着をつけようとしているようだ。

「竜星拳《りゅうせいけん》・群墜《ぐんつい》！」

竜の力を込めた拳が、まるで流星群のように絶え間無く降り注ぐ。

一発一発の威力は凄《すさ》まじい……が、それだけ乱発すれば精度はもちろん落ちる。クロムは一発も被弾することなくそれら全てを躱しきった。

「我流剣術、黒蹄《こくてい》」

上段からの振り下ろし。

特に特別な技法を使っているわけでも、特別な力が込められているわけでもない。しかし剣の道を極めた者の本気の一撃は、それだけで一《ひと》つの技となり得る。

「魔王の外套、繭型防御形態《コクーンシェルター》！」

ルイシャはマントで円球状のシェルターを作りその一撃を受け止める。

しかし残り少ない魔力ではそれを完全に受け止め切ることは出来ず、マントは粉々に砕けてしまい、中にいたルイシャは衝撃で吹き飛ばされる。

一歩歩くだけで骨が軋《きし》み、痛みで視界が揺らぐ。しかしルイシャは歩みを止めなかった。

勝ちたい。この人に。

他のことは考えず、ただそれだけを胸に抱いて彼は進む。

「まだ……まだぁっ！」

ボロボロの拳を気で固め、クロムの脇腹に打ち込む。

「が――――っ！」

肋骨《ろっこつ》がへし折れその奥の内臓まで衝撃が達する。クロムは胃酸が逆流するのを気合いで抑え込み、お返しとばかりにルイシャの胸元に拳を叩《たた》きこむ。

「ふぐ……っ！」

口の中いっぱいに鉄の味が溢《あふ》れる。少しでも気を抜けば意識が飛んでしまいそうになる中、それでもルイシャはクロムから目を離さなかった。

「が、あああぁぁっっ!!」

再び両の拳を強く握り、突撃する。

隙だらけの行動、クロムは冷静に向かってくるルイシャめがけ、剣を振るが……その一撃は冷静に捌《さば》かれ、受け流された。

「守式六ノ型『柳流《りゅうりゅう》』っ!」

「ここに来て柔《やわら》だと……!?」

やぶれかぶれのような行動を取っていたのはブラフ。全てはこの一瞬の隙を作るためだった。

(もう体も限界だ、ここで決める!)

ルイシャは攻撃を受け流され体勢を崩したクロムに詰める。

当然クロムはそれを避けようとするのだが、足に力がうまく入らない。

反作恩恵《リコイルギフト》と過酷な修行により、超人的な肉体を得た彼女だが、積み重なったダメージは大きく肉体の限界が来ていた。

「ありったけを……込める……っ!」

左手に魔力を右手に気功を限界まで溜《た》める。

そこに一切の出し惜しみはない。体に残る魔力と気。その全てを一滴残らず……雑巾を絞り出すようにしてかき集め、それらを両の掌《てのひら》に凝縮し、丁寧に――放つ。

「魔竜技《まりゅうぎ》『双天極掌《そうてんきょくしょう》』！」

クロムの体に打ち込まれた双つの力は、彼女の体の中で衝突し、爆発する。

まるで体内で巨大な爆弾が爆発したかのような衝撃。いくらクロムといえど耐えられるものではない。

「……これが負けか。意外と、悪くないものだな」

清々《すがすが》しさと、ほんの少しの悔しさが混ざった声でそう言うと、彼女はゆっくりと倒れるのだった。

◇　◇　◇

「き、キツかった……」

勝負が終わり、ドッと疲れが押し寄せる。

魔竜モードを解除したルイシャは疲労感に負けその場に膝をつく。

「うぅ、体中が痛い。でも……あのクロムさんに勝てたんだ」

目の前に倒れるのはヒト族最強と謳《うた》われる剣士。

それに勝ったということは、ルイシャはヒト族の中で最強ランクの強さに達したということになる。

それを実感したルイシャは、胸が熱くなるのを感じる。男であれば一度は世界最強を夢見る。心優しいルイシャでさえもそれは例外ではなかった。

「お互い……ボロボロだな」

「へ？」

見れば大の字に倒れたクロムが目を開けていた。

それを見たルイシャはぎょっとする。

「も、もう目が覚めたんですか？　どんな体力してるんですか」

「君が優しく壊してくれたおかげさ」

「いや思いっきりやったんですけどね……」

ははは……と苦笑いするルイシャ。

やはり世界最強クラスの人は体の作りからして違うのだなと痛感するのだった。

「起きられますか？　肩を貸しますよ」

「すまない、それではお言葉に甘えようかな」

ふん、と力を入れてルイシャはクロムを起こす。

まだ足はふらつくが人を一人支えるくらいならなんとかなりそうだ。

それよりも気になるのは時折当たる胸だ。クロムのほどよく大きい胸は歩くたびにルイシャの体にぷにぷにと当たってその形を変えていた。

「……」

「どうした少年、顔が赤くなっているぞ」

「いや、このこれは不可抗力ってやつでして」

「いったい何から目を逸《そ》らして……はは あ、そういうことか。このおませさんめ」

そう言うクロムも少し顔を赤らめていたが、ルイシャは指摘しなかった。

「さ、歩きますよ。街まで遠いですから早くしないと」

現在二人がいる場所はセントリアからかなり離れてしまっている。元気な時であればひとっ飛び出来る距離ではあるが、今の疲弊した二人からしたら中々の距離だ。

朝までに着かないと人目について噂《うわさ》が立ってしまう。なのでとっとと移動しようとするのだが、数歩進んだところでルイシャの足が止まる。

「どうした？」

「……誰かいます」

辺りを警戒するルイシャ。

すると岩陰から一人の人物が現れる。

「こんばんは、二日ぶりですね」

現れたのは緑のとんがり帽子とローブに身を包んだ男。

ルイシャはその人物に見覚えがあった。

「あなたは確か第三の眼《サードアイ》のリーベさん、でしたよね。なんでこんな所に……」

その人物はルイシャを自分の組織に引き込もうとした魔術研究組織第三の眼《サードアイ》の人物だった。

なぜ彼がここにいるのか。前回会った時に拉致されそうになったルイシャは当然警戒する。

「驚きましたよ。寝ようとしたら遠くから異質な魔力を感じたのでね。何事かと思い来てみれば……貴方《あなた》とクロム殿が戦っていらっしゃるではありませんか。申し訳ありませんがこっそり観戦させていただきましたよ。素晴らしい戦いでした」

彼はそう言って拍手をした後、歪んだ笑みを浮かべる。

前にあった時と同じ雰囲気を感じたルイシャは体を強張《こわば》らせる。

「……あんなものを見せられては、ますます貴方を帰すわけにはいかなくなってしまったじゃあないですかぁ。その才能を腐らせるなど人類の損失に他ならないッ！　お疲れのところ申し訳ないですが、無理矢理にでも連行いたしますよぉ……！」

そう言って右手を上げると、どこに隠れていたのかリーベと同じ緑色のローブを着た男たちが二十人ほどルイシャたちを囲むように現れる。

その全員が手に持った杖《つえ》の先端をルイシャとクロムに向けている。魔力も既に込められていていつでも撃てるといった感じだ。

　それを見てクロムは「はっ」と不機嫌そうに笑う。

「手負い二人にこの人数で囲むとは、天下の第三の眼《サードアイ》も落ちぶれたようだ」

「お二人の実力は先の戦いを拝見してよく知っています。この戦力でも足りないくらいですよぉ」

「だったら諦めたらどうだ？　命は惜しいだろ？」

「だからこそこのチャンスを逃すわけにはいきません。なぁに安心してください、クロム殿はちゃんと帝国にお返しいたしますからねぇ。しかしその少年だけは絶対に連れて帰ります。抵抗するなら四肢を切り落としてでも……ね」

「ちっ、どうあっても引く気はないようだな」

　交渉の余地がないと確信したクロムは、ルイシャの肩に回していた手を離し自分の足のみで立つ。そして服の中に隠し持っていた短刀を取り出し右手でしっかりと握る。

「……私が突っ込んで退路を作る。君はその隙に逃げるんだ。街中に入れば人もいるし何とかなるだろう」

「そ、そんなことは出来ません！　その傷で戦ったら死んじゃいますよ！」

　悲しげな顔で首を横に振るルイシャ。しかしクロムの決意は変わらなかった。

「君のおかげで私の渇いた心は潤い、色を取り戻した。本当に感謝している。剣を振るうだけで何も得ることの出来なかった人生に初めて価値を見出《みいだ》せた。その恩は……ここで返させてもらうっ！」

ルイシャの制止も聞かずクロムは走り出す。

狙いは一番近くに立っていた第三の眼《サードアイ》の一人。

一歩足を踏み出すごとに悲鳴を上げる体に鞭《むち》を打ち、とても手負いの状態とは思えぬ速さで接近したクロムは無駄のない動きで短刀を突き出す。

「ぐっ、防壁《ウォルド》！」

しかしクロムの攻撃は男が作り出した魔法の防壁に阻まれる。

いつもであればこの程度の魔法簡単に貫けたが、疲弊したクロムの突きは障壁を貫くことが出来ず弾《はじ》かれてしまう。

「このっ……！」

続け様にクロムは障壁を思い切り蹴飛ばす。一度は攻撃を防いだその障壁も、二度の攻撃を耐え切ることは出来ずに粉々に砕けてしまう。

しかし今の一撃で疲労がピークに達してしまったクロムは、その場に膝をついてしまう。

歯を食いしばり足に力を入れるがピクリとも動かない。

「……どうやら限界のようだな」

大きな隙を晒《さら》したクロムに三人の魔法使いが杖先を向ける。

もはやこれまで。そう思い死を覚悟するクロムだが、その瞬間なんと三人の男が突然地面に倒れる。

「お前らは……!?」

彼らが倒れた代わりに現れたのは、見覚えのある軍服に身を包んだ人物たち。彼らは満《まん》身創痍《しんそうい》のクロムを支えると、彼女を守るように陣形を取る。

「いくぞみんな！　絶対クロム様を守り切るんだ！」

帝国学園リーダーの女生徒、ジェロニアの言葉に「応！」と答えた帝国の生徒たちは尊敬する師を抱え、ルイシャのもとへ一旦退避する。

ジェロニアの姿を見たルイシャは、彼女に話しかける。

「君はあの時の……」

「決勝戦の時はすまなかった。知らなかったとはいえ、君が不利な状況で戦ってしまった。謝罪する」

そう言ってジェラニアは真面目な表情で頭を下げる。

「こんなことで償いになるとは思っていないが……君のことも守らせてほしい。この場は我々が預かった」

ジェラニアが話している間、帝国の生徒たちは第三の眼《サードアイ》の魔法使いを睨《にら》み、目を離すことはなかった。その見事に連係の取れた動きに第三の眼《サードアイ》のリーベは「ほう」と感心する。

「流石《さすが》クロム殿の教え子、教育が行き届いているようですねぇ。……しかしいくら鍛えられているとはいえ所詮子ども。あまりに幼く、そして弱い。私たちの敵になりませんよ」

リーベはそう言うと大きな火球を放つ。

帝国学園の生徒は数人がかりでその一撃を止めるが、代わりに火傷《やけど》を負ってしまう。

たった一撃でこの有様、長くは保たないのは誰の目にも明らかだった。

「……おいお前ら、ルイシャを連れてさっさと逃げろ。勝てずとも足止めくらいなら今の私にも出来る」

「ふざけたこと言わないでくださいクロム様！　あなたを捨て置くことなど出来るはずがないではありませんか！」

今にも泣きそうな顔をしているジェラニアの言葉に、他の生徒たちも頷《うなず》く。彼らの決意は固いようだ。

しかしクロムとしても自分のせいで彼らが傷つくのは看過出来なかった。

「……私はもうお前たちが尊敬した『クロム』ではない。気に留める必要など、ない」

「それはあなたが女性だったから、ですか？」

彼女のさらしは切れ、その胸の谷間と長い髪は晒されたままだ。

一目で女性とわかる彼女の姿に、生徒たちも最初驚かなかったわけではない。

「それに私は負けた。お前たちの信奉した『無敵の男剣士クロム』はもうこの世にいないんだよ」

　そう自嘲するクロム。

　これで愛想を尽かしてくれるだろう。そう思う彼女だったが、生徒たちが彼女を見る目は一切変わっていなかった。

「確かに私たちは貴女《あなた》の強さに憧れています、しかしそれだけが理由ではありません」

　ジェラニアがそう彼女の言葉を否定すると、一人の女生徒がそれに同意し声を上げる。

「私の故郷の村は長年魔獣の被害に苦しめられてきました。それを退治し救ってくださったのはクロム様です、その姿に憧れ私は帝国学園に入ったんです」

　その言葉を皮切りに生徒たちは口々にクロムを慕う理由を話しだす。

　ある者は家族を盗賊から救われ、ある者は彼女が飛竜を斬り伏せる姿を見て強く憧れた。強者と戦いたい。その気持ちだけで敵を斬り伏せていたクロム。しかしその行動は結果として多くの人を救っていた。

　自分には強さしかないと思っていた彼女だが、その道は彼女に多くのものを与えていた。今ここに至って彼女はそのことにようやく気づけたのだった。

「負けた、とか性別を偽ってた、とか、そんなことじゃ貴女への憧れは消せやしません。それどころか私は嬉《うれ》しいです、女性でも最強の剣士になれることを貴女は証明してくださったのですから。これから先何があろうと貴女が帝国の英雄だということに変わりはありません」

「……ちっ、バカ弟子どもが一丁前な口を利きやがって」

自分に向けられる羨望と好意の視線。クロムは恥ずかしそうに頭をかく。

弛緩《しかん》する空気、それを壊すように大きな火球がクロムたち目掛けて飛んでくる。

いち早く反応したクロムはその火球を切り裂き、それを放ったリーベを睨みつける。

「……いい度胸してんな」

「失礼、感動的なお話が終わったのかと思い」

全く悪びれる様子のないリーベ。

彼は再び杖に魔力を込め、その先端をクロムに向ける。

「そろそろ夜も明けてしまいますし、片を付けるとしましょう。魔法用意」

彼の指示に従い、第三の眼《サードアイ》の面々は魔力を溜《た》め始める。

今まで放った魔法より桁違いに大きな魔力を感じる。どうやら本当に決着をつけるようだ。

「なに、ルイシャ君なら食らっても死にはしないでしょう。多少の怪我《けが》はするかもしれませんがねぇ……！」

歪《ゆが》んだ笑みを浮かべるリーベ。

絶体絶命の状況。生徒たちの顔に絶望が浮かび、クロムは苛立《いらだ》たしげに舌打ちをする。

……しかし、ある人物の登場により状況は一変することになる。

「――――そこまで。どちらも矛を収めよ」

夜闇に響く、堂々とした声。

その場にいるもの全員が声のした方に視線を移す。すると、

「……馬鹿な、なぜあなたがここに!?」

驚くリーベ。

その人物がここにいるはずがない。しかし彼から出る圧倒的なオーラは彼以外に出すことの出来ないものだった。

その人物はちらとクロムの方に視線を移すと楽しそうに笑う。

「どうやらだいぶ楽しめたようだな。もう帰るぞ」

「……今日は驚くことばかりだ。まさか貴方に助けられる日が来るとは」

「ふっ、お前のそんな驚いた顔を見るのは、お前を拾った日以来かもな。たまには遠出をしてみるものだ」

そう言ってヴィヴラニア帝国皇帝、コバルディウスは楽しげに笑った。

思わぬ人物の登場に困惑する両陣営。

特に第三の眼《サードアイ》のリーベはその人物が本当に皇帝その人なのか懐疑的だった。

「こんな所に皇帝陛下がいらっしゃるなど信じられません。変装、あるいは魔法による幻影といったところでしょうか」

「その割には声が震えているじゃないか、第三の眼《サードアイ》の魔法使い。本当は分かっているんじゃないか？　私がヴィヴラニア帝国皇帝、コバルディウス・アグリシヴィアその人なのだと」

「ぐ……っ」

その人物の放つ、独特の圧《オーラ》に押され、リーベは怯《ひる》む。

それは他の魔法使いたちも同じで、戦力的には優位なはずなのに、なぜか不利な状況になった気になってしまう。

丸腰の男が一人現れただけ、そうと分かっているのに本能が彼に逆らうなと命令してくる。

「か、仮に貴方《あなた》が本物の皇帝陛下だとしても関係ありません。少し眠っていただきその間に事を済ませればよいだけのこと。帝国学園の生徒とクロム殿に手を出さなければ、報復する理由もないはず」

皇帝にルイシャを庇《かば》う理由はない。それが分かっているリーベはなるべく目の前の男を刺激しないよう、言葉を選びながら話す。

リーベの言葉に皇帝は「ふむ」と顎をさするとクロムの方に顔を向ける。

「彼はこう言っているがどう思う？」

「はい陛下、その提案はクソであります」

「わかった、じゃあその提案は却下しよう」

そう短く言い切ると、彼はずんずんとクロムたちの方に歩を進める。

もちろんその途中には第三の眼《サードアイ》の面々がいるわけだが、気にする様子はない。

しかしこのまま黙って通られるわけにはいかない、リーベは意を決すると皇帝の通り道に割り込みその行く手を塞ぐ。

「……ほう、私の道をこうも大胆に塞いで来るとは。勇気と無謀を履き違えているようだ」

「こ、ここを通すわけには……行かない。いくら皇帝《あなた》が相手だろうとこの千載一遇のチャンスを逃すわけにはいかないィッ！　彼は魔法界の希望、我らの明日。不敬が何だ、私は諦めないぞ……ッ！」

「ふん、そこまで入れ込んでいるならこのような手でなく、もっと別の方法を考えればいいものを。向こうから入れさせてくれと懇願してくるようでなければ組織は成長しないぞ？」

「ぐ、簡単に言う……！」

「簡単には言ってないさ。現に私はそうしてきた、そしてこれからも、な」

ポンとリーベの肩に手を置き退かせると、皇帝は再び歩き出しルイシャたちの所へ辿《たど》り着く。

「帰るぞ」

その頼もしい言葉にクロムと生徒たちは力強く頷く。

一方ルイシャは本当に自分も一緒に帰っていいのかとあたふたする。

「えっと……僕もご一緒していい感じなのでしょうか？」

「一人増えたところで変わらんよ。それに……随分ウチの者が世話になったようだからな。前よりもいい風貌《かお》をするようになった、君のおかげだ」

「は、はあ」

ルイシャを加えた皇帝一行は堂々と帰宅を始める。

第三の眼《サードアイ》の面々はそれを黙って見守ることしか出来なかったが、リーベただ一人はやはり納得出来ずその行く手を塞ぐ。

「やはり……やはり黙って見ていることなど出来ないッ！　私一人が後で処刑されることになったとしても……その少年だけは頂いていく！」

ギラギラした眼《め》で言い放つ。

その意志は固く、とても言葉だけでは引き下がりそうにはない。しかし皇帝はここに至っても冷静さを崩していなかった。

「それ以上近づかない方が良い。君も今死にたくはないだろう」

「……どういうことですか」

「本当に私がこんな夜中に一人で歩いているとでも思ったのか？　いるのだよ、とびきりの護衛がね」

「そんなもの何処《どこ》にも……!?」

辺りを見渡すが、土と岩しか見当たらない。

魔力探知を試みるも少なくとも近くには魔力は感じ取れなかった。

「見えないのは当然、彼らの名前は……そう、『帝国特務暗殺者《エンパイアエッジ》』。姿を完全に消すことの出来る暗殺集団だ。私に少しでも触れれば、彼らの刃は即座に君の首を切り落とすだろう」

そんなの嘘《うそ》だ。

喉まで出かかったその言葉をリーベは呑《の》み込む。この皇帝ならばそのような護衛がいてもおかしくない。そもそも皇帝は部下を助けるため単身乗り込むような人物ではないはずだ。護衛がいた方がむしろ自然。リーベはそう考えた。

「分かり……ました。今日は退《ひ》くとしましょう」

断腸の思いで道を明け渡すリーベ。

目の前を通り、過ぎ去っていくルイシャの背中に彼は言葉を投げかける。

「断言しよう、いずれ必ず君は我々のもとに来る。魔導の道を進むのであれば我々の道は必ずまた交差する。その時は総帥も含めてゆっくりお話しようじゃないか」

「……次は落ち着いてお話が出来ることを期待しますよ」

ルイシャの言葉に、返事は返ってこなかった。

こうして一行は無事誰一人欠けることなく街に戻るのだった。

◇　◇　◇

翌朝。

王都に帰るのは次の日なのでこの日は各々自由に過ごして良い日だった。

休んでも観光しても自由。となればクラスメイトたちはみな我先にと街へ飛び出していく。

その元気さは激闘を終えたばかりとはとても思えなかった。

しかしそんな元気な生徒たちの中に一人だけヤケに疲れ果てた様子の生徒がいた。

「ぜえ……ぜえ……しんど……ぃ」

つらそうな顔で足を引きずりながら歩いているのはルイシャだった。体力には自信のある彼だが、魔竜モードの体の負荷は凄《すさ》まじく、数時間寝ただけではとても回復しなかった。

そんな彼の姿を見て一緒に街に出ていたシャロは心配そうに尋ねる。

「大丈夫？　そんなにダメージが残ってるんだったら宿に戻った方がいいんじゃない？」

「あ、ありがとう、でも大丈夫。セントリアに来られる機会なんて滅多にないんだから遊び倒さないとね」

「ルイが大丈夫って言うならいいけど……あ、そうだ。しょうがないから私がルイを支えてあげるわ！　ふふん、名案ね！」

そう言ってルイシャの右腕に自身の両腕をぎゅっと回す。

当然そのように摑《つか》まれればルイシャの腕はシャロのやわらかな胸に包まれることになる。

「ちょ、ちょっと、当たってるよ!?」

「当ててんのよ、察しなさい」

顔を赤くしながらもシャロは押し付けた胸を離そうとしない。

するとその光景を見たアイリスもシャロ同様にルイシャの左腕をぎゅっと摑み、その大きな胸に押しつける。

「シャロ、それは私の役目です。なのでここは私に任せてあなたは安心して遊んできてください。もちろん一人で」

「アイリスこそたまには羽を伸ばして来た方がいいんじゃないの？　遠慮しないでとっととその腕を離しなさい……！」

ルイシャを挟んで火花をバチバチ散らす二人。

何回も見た光景にルイシャは「はあ」とため息を漏らすのだった。

◇　◇　◇

夜。

たくさん遊んだルイシャは宿舎の自分の部屋にいた。

一日あったのですっかり体は元気になり、窓を開け夜風を浴びながら何もない時間を満喫していた。

「ふう……今回の旅も色々あったなあ」

セントリアに来てからのことをルイシャは思い返す。

魔空艇に乗り、若き獣牙《リトルタスク》の生徒と会い、剣王クロムに会い、チシャを襲った学生に報復し、邪魔してきた帝国学園の生徒を退けたと思ったら剣王クロムと戦うことになった。

「だいぶ端折《はしょ》ったけどそれでも色々やりすぎだね。こんなに濃い旅になるなんて……」

「でも楽しかっただろ?」

「まぁそれはそうだけど……ってええ!? 誰っ!?」

独り言に乱入する誰かの声。

驚き声のする方を見てみると、そこにはなんと窓から部屋に入ってくる剣王クロムの姿があった。

「お邪魔するよ」

「は、はあ」

突然の出来事に呆然《ぼうぜん》とするルイシャ。

クロムはそんな彼にお構いなく部屋に入る。

「いったいどうしたんですかクロムさん。特に約束とかしてませんでしたよね？」

「昨日はお互い疲れ果ててたからなあなあで別れてしまったからね。帝国《くに》に帰る前にちゃんと一回話しておこうと思ってね」

「なるほど。そういうことでしたらどうぞ」

ルイシャに促され、クロムは部屋に備え付けられていた椅子に腰掛ける。

最強と呼ばれる剣士が自分の部屋にいる。ルイシャはなんとも奇妙な感覚を覚えた。

「まずは……すまない。私の我儘《わがまま》に付き合わせ、君を傷つけた挙句危険な目にまで遭《あ》わせてしまった」

そう言って彼女は深々と頭を下げる。

まさか素直に謝罪されると思っていなかったルイシャは驚く。

「ちょ、頭なんて下げないで大丈夫ですよ！」

「いや、こうでもしないと気が済まない！　ええい離せ！」

「ちょ、だからやめてくだ……って力が強いっ！」

痛む体を無理やり動かし、それを止めるルイシャ。

そこまで言うなら……とクロムが大人しくなる頃には肩で息をするほど疲れてしまった。

「ぜえ、ぜえ……正直意外、です。クロムさんがこんな人だったなんて」

ルイシャの中の彼女のイメージは戦いに飢えた戦士《バーサーカー》。とても人に謝るタイプには見えなかった。

そんなルイシャの問いにクロムは真剣な表情で答える。

「……変わったのかもな。私は今まで自分には戦いしかないと思っていた。でも今回の一件でそうではないことを知った」

一人で闇を進んでいたはずが、彼女の後ろに出来た道にたくさんの人が歩いていた。

ルイシャに敗れ、生徒に救われたことで初めて彼女は立ち止まり、振り向き、それに気づくことが出来た。

「君に負け、驕《おご》りがなくなったのも大きいだろう。最強の剣士だと持て囃《はや》され、天狗《てんぐ》になっていた。私なんてちょっと頑丈なだけのただのヒト族だというのに」

「……ちょっとではないと思いますけどね」

ルイシャはそう突っ込みを入れるが、クロムはそれを華麗にスルーする。

「ともかく、今回は申し訳なかった。そして……ありがとう。君との戦いはとても楽しく、痺《しび》れるように刺激的で、とろけるように甘く、忘れられないほど感動的だった」

「そう……ですね」

ルイシャは彼女との戦いを思い出す。

痛く苦しい戦いだったが、その戦いの中に確かにルイシャは楽しさを見出《みいだ》していた。

鍛え上げた力を存分に振るう喜び。それは使い方次第では危険なものだが、使用法を間違わなければ心を豊かにすると彼は感じた。

「よく聞けルイシャ。私はもっと強くなるぞ。お前との戦いで得た経験を存分に活《い》かし、もっともっと鍛えてお前より強くなる。だからルイシャ、お前もサボるんじゃないぞ。次会った時弱くなっていたら承知しないからな？」

「はい。その時はまた全力で戦いましょう」

ルイシャの返事に満足したように頷《うなず》くと、戦っている時の彼女からは想像つかない魅力的な笑みを浮かべるのだった。

「……じゃ、堅苦しい話はこれくらいにするか」

「へ？」

もうお開きの流れかと思ったが、急に仕切り直されルイシャは困惑する。

しかし彼女はそんなことは気にも止めず話を進める。

「なあ、私を見てなにか変わったと思うところはないか？」

「変わったところって……えと、なんていうか普通の女性らしくなりましたよね」

「ふふ、そうだろ？」

今までさらしで押さえていた胸は解放され、帽子の中に隠されていた長い髪も今は下ろしている。

表情も柔らかくなったせいで、最初の刺々《とげとげ》しい彼女からガラッと変わり大人の女性の魅力を感じる見た目になっていた。

「これもお前のおかげだ。もう私は女を隠すことをやめた、私を女だと侮る奴《やつ》がいても構わない。だって私には君という全力をぶつけられる相手が出来たのだからな」

「なるほど、そういうことでしたか」

納得するルイシャ、そんな彼にクロムは頬を赤らめながら驚くべきことを言う。

「だからルイシャ、貰《もら》ってほしいんだ君に。私の女としての……初めてを」

「え、ええっ⁉」

予想だにしなかったその申し出に、ルイシャは大声で驚く。

一方クロムはルイシャの動揺を一切気にせずするすると服を脱ぎ始める。

露《あら》わになる双丘、つややかで張りのある肌。思わずルイシャは目を手で覆う。

「ちょ、何してるんですか⁉」

「目を塞がないで見てほしいものだ。せっかく頑張っているのだから」

ぐい、と目を塞ぐ手を力ずくで外される。

ルイシャの目に飛び込んで来る。鍛え抜かれた美しい体だった。引き締まり磨き抜かれたその体は芸術的にも感じられる。まるで彫刻かのように整った肉体の中心にあるのは見るだけでやわらかいことが分かる胸。

そのコントラストにルイシャは見惚《みと》れる。

「お、おい。見ろとは言ったがそんなにジロジロと見られると流石《さすが》に恥ずかしいぞ……」

「す、すみませんっ」

慌てて目を逸《そ》らすルイシャ。

二人の間に流れる気恥ずかしい空気。それに耐えられなくなったクロムは口を開く。

「す、すまないなこんな見苦しいものを見せて。忘れてくれ」

そう言って服を着ようとする。その目に小さな光るものを見たルイシャは、彼女のことを反射的に押し倒す。

「きゃ！」

突然のことに可愛《かわい》らしい声を上げて倒れるクロム。

混乱し、そこから抜け出そうとするが、ルイシャにがっちりと腕をつかまれ動けなくなっていた。

「ごめんなさい、恥をかかせてしまって」

「ど、どうしたルイシャ。顔が怖いぞ」

押さえ込まれ、されるがままの体勢。こんな風に扱われるのは初めてだった。

屈辱的なはずなのに胸がドキドキと高鳴り高揚する。初めての感覚だった。

「クロムさんは十分に魅力的な女性ですよ。僕が保証します」

「そ、そうか。ありがとう、光栄だよ」

目を泳がせながらクロムは答える。

そうしている間にもルイシャの顔はすぐ近くまで迫ってきていた。

顔が燃えるように熱くなり、心臓が爆発するほど強く跳ねる。戦いのときに感じるそれとは違った種類の高揚感にクロムは溺れていた。

「こっちを見てもらってもいいですか？」

「ひゃ、ひゃい……」

すっかり抵抗する力をなくした彼女は、言われるままルイシャと目を合わせて……唇を奪われた。

部屋に響く水音。しばらく続いたそれが終わった時、クロムの目はすっかり蕩《とろ》けていた。

「しゅ、しゅごい……」

体から力が抜けきり、放心状態で横たわるクロム。

ルイシャはそんな彼女の体を起こし、自分のもとに抱き寄せる。

「なるべく優しくしますね」

「は、はい……♡」

重なり合う鍛え上げられた二つの体。

二人は前日と同じように、激しくお互いの体をぶつけ合うのだった。

◇　◇　◇

激闘明けて朝。

ベッドの上のクロムはまるで大きな戦闘を終えたかのごとく、疲れた様子でぐったりと寝そべっていた。

「こ、こんなに凄《すご》いとは……」

放心したようにクロムは呟《つぶや》く。

一方ルイシャはというと疲れていない訳ではないが意外と元気そうであった。

「大丈夫ですか？」

「ふふ、あんなに私をめちゃくちゃにしておいて『大丈夫か』と聞くか。お前も中々鬼畜だな」

「す、すみません。つい……」

「いいさ。そうするように私も頼んだからな。だがお前のせいで私は屈服する悦《よろこ》びを知ってしまった。この責任は取ってもらうぞ？」

意地悪そうな笑みを浮かべてそう言う彼女に、ルイシャはドキリと胸が跳ねた。何人も素敵な女性を見てきた彼だが、そんな彼女たちに引けを取らないほどクロムは魅力的な女性に見えた。

「よく鍛えられた私好みのいい体だ」

ルイシャの体を指先でつつ、となぞりながら彼女は言う。そしてその体を労《いたわ》るように右胸部分へ優しく口づけをする。

そして照れたように顔を離すと、今度はルイシャの唇にキスをする。

「くく、我ながらなんとも恥ずかしい行為だ。これではそこらの村娘と変わらんな。だが……存外、悪くないものだな」

そう言って楽しそうに笑った彼女は、ルイシャの頭を抱き寄せ、自分の胸に埋《うず》める。

顔面全部がやわらかいそれで塞がれてしまったルイシャは急いで顔を上に向け、呼吸を確保しようとする。

「ぐ、むむ……ぷは。いったいどうしたんですか？」

「なあルイシャ、やっぱり私と一緒に帝国に来ないか？」

冗談には聞こえない、本気のトーンでクロムは尋ねてくる。

彼女の本気を感じたルイシャはすぐに断ることはせず、その話をしっかりと聞く。

「私と来てくれたら君の望む物をなんでも用意しよう。金なら無駄にある、いくらでも使ってくれて構わない。私のサポートをしろとは言わない、無理に戦ってくれとも言わない。……ただそばに居てくれるだけでいいんだ。どうかな？」

戦っていた時の彼女の姿からは想像もつかない、弱々しく儚《はかな》い表情。

彼女に着いていけば、悠々自適な生活を送ることが出来るだろう。その暮らしに惹《ひ》かれないと言ったら嘘《うそ》になる。だが、

「……とても魅力的な提案ですが、今はお受けすることが出来ません。僕にはやらなきゃいけないことがあるんです」

毅《き》然《ぜん》とした態度で断る。

クロムは目を伏せ、少し悲しげな顔をしたあと、納得したような表情を作り「そうか、わかった」とそれを了承する。

「『今は』無理だと言ってもらえただけで十分だ。君のやらなきゃいけないこととやらが無事に終わった後またアタックさせていただこう」

「ありがとうございます。よいお返事が出来るかは分かりませんがお待ちしています」

二人はお互いの顔を見合って笑い合う。

出会って日の浅い二人だが、死闘を繰り広げ、体を重ね合わせる内に確かな絆《きずな》が芽生えていた。

「そうだ、ルイシャは今は何か欲しいものはないか？」

「へ？　どうしたんですか急に」

「いや一緒に来てくれないのだったらせめて何か贈ろうと思ってね。それがあれば離れ離れになっても私のことを思い出せるだろう？　私はこう見えてお金持ちだからな、なんでも言ってみるといい」

帝国最強の剣士である彼女には、寝ていてもお金が集まる。

しかし戦うことにしか興味のない彼女はその有り余るお金を持て余していた。

「うーん……そんなこと言われても特に欲しい物は思いつきませんね」

「無欲だな君は。ふむ、私も色々贈られることは多いが贈ったことはないからどういうものがいいのかは分からないな……」

頭を捻《ひね》り、クロムは思案する。

自分が贈れる一番いい物。数分ほど考え込んだ後、彼女は一ついいものを思いつく。

「そうだ、あれならきっと君も喜ぶぞ！」

名案を思いついたクロムはルイシャにその素晴らしいプレゼントの名を教える。

そのあまりに予想外な代物に、聞いたルイシャは驚愕《きょうがく》する。

「えぇっ！　そんな物貰って大丈夫なんですか!?」

「まあ私は滅多に使わないし大丈夫だろう。陛下に小言を言われることはあるかもしれないが……まあいつものことだから構わない」

「いやそれってやばいんじゃ……」

「嬉《うれ》しくない、か？」

上目遣いで可愛い感じで尋ねられ、ルイシャは「ゔ」と言葉に詰まる。

そしてしばし悩んだのち、結論を出す。

「嬉しい……です」

「よし、決定だな！　楽しみにしてろよ！」

本当に貰ってしまっていいのだろうか……？

そう不安に思いながらも、ルイシャはそれを貰えることにワクワクしてしまうのだった。

◇　◇　◇

「うわ、めちゃくちゃかっこいいなコレ……」

目の前に鎮座するそれを見たヴォルフはそう感嘆の声を漏らす。

他のクラスメイトたちもそれを見てみんな感動している。それ程までにそれのデザイン

は洗練されており、見るものの心を惹きつけた。

そんな彼らに対し、クロムはドヤ顔でそれの説明をする。

「これこそが帝国の持ちうる技術の粋を結集して作った、最新鋭高機動中型魔空艇『空の女帝《ブルーエンプレス》』だ！」

流線形をしたその魔空艇は鮮やかな青色を基調とし、所々に金で装飾が施されていた。

機能性と荘厳さを兼ね備えたその見た目は、空の女帝を名乗るに相応《ふさわ》しい《格》のようなものを見るものに感じさせた。

その明らかに滅茶苦茶《めちゃくちゃ》高そうな魔空艇を見て、ルイシャは冷や汗を浮かべながらクロムに尋ねる。

「あ、あの。本当にこれを僕に……？」

「ああ、その通りだとも。私たちの愛の証《あかし》に、この魔空艇を君に譲ろう。なに遠慮することはない。帝国にはまだまだたくさんの魔空艇があるからね、一個くらい無くなっても大丈夫だろう。たぶん」

「いや絶対まずいでしょ！　もっと小型のやつかと思ったら二十人くらいは乗れる大きさじゃないですかあれ！」

ルイシャたちが乗ってきた百人規模で乗れる超大型の魔空艇と比べたらずっと小さいが、それでも数人しか乗れない小型の魔空艇よりはずっと大きい。とても一般市民が個人所有出来るものではない。

「ちっちっち、大きさだけじゃないぞ。この魔空艇には最新式の魔導エンジンを搭載している。大型の魔空艇をも動かせるパワーと燃費の良さ、そして常識はずれの軽量化に成功した画期的な代物だ。そんじょそこらの魔空艇とは性能が違う」

「いやだからそんなやばい物をポンと渡さないでくださいよ！」

ぎゃあぎゃあと騒ぐ一同。

そんな中、ゆっくりと一同に近づいてくる影があった。

「全く、朝から騒がしい。少しは静かにしろ」

悠然と歩いてきたのは皇帝コバルディウスであった。

彼の顔を見た、ユーリに緊張が走る。

「おはようございます陛下」

「ああ、ウチの者が迷惑かけてすまんな」

「い、いえ。迷惑なんてそんな」

冷血漢として名高い皇帝に謝罪を受けたことに戸惑うユーリ。

皇帝はそんな彼を気にも留めずクロムに近づいていく。

「なんだこの書き置きは、説明しろクロム」

朝目が覚めた皇帝が目にしたのは机に置いてあった書き置きだった。

クロムの直筆で書かれたその書き置きには『ルイシャに魔空艇をあげるからよろしく！（意訳）』と書かれており、皇帝はその真意を確かめるべくわざわざ足を運んだのだった。

「そのまんまの意味ですよ陛下。せっかく下賜していただいたのに申し訳ないのですが、私にとってこれは無用の長物、この少年に渡した方が役立ててくれると思います」

「いや、たとえそうだとしても他国の者に帝国の技術を見られるのは……」

皇帝が至極真っ当な意見を言うが、クロムは折れなかった。

素早く皇帝に近づいた彼女は耳打ちをする。

「こっちも好かれる為《ため》に必死なんだ、黙って首を縦に振らないと転職するぞ」

「え、こっわ……。少年のご機嫌取りのために離反される皇帝って私が最初じゃない……？」

流石《さすが》に離反されると困るので、皇帝はそれを渋々了承する。

そうこう話している内に帝国学園の生徒もやって来て、その首席であるジェラニアがルイシャに話しかける。

「行くんだな」

「はい、この前は助けていただきありがとうございました」

第三の眼《サードアイ》の件で助けてもらったことに礼を言えていなかったルイシャはぺこりと頭を下げる。その件を知らないクラスメイトたちは首を傾《かし》げるが、シリアスな空気を察し口を挟むことはしなかった。

「礼なんてよしてくれ。私たちが君たちにやったことと比べたら、あんなの贖罪《しょくざい》にもならない。当然のことをしたまでだ」

帝国学園の生徒たちは、ルイシャとクロムの戦いを途中から遠くで見ていた。

この世界でもトップクラスの戦闘を見て、彼らは自分のプライドが如何《いか》にちっぽけで下らないものなのかを理解したのだった。

初心を思い出し一から訓練し直しだと決めた彼らの目は前よりずっと強く頼もしいものになっていた。

「クロム様のことも感謝している。君と戦ってからクロム様はよく笑うようになった。前の厳格なクロム様も素敵だが、今のお姉さま……じゃなくてクロム様もとても素敵だ」

「今お姉さまって言いませんでした？」

頬を赤らめるジェラニア。どうやら彼女も新しい扉を開いてしまったようだった。

「おーい！　そろそろ入ろうぜ！」

出発の時が訪れ、クラスメイトたちはぞろぞろと魔空艇の中に入っていく。帰りも商国の魔空艇で帰る予定ではあったが、急遽《きゅうきょ》それをキャンセルしみんなで空の女帝で帰ることになったのだ。

「さて、お別れだな」

爽やかに、だがどこか寂しげにクロムが切り出す。

出会ってほんの数日。しかし二人の間には確かに絆が生まれていた。拳による対話はどんなに言葉を尽くしても伝えきれないことですら相手に伝えることが出来る。

「なあルイシャ、次会うまでに私はもっと強くなる。そしてもっともっと魅力的になってお前を惚《ほ》れさせてやるからな。覚悟しておけよ」

「それは……とても手強《てごわ》そうですね。僕も見限られないよう努力します」

「ふ、少年《ガキ》が大口叩《たた》きやがって。だが楽しみにしてるぞ」

固く握手をする二人。

そんな時、クロムはこちらを怪訝《けげん》な顔で見ている二人の少女を見つける。

当然その二人とはシャロとアイリスだ。突然女の姿で現れたクロムと、やけに親しい様子で話すルイシャを見て、二人は嫌な予感をひしひしと感じていた。

それを見て「ははあ」と全てを察したクロムは笑みを浮かべる。

彼女は握った手をぐいっと引くと、二人に見せつけるかのようにしてルイシャの唇を大胆に奪う。

「「なっ……!!」」

啞然《あぜん》とする二人と驚き硬直するルイシャを余所《よそ》に、クロムは恋人と別れるのを惜しむかの如《ごと》く情熱的なキスをすると、ゆっくりとそれを離す。

「これで少しは忘れないだろう？　君も、彼女たちも、ね」

そう言って楽しそうに笑うと、クロムはその場からジャンプし高速でいなくなる。

嵐のように去っていく彼女を見て、ルイシャは「敵《かな》わないな」と呟《つぶや》く。

さて、と魔空艇に乗り込もうとするが、その行く手を二人の鬼が塞ぐ。

「あ」

その存在をすっかり失念していたルイシャの額にドッと汗が噴き出す。

「ル～イ～シャ～!?　いったいどういうことか説明してもらおうかしら!?」

「シャロ、まずはルイシャ様を魔空艇に乗せましょう。そうすればもう逃げられません」

「は、ははは。お手柔らかに……」

引き攣《つ》った笑みを浮かべながら懇願するルイシャの言葉を、二人の乙女は笑顔で却下するのだった。

◇　◇　◇

空を切り裂くようにして走る、魔空艇『空の女帝』。

来る時に乗って来た魔空艇の倍近いスピードが出ており、中にいる生徒たちは楽しそうに窓から外を眺めていた。

「にしてもお前が魔空艇を操縦出来るなんてな。意外だぜ」

「ま、まだまだ素人に毛が生えた程度っすけどね～。小さい時から車の運転や馬術を習っていたんでその経験を生かしてるだけっすよ」

ヴォルフの言葉にそう答えたのは、ユーリのお付きであるイブキであった。

手慣れた様子で操舵輪《そうだりん》を握り、空の女帝で雲の中を気持ちよく突っ切っていた。

「なあ、後で操縦を教えてくれよ。俺も操縦出来るようになって大将の役に立ちてえんだ」

「もちろんいいっすよ。この船はルイっちの物っすから身近に操縦出来る人がいた方がいいっすからね」

「よっしゃ！　サンキューなイブキ、恩に着るぜ」

操縦を教えてもらう約束を取り付けたヴォルフはイブキの操縦技術をしっかりと観察し始める。

しばらくそうしていると、二人のもとにユーリが近づいてくる。

「やあ、どうだい操作感は。見たところ快適そうだけど」

「これ凄《すご》いっすよ王子。上下左右自由自在に動き回れてスピードもケタ違い。これと比べたら王国がこっそり所有している型落ち品なんかオモチャみたいなものっすよ」

「さっきエンジン部を見てきたが、造りが根本から違っていたよ。やはり帝国の技術は何歩も先を行っているね」

魔空艇の技術を見る目的もあった今回の大会。現物を手に入れることが出来たのは王国にとってかなりプラスの出来事なのだが、そのあまりの技術格差にユーリはショックを受けていた。

「あんま思い詰めない方がいいっすよ王子。皇帝と剣王を見た感じ、今すぐ戦争を起こそうって感じじゃなかったじゃないっすか」

「……そうだな、焦っても仕方ないか。今やれることを一つ一つ頑張ろう」

そう気を取り直したユーリは、ある人物がいないことに気づく。

「ん？　そう言えばルイシャはどうした？　あいつだったら魔空艇の操縦にも興味がありそうなもんだが……」

「あー、そのことなんだが……」

しばしの沈黙のあと、ヴォルフは言いづらそうに口を開く。

「大将はお仕置き部屋だ……」

「ｏｈ……」

色々と察したユーリは顔を手で覆うのだった。

◇　◇　◇

空の女帝《ブルーエンプレス》内のとある個室。

一人用に作られたその部屋はあまり広くはない。一人で過ごす分には十分なスペースだが、二人も入れれば結構狭く感じてしまうだろう。

そんな部屋に今、三人の人物がいた。

「さて、どういうことか説明してもらおうかしら」

「は、はは……」

苦笑いを浮かべるルイシャ。

今彼はシャロとアイリス両方に壁ドンをされている形になっている。

二人から体を押し付けられ身動きを取ることも出来ない。二人のやわらかいそれがぎゅむりと当たり、幸せな感触がするのだが明らかに怒っている二人の顔が近くにあるので素直に喜べない状態だった。

「言い訳があるなら聞くわ、本当に納得させてくれるならね」

「ルイシャ様、私は非常に残念です。本当はこのようなことはしたくないのですがしょうがないですよね？　キチンと反省していただかないとまた何処《どこ》その馬の骨を手込めにしてしまうのでしょうから」

圧。強い圧を間近に感じルイシャは冷や汗をだらだら流す。

その間も二人の甘くていい匂いが鼻腔《びこう》をくすぐり、脳が勝手に高揚してしまう。しかし今二人に手を出すわけにもいかない。

ルイシャは必死に理性で本能を抑え込む。

「ご、ごめん二人とも。もうしないから一旦離れてもらえないかな……？」

ルイシャは必死に懇願するが、二人は離れるどころか更に体を密着させてくる。

二人の大きな胸がルイシャの体に当たり、その形を変える。そのあまりにも気持ちいい感触にルイシャは理性の糸がチリチリと音を立てて焼き切れていくのを感じる。

「ちょ、はなれ……」

「嫌よ。だってまた離れたらどっかで誰かを引っ掛けてくるんでしょ？　アイリスのことは……まぁもう許したけど、これ以上増えたらたまったもんじゃないわ。だから話し合って決めたの、これ以上悪い虫をくっつけて帰ってこない方法を。ね、アイリス」

「はい。私は考えました。なぜルイシャ様は私たちがいるにもかかわらず他の女性に目移りしてしまうのかを。考え抜いた末、私は一つの答えに辿《たど》り着きました。……それは私たちがルイシャ様を満足させてあげられていないから、です」

「いやそれは」

違う、と言おうとするがアイリスはその言葉を遮るかのように話し出す。

「ルイシャ様の獣欲を鎮められていないのは私たちの責任です。……なのでこれからは徹底的に絞らせていただくことにいたしました。他の女性に目が向かないよう、徹底的に」

そう語るアイリスの目は真剣《マジ》だった。

使命感すら感じるその眼差《まなざ》しにルイシャは怯《ひる》む。

「いやだから僕は大丈夫だって……」

「それが信用ならないって言ってんのよ。あんたにその気がなくてもまた流されるかもしれないでしょ。だからそんなことが起きないように精も根も尽き果てさせてあげる。ついでに私たちの匂いも付けておけば悪い女も寄《む》ってこないでしょ」

そう言ってシャロは自分の匂いを移すようにその体をルイシャにこすりつける。それと同時にアイリスも体を押しつけルイシャの劣情を誘う。

「ちょ、二人とももう限界だからやめ……」

残る理性を総動員させ耐えようとするルイシャだが、二人の怒濤《どとう》の攻めに理性のダムは決壊寸前だった。

しかし必死の説得虚《むな》しく、二人の攻めはどんどん過剰になっていく。

「安心しなさい、あんたがもう頑張って耐えなくてもいいようにしっかり調教してあげるから……♡」

「はい。申し訳ありませんがしばらく寝られるとは思わないでくださいね……♡」

「ひっ、ゆるし……」

結局王都に着く前の日の夕方までルイシャの姿は船内で見られず、下船する時に何人かがカサカサのミイラみたいになった彼の姿を目撃しただけだった。

「「だめ（です）♪」」

◇　◇　◇

王都に戻り一週間の時が経《た》ち、ルイシャたちはそれぞれの日常に戻っていた。

天下一学園祭に優勝したことで少し有名になった彼らは王都内で話しかけられることが増えたが、それも最初の数日間だけ、一週間もすると元の日常に戻っていった。

平穏な暮らしに戻ったルイシャは放課後、寮の裏にある開けた場所で新しい趣味に身を投じていた。

「よいしょ、よいしょ、うん。これくらいでいいかな」

耕された土地を見て、ルイシャは満足そうに頷《うなず》く。

額に浮かんだ大粒の汗を拭おうとすると、すかさず横にアイリスがシュバッとやって来て汗を拭いてくれる。

「お疲れ様です、汗をお拭きいたします。熱中症になられては危険なので水分を摂《と》ってください」

冷たい水の入った瓶をぐいっと押しつけられ、ルイシャはそれを貰い一気に飲み干す。火照《ほて》った体に冷たい水が吸い込まれていき、体が喜ぶのを実感する。

「ふう、ありがとうアイリス」

礼を言い瓶を返す。

するとそんな二人から少し離れた場所でルイシャが飼っている巨大な鳥、ワイズパロットのパロムが興味深そうに畑を眺め、クチバシで突《つつ》こうとしていた。

「あ！　ダメだよ突いちゃ！」

「くえっ？」

呼び止められてパロムは動きを止める。

寮生のアイドルと化しているパロムはよく話しかけられるので、前よりも更に人間の言葉を深く理解出来るようになっていた。

「いいパロム、この中には種が埋まっているんだ。土を掘り返しちゃったら育たなくなっちゃうからやっちゃダメだよ」

「クエッ」

了解、みたいな感じの鳴き声で返事するパロム。

それを見てルイシャは満足そうに頷く。

「早く育つといいな。パロムも世話をするの手伝ってね」

ルイシャのお願いにパロムは元気よく肯定の鳴き声をあげる。

仲良さそうにじゃれあう一人と一匹に近づきながらアイリスはルイシャに尋ねてくる。

「ルイシャ様、気になっていたのですがそれは何の種なのですか？」

「そういえば言ってなかったね。この種はクロムさんに貰ったんだ、なんの種かは『育ってからのお楽しみ』だって教えてくれなかったけど……ってめっちゃ嫌そうな顔するじゃん！」

「してません」

言葉では否定しているがクロムの名前を聞いた途端アイリスは露骨に嫌そうな顔をした。

帰ってから数日間、アイリスはルイシャにベッタリだった。最近ようやく落ち着いたかと思ったが、やはりまだクロムに対し良くない感情を持っているようだ。

「あの女が渡した物だったんですね……この畑、焼き尽くすべきか……」

「ちょっと落ち着いて！　種に罪はないから！」

ルイシャの必死の説得の甲斐《かい》あり唐突な焼畑は中止される。

「はあ、アイリスって普段はまともなのに変なスイッチが入ると暴走するよね」

「……誰のせいだと思っているのですか全く。それより終わったのでしたらお体を綺麗《きれい》にいたしましょう、土だらけじゃありませんか」

土で汚れた制服を手で払うと、アイリスはガッチリとルイシャの腕を摑《つか》み引っ張る。

「一人で大丈夫だって、大浴場で綺麗にするから」

魔法学園には生徒なら誰でも使える大浴場が寮に併設されている。

寮住みの生徒のほとんどはそこを使っているのだが、中には例外もいる。

「いいじゃないですか部屋のお風呂で。せっかくお風呂つきの部屋になったのですから」

ほとんどの寮生の部屋には風呂は付いていない。

しかし一部の生徒、具体的には成績優秀者のみがいるAクラスとルイシャたちの在籍するZクラスの生徒のみは風呂つきの部屋を選択することが出来る。

もちろん狭くて大浴場のように広々とは使えないが、機能はしっかりとしておりルイシャもよく使っている。

「部屋のお風呂もいいけどさ……今そっちに入ったら、アイリスも一緒に入ってくるでしょ？」

「当然です、ルイシャ様のお体を洗うのも私の大事な業務の一つですから」

それがなにか。とでも言いたげな表情でアイリスは言い放つ。

その堂々たる態度にルイシャはため息をつく。

「自分で洗えるって言ってるじゃないかいつも。恥ずかしいからやめてよ」

「しかしこの前は大変喜ばれてらっしゃったじゃないですか。あんなに顔を赤くし大きな声を出されて……」

「ちょっとそんな話を外でしないでよ！」

ぎゃいぎゃい騒ぎながら歩き出す二人。

そんな二人を見てパロムは（相変わらず仲良いなあ）と思うのだった。

エピローグ ―◆― 神選者

永世中立国セントリア。キタリカ大陸の中央部に位置するその国には、東西南北にそれぞれに大きな街道が延びている。

北に通じる道をまっすぐ行くと魔族領に、東に延びる道は商国ブルム及びエクサドル王国に、西に延びる道はヴィヴラニア帝国にそれぞれ通じている。

そして南に延びる道は法王国アルテミシアや太陽の国セントールに通じているのだが、その道で事件が起きていた。

「この狼藉《ろうぜき》……このお方がセントール第一王子、ムンフ・モンマハド様と知ってのことか！」

槍《やり》を構えた兵士は眼前に立つ男に向かいそう叫ぶ。

兵士の後ろには馬車が倒れており、その近くには浅黒い肌の男、ムンフというセントールの王子が立っていた。

天下一学園祭が終わり、セントリアから自国に帰る最中、王子の乗る馬車は何者かに襲われた。ちなみにセントールの学生はまだセントリアに残っている。やることの多いムンフは腕利きの兵士数名を連れ、先に国に帰ろうとしていたのだ。

そこを襲撃したということは、狙いが王子であることになる。

「答えろっ！　貴様の狙いは王子なのか！」

兵士の握る槍にも力が入る。

しかしそんな彼とは対照的に、襲撃者はリラックスした様子だった。頭部に角を生やした獣人のその男は黒いスーツに身を包んでおり、頭にはシルクハットを被《かぶ》っている。

その人物はゆっくりと槍を構える兵士に近づきながら口を開く。

「ええ、私はそこの王子に用があるのです。少し用がありましてね」

「……やはりそうだったか。何者だ！　名を名乗れ！」

「ふむ。名乗る義理はないのですが……まあいいでしょう。私は神選者《ノア》のレギオン。この度は邪教徒の粛清に参りました」

邪教徒、その言葉を聞いた兵士は血の気が引き、顔が青くなる。

その反応を見たレギオンは、にぃと笑みを浮かべる。

「どうやら心当たりがあるようですね。一般市民でしたら見逃してもいいですが……流石《さすが》に一国の王子が手を出してしまったら介入しなくてはいけません。邪教などに目移りしなければ幸せに暮らせたものを。実にもったいない」

レギオンはやれやれ、といった感じで首を横に振る。

すると今まで兵士の後ろにいた王子、ムンフが兵士より前に進み出てくる。当然兵士は止めようとするが、王子は「よい」とそれを下げさせた。

彼は堂々とした態度でレギオンに目を向けると、口を開く。

「いつか創世教に目をつけられるとは思っていたが、思っていたよりも早かったな」

「我々はどこにでもいます。数こそ絶対の正義。ゆえに我々は正しく、そして絶対なのです」

「ふん、私からしたらお前らの方こそ邪教徒だ。私は知っている、巨神様が創りたもうたこの世界、それを奪ったのが貴様らの神だということをな。そんな悪神を信仰することなど出来るものか！」

「我らが主《しゅ》を悪神呼ばわりとは……実に罪深い。やはり旧神教は根絶やしにするべきですね」

「その名で呼ぶな！　我らは誉ある巨神教徒！　貴様らの弾圧に屈したりなどしないっ！」

叫ぶと同時に王子ムンフは駆け出す。

彼の故郷セントール王国は「武と舞」の国。王族である彼も幼少期からセントールの伝統武術『テンラム』を習っている。

ダンスと武術を融合したその技は独特の動きをしており、並の戦士ではその動きを捉えることすら出来ない。

「テンラム奥義、太陽の舞《エル・ソール》！」

まるで舞いをするかのように優雅に、そして力強く空中で回転した彼はその回転を乗せた回し蹴りを放つ。

気功術『不知火《しらぬい》』によく似たその技は、摩擦と気の力により高熱を帯びる。太陽の舞いという名に相応《ふさわ》しいその技は、レギオンの胸に綺麗に命中し彼を吹き飛ばす。

ムンフは踊りのフィニッシュのように華麗に着地すると、地面に倒れるレギオンを見下ろす。

「王族だから戦えないと思ったか？　セントールを甘く見たな。我らはこの戦闘技術によって領土を広げてきた。貴様が創世教でどれほどの立ち位置にいるかは知らんが……いち暗殺屋に後れをとるほど私はやわではない」

そう言い放ち、ムンフは踵《きびす》を返す。

そんな彼の背後で、レギオンはむくりと起き上がる。

「……ふむ、確かに世間知らずの坊っちゃんにしてはいい蹴りです。だけど……戦士ではない。殺すつもりでしたらちゃんと急所を狙わないと」

ケロリとした様子で立ち上がったレギオンを見て、ムンフは戦慄する。

確かに先程の一撃は決まっていた。急所に入る云々《うんぬん》関係なくムンフの蹴りはどこに当たろうと致命傷になりうるはず。足の感触からするにレギオンの肉体が並外れて硬いわけでもない。

いったいなぜ、ムンフは考えるが結論は出なかった。

「貰《もら》うぞ」

そう言ってムンフは兵士から槍を奪い、構える。

「卑怯《ひきょう》とは言うまいな」

「ええもちろん。そんな棒切れ一本で勝てると思うのであれば、存分にお使いください」

「抜かせっ！」

ムンフは強く踏み込むとレギオンめがけて槍を突き出す。

狙うは心臓のある左胸。今度こそ確実に仕留める。ムンフは躊躇《ちゅうちょ》なく彼の左胸に槍を突き刺す。

(手応えあり――――ッ！)

ずぶりと肉をかき分け槍はレギオンの胸を貫通する。その胸からはおびただしい量の血が流れ落ちる。

勝ちを確信するムンフは笑みを浮かべるが、その顔はすぐに恐怖に染まることになる。

「……やれやれ、愚かさもここに極まれり、といったところでしょうか」

口から血を流しながら、レギオンはそう呟《つぶや》いた。

確かに少し辛《つら》そうな顔をしているが、その声はしっかりしており、とても胸を刺されている者のそれとは思えない。

「貴様、不死身なのか!?」

「不死身……とは少し違いますね。これはそんな便利なものではありませんよ」

そう言ってレギオンは槍を掴むムンフの腹を蹴り飛ばす。虚を衝《つ》かれた彼は槍から手を離し、後ろに下がる。

そしてレギオンは自らの胸に突き刺さった槍を右手で握ると、それを一気に引き抜く。

当然胸からは血がさらに噴き出すが彼はそれを気にも留めない。

「ばけ、もの……っ!」

普通じゃない。ムンフは今まで感じたことのない恐怖を覚えた。逃げれば良かった、戦わなければ良かった。死にたくない、こんなところで。

しかし後悔してももう遅い。彼は虎の尾を踏んでしまった。

「それでは、粛清を始めます」

その後行われた一方的な行為は、もはや戦闘とは呼べない一方的な虐殺であった。

―◆― アフターエピソード ―◆― 剣王の来訪

激動の天下一学園祭が終わり、二週間の月日が経《た》ったある日の休日。

ルイシャはいつもどおり日課のランニングに勤《いそ》しんでいた。

「すっかりもう日常って感じだなあ。ついこの間までセントリアにいたのが嘘《うそ》みたいだ」

あれっきり帝国や第三の眼《サードアイ》の関係者と出会ってはいない。

いつまた勧誘が来るものかとドキドキしていたが、その心配は杞憂《きゆう》だったようだ。

しかし緩みきった心の彼のもとへ、忍び寄る影があった。

「――――隙ありっ！」

声とともにものすごい速さで迫りくる影。

その人物は一瞬でルイシャとの距離を詰めると、鋭い蹴りを放ってくる。

「な……っ！」

咄嗟《とっさ》に屈《かが》むルイシャ。

なんとか回避した彼は、お返しに拳を放つ。しかし軽々と受け止められてしまう。

この人、強い！　警戒レベルをマックスまで引き上げたルイシャだったが、その人物の顔を見たことで、彼の顔はほころび警戒を解くことになる。

「久しぶりだなルイシャ。鍛錬を怠っていないようだな、感心感心」

「あなたは……クロムさんっ!?」

なんとその人物はこの前死闘を繰り広げた最強の剣士、クロムその人であった。

いつも着ている軍服を脱ぎ去り、今どきのカジュアルな服に身を包み、頭にはハンチング帽を被《かぶ》っている彼女。その姿はとても綺麗《きれい》で軍人にはとても見えない。事実ルイシャも一瞬彼女がクロムだということを認識出来なかった。

「ど、どうしてクロムさんが王都にいるんですか!?　しかもその格好……」

「まあまあ私が王都にいるのなんてどうでもいいじゃないか。それよりどうだ、似合ってるか？　ジェラの奴《やつ》に見繕わせたんだ。私も中々悪くないと思わないか？」

そう言ってクロムはモデルのようにポージングを決める。

鍛え上げ、抜群のスタイルを持っている彼女のその姿にルイシャの目は奪われてしまう。

「おや、どうやら効果は抜群だったみたいだな」

「す、すみません！　つい！」

思わず謝るルイシャ。

クロムはそんな彼に近づき肩に腕を回すと、嬉《うれ》しそうな表情で顔を近づける。

「なにを謝ることがある。この服は君に見てもらいたくて着てきたんだぞ？　ほら、もっと近くで見るがいい」

そう言ってぐいぐいと体を押し付けるクロム。見せる気は全くないようだ。

「ちょ、ちょっと！　いったん離してくださいー！」

ルイシャは恥ずかしそうにしながら、やっとのことで彼女の拘束から抜け出す。達人が相手だと弄《いじ》られるのから抜け出すにも一苦労だ。

「まず王都になんでいるのかを教えてください！　クロムさんがいるなんて知られたら大変な騒ぎになっちゃいますよ!?」

クロムは王国の敵国、ヴィヴラニア帝国の剣士だ。王都の中にいるなどあってはならない。いくら両国の関係が昔ほど悪くないとはいえ、大変な問題となるだろう。

しかし当のクロムはというと全く気にしていない様子だった。

「喧嘩《けんか》をしなければバレないだろ？　それにほら、ちゃんと変装もしてるし」

そう言って彼女は可愛《かわい》らしいハンチング帽を見せつけてくる。

ルイシャはそれじゃあ変装になりませんよ……と言いたいところだったが、確かに今の彼女は剣王その人には全く見えない。事実街行く人もクロムのことを「えらい美人の人が来てるな」くらいにしか思っていなかった。

「……分かりました。王都に来たのはいいとしましょう。何の御用で来たんですか？」

「そんなの君に会うために決まっているだろう。実は久しぶりに休みを貰ってね。することもないから君に会うため王都までひとっ走りしたってわけだ」

「そんな無茶苦茶な。帝都から王都までどれだけ距離があると思ってるんですか……」

呆《あき》れながらも、ルイシャは彼女が自分に会うためだけに来てくれたことが嬉しかった。

「さて、それじゃあ早速デートと行こうじゃないか。なあにお金なら心配いらない、お姉さんが払ってやるからな！」

「ちょ、まだ行くって言ってないですよ!?」

「問答無用！　嫌なら力ずくで逃げてみせるんだな！」

困惑するルイシャの腕をつかみ、クロムは王都の街中に繰り出すのだった。

◇　◇　◇

「ははは！　今日は楽しかったな！」

「ちょっとクロムさん、声が大きいですよ……！」

その日の夜、散々遊び回った二人は、王都のお高めのレストランに来ていた。

普段入ることなどない大人な雰囲気の店にルイシャは少し尻込みしていたが、クロムは臆することなく料理をバクバクと口に運んでいた。

「王国にしては中々いい料理店じゃあないか。酒も美味《うま》いしまた来てもいいな」

「いや頻繁に王都に来たらまずいですよ……」

一応止めはするルイシャだが、そんなことで彼女が止まらないのはよく分かっていた。

今日のデートもずっとそんな感じで色んなところへ行く彼女について行く一日だった。

大変だった。それは間違いない。でも不思議と充実した一日であった。

「楽しかったな……」

誰に言うでもなく、ポツリと出たその言葉。

それを聞き逃さなかったクロムはニヤニヤした顔でルイシャのことを見る。

「ほほう、それは良かった。私も楽しかったぞ！」

「き、聞こえてたんですか!? 恥ずかしい……」

顔を赤くし下を向くルイシャ。

するとクロムは彼の横の椅子に移動し座る。

「何を恥ずかしがることがある。私は嬉しいぞ、こんな戦い一筋の女と一緒にいて楽しいと言ってくれたことがな」

「クロムさん……」

それは彼女の偽らざる本心だった。

戦うことにしか喜びを見いだせなかった彼女。そんな自分が普通の人みたいにデートなぞ出来るのかと、正直不安であった。

「そう、ですよね。楽しかった気持ちに嘘をつくのはよくないですよね」

「ああそうさ。素直が一番だ」

クロムはそう言うと自分のジョッキに入ったエールを一気に呷《あお》る。そしてルイシャの耳元に口を寄せると、ゆっくり小さな声で喋《しゃべ》る。

「なあルイシャ、私も正直に言わせてもらう」

「な、なんですか……？」

熱っぽい視線を向けてくる彼女に、ルイシャの心音が大きくなる。同級生からは感じられない大人の色香を彼は感じた。

「あの日からずっと……体の奥が疼《うず》いて仕方ないんだ。いくら体を動かしても、剣を振っても消えないんだ……」

気づけばいつの間にかルイシャの手は握られていた。お酒のせいか、それとも別の要因か。その手は強い熱を持っていた。

「だから頼む。また君の手で私を屈服させてくれないか？　私など普通の人間だと、大したことのない存在なのだと、強く教えてほしい……」

そう懇願する彼女の手を、ルイシャは力強く握り返し、応える。

「分かりました。僕もあの日のことを忘れられてません。ぜひ力にならせてください」

その返事に満足そうに笑みを浮かべたクロムは、ルイシャの手を引き店を出ると、夜の王都に消えていくのだった。

あとがき

「まりむそ」４巻をお買い上げいただきありがとうございます。

お久しぶりです、作者の熊乃《くまの》げん骨《こつ》です。

今回はあとがきのページ数が少ないため、いきなりですが宣伝をさせていただきたいと思います。

現在コミックガルドを含む複数漫画サイトにて「魔王と竜王に育てられた少年は学園生活を無双するようです」の縦読み漫画版を配信しています。

なんと全編フルカラーで描かれております。始めの方は無料で読めますので、ぜひこちらも小説とあわせてお楽しみください！


最後に謝辞を。

今回も素晴らしいイラストを書いてくださった無望菜志《なもなし》さん、ありがとうございます。

ＷＥＢ版にないお風呂シーンを追加した私の判断は正しかったです。

そして編集さんに校正さん、この本に携わってくれた全ての方に感謝を申し上げ、あとがきを締めさせていただきます。

皆様にまた会える日を楽しみにしてます！

まりむそ04巻
お買いあげ
ありがとう
ございます!
りお
いつか来たるべき
スク水回に
向けて…
なもなで♡
無望菜志

OVERLAP

魔王と竜王に育てられた少年は学園生活を無双するようです 4

発　行　2022年11月25日　初版第一刷発行

著　者　熊乃げん骨
発行者　永田勝治
発行所　株式会社オーバーラップ
〒141-0031　東京都品川区西五反田 8-1-5
校正・DTP　株式会社鷗来堂
印刷・製本　大日本印刷株式会社

Printed in Japan ISBN 978-4-8240-0292-1 C0193